KB024929

울 엄니는 104살

울 엄니는 104살

배정철

문학의
문학

회갑 당시의 어머니 _ 1975년

세광고등공민학교 1학년 때 엄니 하고
순자 누나 하고 _ 1975년

교회 가시기 전 의정부 집을 나선 어머니 _ 1981년

꽃들과 대등하십니다 미국 L.A.에서 _ 1985년

친정에 가신 어머니 _ 1995년

〈어도〉 뒤뜰에 모인 〈어도〉 창립멤버들 _ 1996년

신앙 간증을 하고 계십니다 _ 2002년

교회에서 윷놀이도 하시네요 _ 2004년

100세가 되시면 케익은 코에 묻히셔도
되나 봅니다 _ 2014년

명례 누나

명자 누나

배정철 입니다 _ 2012년

순자 누나

수경이 돌잔치, 비율이 수박보다 뛰어납니다 _ 1997년

기범이 돌잔치에 모두 모였습니다 _ 2002년

엄니, 어디 계세요? _ 2002년

100세 축하 자리. 초가 큰 것으로
열 자루 입니다 _ 2014년

대비마마께서 좌 기범 우 성범을 두고 계십니다. 강아지 나쵸가 경비를 서고 있습니다 _ 2014년

샹들리에가 멋져 두 아들을 불렀습니다 _ 2014년

101회 생신잔치, 친척들을 모시고 어도에서 _ 2015년

성범이

사돈, 장성 작은집 조카 그리고 어머니 _ 2015년

수경이

어머니를 뵈러 오신 고향 어르신들 _ 2015년

기범이

초등 6학년 때 신문지국 야유회
_ 1974년

세광 고등공민학교 친구들과 함께

세광 고등공민학교 졸업식 풍경 _ 1978년

오늘은 거실에서 편지를 써봅니다 _ 2016년

엄니가 먼저 제 손을 잡으신 것 같습니다 _ 2016년

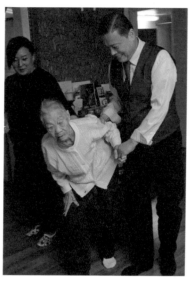

아들 내외와 거실을 횡단하시는 어머니 _ 2016년

좋으신 거예요? '왜 이러냐' 하시는 거예요?
_ 2016년

엄니, 우리 내년에도 이렇게 웃어요 _ 2016년

꼭 닮았지요 _ 2016년

그 옛날 전설의 어도 셰프들 _ 1994년

그 옛날 전설의 어도 셰프들 2 _ 1997년

23년 전부터 연중무휴입니다 _ 2016년

지금 〈어도〉로 오시면 모두 만날 수 있는 셰프들 _ 2016년

오늘의 메뉴입니다 _ 2016년

〈어도〉 앞에서 _ 2016년

아직도 가야 할 길이 멉니다

엄니, 지금 뭐 하고 계세요?

  사실 이 책은 생각지도 않았는데 주위의 많은 분들의 애정 어린 관심으로 만들어진 것 같습니다.

  16살부터 식당 일을 했고, 내 식당을 개업한 뒤로는 1년 365일 하루도 휴일 없이 식당 문을 열어놓고 일을 하다 보니 가족들과 함께할 시간도 없었습니다. 그래서 미안한 마음도 전하고, 사소한 것들을 글로라도 남겨야겠기에 7년 전부터 매일 일기 형식으로 써 온 손편지가 책으로 엮어진 것입니다.

  엄니는 제게 너무나 소중한 분이어서 식당 일을 하고 결혼을 하고 아이들을 낳아 기르는 것 모두 엄니가 중심이셨습니다. 나뿐만 아니라 내 아내도 세 아이들도 그렇게 생각하며 살고 있습니다.

  어릴 때부터 엄니는 항상 몸이 아프셔서 오래오래 사셨으면 하는 바람을 가졌고, 늘 가난 속에 허덕이다 보니까

언젠가는 부자로 살았으면 하는 꿈으로 열심히 일을 했습니다. 더구나 아버지께서는 내 나이 4살 때 돌아가셔서 비록 3남3녀의 막내이긴 하지만 집안을 일으켜 세우는 가장이 되겠다고 살아 온 것이 지금의 저입니다.

오래 전부터 사회 각계에 기부를 하게 된 이유는 '세상에 공짜는 없다.', '우리 가족만 행복하면 안 된다.'는 생각을 실천에 옮긴 것인데 이 또한 엄니를 비롯한 우리 가족의 뜻입니다.

올해 102살이 되신 우리 엄니, 어려서부터 오래오래 사시길 기도한 꿈이 현실이 되어 무엇보다 기쁩니다. 혼신을 다해 열심히 일을 하면 돈을 벌 수 있다는 절실한 소망이 우리 가족을 부자로 만들어 주었고, 많은 것을 얻게 되어 행복합니다.

부족한 저와 우리 가족에게 사랑 가득한 관심과 마음을 주신 모든 분들에게 고마운 마음을 전합니다. 힘든 일 마다않고 열심히 함께 일해 준 〈어도〉 직원들에게도 진심으로 감사한 마음 전합니다. 어렵고 힘들 때 용기와 희망을 주셨던 수많은 〈어도〉 고객 여러분들께도 머리 숙여 감

사를 드립니다. 제가 오늘까지 이웃들에게 기부할 수 있었
던 것은 〈어도〉를 찾아 주신 고객님들과 〈어도〉 직원들 덕
이었습니다. 저는 그저 심부름만 했을 뿐인데 많은 분들
이 칭찬을 아끼지 않으셔서 몸 둘 바를 모르겠습니다. 저
희 가족은 앞으로도 모든 분들의 배려와 관심 어린 사랑
에 감사하면서 작은 것 하나도 소중히 여기면서 열심히 살
아가겠습니다.

102살 되신 우리 엄니, 지금처럼 건강하시길 기도합니다.
사랑 가득한 해맑은 미소 잃지 않으시고 가족 하나하나를
소중하게 챙기며 기도하시는 엄니, 우리 가족 모두는 엄니
를 영원히 잊지 않을 것입니다. 엄니, 고맙습니다. 사랑합
니다.
끝으로 이 책이 나오기까지 도움을 주신 영동고등학교의
이진훈 선생님과 〈문학의문학〉 여러분께 깊은 감사를 드립
니다.

2016. 4월

배정철

14살 때 약속을 40년 넘게 지키는 배정철

이 책을 발간하는 데 저는 마중물 역할을 하였습니다. 일식집 〈어도魚島〉는 내가 재직하고 있는 학교 앞에 있어서 개업 때부터 가끔 들러 식사를 하였고, 한 해 두 해 흐르면서 〈어도〉의 배정철 사장의 진면목을 알게 되어 호형호제하는 사이가 되었습니다.

어느 날 술을 마시고 〈어도〉 앞을 지나노라니 마침 식당 밖에 나와 있던 배 사장이 저를 안으로 끌고 들어가서 한 잔 더하자고 하였습니다. 마지못해 들어간 곳이 〈어도〉 1호실 그의 작은 집무실이었고, 술을 나누다가 방 안에 놓인 노트 더미를 발견하였습니다. 무엇이냐는 물음에 그는 쑥스러운 듯 망설이다가 제게 그 노트들을 보여 주었습니다. 아마 술기운에 보여 주었을 것입니다. 놀랍게도 그 노트 안에는 '포스트 잇' 메모지에 깨알 같은 글씨로 쓴 편지들이 일련번호대로 빼곡히 붙어있었습니다. 어머니와 아내, 그리고 3자녀에게 무려 7년에 걸쳐 단 하루도 빼놓지 않고 쓴 손글씨 편지였습니다. 어느 날에는 술에 취해, 어느 날에는 눈물을 흘리며 한 글자 한 글자 쓴 것이었습니다. 특히 저를 반성하게 한 것은 어머니에게 쓴 편지들이었습니다. 사모곡도 이런 사모곡은 없었습니다. 7년 동안, 2,500일이 넘는 방대한 양인 데다가 하루도 빠진 날이 없었습니다.

저는 배 사장에게 출간을 제의했고, 그는 부끄럽다며 손사래를 쳤습니다. 설득에 설득을 거듭하여 몇 달 만에 승낙을 얻어냈고, 출판사를 하는 선배에게 출판을 의뢰하여 이 소중한 편지가 세상 밖으로 나오게 된 것입니다.

인간 배정철은 '나눔의 성자聖者'입니다. 자리이타自利利他라는 말이 있습니다. 불교의식에 회향回向이라는 것이 있는데 이 회향의 근본 가르침이 '자리이타'입니다. 배정철을 보면 이 가르침을 실천하기 위해 이 세상에 태어난 사람처럼 느껴집니다.

배정철은 전라남도 장성 산골에서 3남3녀의 막내로 태어나 열두 살 때 서울로 올라옵니다. 그야말로 먹을 것을 찾아 올라온 것입니다. 땅 한 뙈기 없는 고향에서 아버님은 일찍 돌아가시고 입에 풀칠하기가 너무 힘들었기 때문입니다. 초등학교를 졸업한 후 정규 중학교에 진학하지 못하고 상계동에 있던 세광고등공민학교에 들어가야 했지만 그것도 일 년뿐이었습니다. 머릿속을 채우는 일보다 뱃속을 채우는 일이 급급했기 때문이었습니다. 공민학교 일 년을 다니면서 배정철은 평생지기 엄주일을 만났고, 열네 살짜리 두 어린 소년은 굳은 약속을 합니다.

"주일아, 너는 공부를 잘하니 꼭 대학에 가서 선생님이 되어라. 나는 더 이상 학교를 다닐 형편이 못 되니 이제 학교를 그만두고 돈을 벌어야겠다. 내가 돈을 많이 벌어 네가 선생님이 된다면 꼭 너를 돕고 주위의 어려운 사람들을 도와주리라."

약속처럼 엄주일은 대학을 졸업하고 현재 전라남도 순천에 있는 고등학교 선생님이 되었고, 배정철은 갖은 고생 끝에 32살에 일식집 사장이 되어 이십여 년 동안 열네 살 소년으로서는 상상할 수 없을 만큼 많은 돈을 벌었습니다. 그리고 그는 열네 살 때 친구와 맺은 약속을 잊지 않고 지키기 시작했습니다.

우선 선생님이 된 친구가 재직하고 있는 순천의 효천고등학교를 비롯하여 그가 홍보대사로 있는 서울대학교병원, 고려대학교, 가톨릭의대성모병원, 순천향대학교병원, 사단법인 사회연대은행, 고향의 장성고등학교, 서울의 영동고등학교 등 수십 군데에 기부를 하고 있습니다. 또 그가 빼놓을 수 없는 곳이 전남 장성의 모교인 진원초등학교입니다. 매년 졸업식 때마다 졸업생 전원에게 10만 원씩이 입금된 통장을 전달합니다. 배정철의 소망은 단 하나, 그 후배들이 자라나서 자신처럼 이웃을 돕는 사람이 되어 주었으면 하는 것입니다.

배정철이 기부를 하는 곳은 학교와 병원, 그리고 경로당이 많습니다. 미래의 인재를 키우고, 돈이 없어 치료를 못 받는 환자들을 도와주고, 결혼한 그날부터 모시고 사는 102세의 어머니를 생각해서 노인들을 보살피려는 그의 철학이 바탕이 된 것입니다. 이렇게 20여 년간 기부한 누적 액수가 자그마치 60억 원이 넘습니다. 열심히 벌어[自利] 세상 이웃들에게 기부[利他]하는 배정철, 그의 가게 〈어도〉는 자리이타의 성지聖地라는 생각을 오래 전부터 해 왔습니다.

배정철의 기부 철학은 어머니에게서 배운 것입니다. 가난

했지만 어머니는 이웃 돌보는 일에 손을 게을리 하지 않으셨던 분입니다. 배정철의 에너지는 어머니에게서 매일매일 공급받고 있습니다. 배정철의 이웃사랑은 어머니의 가슴으로부터 물려받은 것입니다.

머지않아 어버이날이 돌아옵니다. 배정철의 어머니 사랑 이야기, 어머니의 자식 사랑이야기가 가족 해체가 심각하게 진행되고 있는 오늘날 우리 사회에서 가족 복원의 밑거름이 되었으면 합니다.

2016. 4월, 어버이날을 기다리며

이 진 훈

시인, 사단법인 구상선생기념사업회 사무총장, 영동고등학교 재직

차례

차례

17년 전 그날,
저희는 엄니와 살기 시작했지요

4월의 편지

불러도 불러도 질리지 않는 엄니

불러도 불러도 질리지 않는 엄니. 오늘은 종일 어떻게 지내셨나요? 아침에 보니 모아 둔 용돈을 세고 계시더군요. 전 압니다. 96세의 연세에도 정신을 놓지 않으려고 숫자를 세고 계시다는 걸요.

세월이 흘러 제 나이 어언 50을 바라보고 있습니다. 어머니 기억하세요? 제가 결혼하면 함께 행복하게 살자고 했던 그 약속 말이에요. 엄니께선 7년을 미국에서 사시다가 제가 결혼하자 영주권도 포기하고 제게 오셨죠. 그래서 이렇게 함께 살게 되었고요. 벌써 17년이 되어갑니다.

4월 16일. 〈어도〉로 출근하기 전 엄니 방에 들르니 조용히 웃고 계시네요. 삼베옷을 꺼내들고 만지시며 '이 옷 입고 하늘나라로 갈란다' 하시며…. 그 옷 40년 전에 손수 지으신 옷으로 알고 있습니다. 제 나이 10살도 더 전이지요. 이제 제 나이 48살. 어머니, 그 옷 잠시 내려놓으시고 오래오래 사시기 바랍니다. 제가 세상에서 제일 잘 한 게 무엇인지 아십니까? 기부하는 것이요? 아닙니다. 봉사하는 것이요? 아닙니다. 어머니 자식으로 태어난 것입니다.

　일요일인데 교회를 가지 않으셨네요. 몸에 살이라곤 없는 어머니. 갈수록 말라가시고 정신도 예전 같지 않으시니 측은함이 앞섭니다. 집사람과 아주머니께서, 어머님이 식사를 잘 하셨다고 하니 고맙습니다. 항상 깨끗하고 밝은 모습도 고맙습니다.

　4월 26일. 오늘이 엄니 생신입니다. 아버지가 네 살 때 돌아가시고, 저는 어릴 적부터 엄마가 아프면 어떡하나 걱정을 많이 했지요. 지금껏 건강하시니 너무 고맙습니다. 어젯밤 엄니 손주 수경이와 기범이가 엄니 곁에서 잠들었네요. 어떤 생일선물보다 기쁘시겠어요.

5월의 편지

17년 전 5월 31일,
저와 아내는 엄니와 함께 살기 시작했지요

　요즘은 힘이 드네요. 몸도 마음도 힘들고 장사도 예전 같지 않습니다. 오늘은 괜히 엄니께 투정과 어리광을 부리고 싶습니다. 48세에 저를 낳으신 어머니, 제가 어느덧 48살이 되었습니다. 제 나이에 저를 낳으셨으니 얼마나 근심이 많았겠어요, 이 어린 것을 어떻게 키우나 하고요.

　어버이날입니다. 제 나이 4살 때 아버지가 돌아가시고 어머니 혼자 계신 지 40년이 넘었습니다. 그 긴 세월 혼자서 자식들을 키우시느라 얼마나 힘드셨어요? 돌아가신 아버지에게도 감사하다고 꽃을 바칩니다. 어머니와 결혼해 주셔서 감사하다고요.

　오늘은 걸레로 방바닥을 훔치고 계시네요. 그러다 저를 보고 환하게 웃으시니 그 웃음이 저를 있게 합니다.
　뼈밖에 안 남으신 어머니! 그래도 웃으시는 어머니. 빨래를 개고 계시네요. 부지런함이 몸에 배인 까닭이지요. 그

부지런함으로 저를 키우셨지요. 이제 그만 놓으셔도 되는
데…… .

5월 23일. 노무현 대통령께서 돌아가셨습니다. 봉하마을
뒷산 부엉이바위에서 스스로 몸을 던지셨습니다. 비통하고
종일 심란합니다. 오늘 손님이 많았습니다. 노 대통령 돌아
가시고 다들 심란해 술이라도 마셔야 할 것 같은가 봐요.

서소문 역사박물관으로 가서 노 대통령 조문을 하고 왔
습니다. 원칙을 중요시하고 바르고 깨끗하게 사셨던 분입니
다. 어머니 잘 주무세요.

노 대통령 7일 장례의 마지막 날로 국민장을 치른 날입
니다. 아, 어머님도 텔레비전을 보시면서 슬프고 아쉬워하

시네요. 어머니 저희를 위해서도 기도해 주세요.

17년 전 이 날도 5월 31일 일요일이었습니다. 그러니까 오늘이 어머니의 아들과 며느리의 결혼 17주년입니다. 이 날부터 어머님과 우리는 함께 살았지요. 제가 결혼하면 손주들을 낳아 다 함께 살자 한 그 소원 이루었지요.

6월의 편지

큰 손주 성범이의 바지를 꿰매고 계시네요

강원도 용평에 다녀왔습니다. 일식요리사 워크숍이 있어서요. 옛날에 모시던 선배님들도 보이셨고요. 그 옛날을 생각하니 가슴 속 한 가운데 뜨거움이 차올랐습니다.

장롱에 기대어 주무시고 계시네요. 어머닌 저에게 신神이나 다름없습니다. 한없이 사랑을 주시고 자비로우신 신 말입니다.

아침에 뵈니 큰 손주 성범이의 바지를 꿰매고 계시더군

요. 아직도 눈이 밝으신지요. 조용히 바느질하는 그 모습 영원히 잊지 못할 것 같습니다.

6월 25일. 60여 년 전 우리 가족에게도 슬픔이 있었다지요. 경찰이셨던 작은 아버님이 실종되셨지요. 어디에서 돌아가셨는지… 돌아가실 때 얼마나 무서웠을까요?

7월의 편지

어릴 때 맹세했죠. 꼭 성공해서 모시겠다고요

손주들과 며느리 김선미와 교회 잘 다녀오셨는지요? 건강 때문에 한참 동안 교회에 못 가셨지요. 저도 교회에 가서 목사님과 교우분들게 인사를 드려야 했었는데 바쁘다는 핑계로……. 죄송할 따름입니다. 어머님께 잘해 주시는 분들이 저한테 잘해 주시는 분들 이상으로 고마운 분들이라는 사실을 잊지 않고 살아야 하는데 말입니다.

어머니는 저를 낳으시고 기르시며 저에게 특별한 은혜를 주셨습니다. 지혜를 주시고, 사랑을, 인내를, 나눔이라는 소중한 능력을 주셨습니다. 더없이 고맙습니다. 보잘 것 없지만 이 능력을 발휘하여 외롭고 힘든 분들께 희망을 주는 사람이 되고자 합니다.

어릴 때, 고생하시는 우리 엄니 언젠가는 꼭 성공해서 잘 모셔야겠다고 기도했습니다. 이제 우리는 함께 살고 있지만, 세상에는 함께 살고 싶어도 이런저런 문제로 할 수 없는 가정이 많겠지요? 어머님의 눈빛은 그 분들을 생각하며 살라고 하시는 것 같습니다.

96세 나이에도 사고가 뚜렷하고 의사전달이 정확하고 손주들 옷도 개시고 좋은 말씀 많이 해주시는 어머니, 내년에도 내후년에도 그리 하실 거죠?

8월의 편지

세상이 다 변해도 영원히 변치 않으실 엄니

언제 어떻게 이별이 올지 모르지만 그날이 오더라도 그때까지는 우리 행복하게 살았으면 합니다. 어머니가 아프지 않고, 매일 뵐 수 있다면 그게 행복이라고 생각합니다.

한창 휴가철이라 도시가 적막하네요. 그러고 보니 어머니와 저는 여행 한 번 함께 가본 적이 없네요. 그렇지만 어머니 저는 지금 너무 행복합니다. 어머니를 뵈면 먼 옛날로 시간여행을 떠나게 되고 수십 년의 세월이 하나하나 떠오릅니다. 그것들이 제겐 그 어떤 여행의 추억보다 소중하게 다가옵니다. 어떤 여행지의 호텔도 어머니의 품보다 아늑하지 않고 어떤 비싼 음식도 어머니가 차려주신 밥상보다 맛나지는 않을 것입니다. 그리고 어떤 여행도 어머니와 함께하는 이 인생여행보다 아름다울 수는 없겠지요.

엄니 큰 손주 성범이가 오늘 비무장지대 인근 부대로 7박8일 극기훈련을 받으러 갔답니다. 떠나면서 어머님께 인사드리고 간 것으로 알고 있습니다.

세상이 다 변해도, 세상이 다 날 버려도 변치 않는 건 어머님이라는 걸 저는 압니다.

새벽 3시부터 일어나 바빴습니다. SBS 방송국에서 촬영이 있어서요. 방송에 나가는 일이 부담스럽긴 하지만, 기부하고자 하는 마음은 있어도 선뜻 실천에 옮기지 못하는 분들이 많기에, 그분들께 용기를 드릴 수 있다면 하는 마음으로 나가게 되었습니다. 그러다보니 아침에 잠시 뵙고 종일 어머니를 못 뵈었습니다.

8월 19일. 김대중 대통령께서 어제 서거하셨습니다. 큰 어른이자 큰 별이 가셨습니다. 모레가 장례식이라 국회의사당 분향소에 다녀왔습니다. 안녕히 가시라고 말씀드렸습니다.

밤늦은 시간에 갑자기 고향에 내려왔습니다. 매년 산소에 들르고, 고향 어른을 찾아뵙고 인사를 드리고 있습니다만, 오늘 아니면 안 될 것 같아 이렇게 내려왔습니다. 내일까지 일 보고 올라가겠습니다. 고향 어르신들 일일이 찾아뵙고 인사드리자 모두들 반갑게 맞아주시며 어머님 안부를 물으시네요.

보면 반갑고 뒤돌아서면 또 보고 싶은 어머니. 오늘은 여러 차례 어머니를 뵙습니다. 뵐 때마다 어머니의 눈빛 속에서 깊은 사랑을 읽습니다.

9월의 편지

잠깐이지만 영원과도 같은 대화를 나눕니다

   고향 장성에 다녀왔습니다. 장성고등학교에 1천만 원, 삼계고등학교에 1천만 원 장학금을 전달했습니다. 다른 곳에는 기부하면서 고향에는 하지 못해 늘 마음의 짐이었는데 오늘에야 실천할 수 있었습니다. 늦었지만 후학들을 위해 쓰일 것을 생각하니 가슴이 뿌듯합니다. 어머니, 기억나시죠? 우리가 무척이나 가난했던 것을요.

   엄니, 제 손 잡으시며 밥 좀 먹고 가라고 하시네요.

MAR   1975

친구 규택 씨랑 임만규 형님이랑 순천에 내려왔습니다. 효천고에 장학금 2천만 원을 전달했습니다. 어머니 제가 잘했지요? 학생들이 그 장학금으로 공부해서 훌륭한 인재로 자라났으면 하는 소망뿐입니다.

어려울 때 말없이 힘을 주시는 엄니. 주름진 얼굴, 이가 없으셔서 합죽이 얼굴을 하시고 저를 보며 웃으시는 그 모습, 천사입니다. 세상 어느 꽃보다 아름다우세요.

완연한 가을입니다. 저 길가의 코스모스를 엄니와 함께 볼 수 있다면…… .

어젯밤에 추워서 혼났는데 아침에 어머님 생각이 번쩍 났습니다. 춥지 않으셨는지… 아침에 뵈니 안심이 됩니다.

나에게 일요일이 있었나요? 잊은 지 오래 되었고, 어머니와 한 시간 이상 대화를 나눈 지도 까마득합니다. 사실 엄니와 저는 잠깐을 같이 있어도 그 짧은 순간에 영원과도 같은 대화를 나누고 있지요.

10월의 편지

추석입니다. 추석인데도 오늘 바쁘네요. 누나들과 조카가 왔으니 기쁘시죠? 이 추석날 저의 부족함을 느낍니다. 어릴 적 저희 명절은 초라했지만 어머니께선 자식들에게 떡 하나라도 더 먹이려고 애쓰셨지요. 저는 지금 자식들에게 음식은 양껏 먹일 수 있지만 어머니에 비하면 그 정성은 한참 부족한 듯합니다.

낮에 EBS에서 촬영이 있어 집에 들르니 곤히 주무시고 계시네요.

새벽에 순자누님, 집사람, 기범이, 임만규 전무님 이렇게 다 함께 순천으로 내려갔습니다. 작은 집 경옥 여자조카가 시집을 가기 때문이지요. 저녁 8시 넘어 서울에 와 바로 일터로 갔습니다.

어젯밤 밤새도록 기침을 하시더군요. 가래가 끓고 코가 막히시는지 코를 풀며 괴로워하시는 소리 들었습니다. 저도 기관지가 약해 어릴 적부터 고생을 했는데 제가 힘들어 하는 모습을 엄니는 고스란히 가슴에 담고 사셨겠죠.

제 마음의 중심이 어머니이듯이 어머니 마음의 중심은 저이겠지요. 제가 가끔 그 사실을 잊고 사는 것 같습니다.

감기에 걸려 어머니 방에 가지 못합니다. 옮길까봐서요.

신종 플루로 미국에선 국가비상사태를 선포하였답니다. 노인이나 어린이에게 치명적이라 하니 엄니가 감기 드시는 일은 없어야겠습니다.

직업군인인 고향친구 상천이가 가게에 왔습니다. 술을 한 잔하고 새벽에 들어오는 바람에 늦잠을 잤답니다.

천성이 착하신 우리 어머니. 남을 헐뜯을 줄 모르시고 늘 칭찬을 하시고 말보다 행동이 앞서고 누구를 대하든 웃으시는 그 모습! 품행이 단정하시고 더없이 단아하신, 제가 세상에서 제일 존경하는 분입니다.

11월의 편지

그 많은 계절마다 무슨 생각을 하셨나요?

올해 들어 가장 추운 날입니다. 환절기라 감기 드실까봐 걱정이 됩니다.

어린 시절 저에겐 가난과 어머님, 그리고 아픈 몸밖에 없었습니다. 제가 제일 잘하는 것은 노래와 달리기였지요. 고생하는 어머님을 생각하면서 노래를 부르고, 마구 달렸습니다.

식사하시는 어머님의 손을 꼭 잡고 얼굴을 쓰다듬어 드렸더니 환한 모습으로 행복해 하시네요.

고향의 기달서 어른께서 어머님을 뵙고자 오셨네요. 지금도 그 옛날 일을 다 기억하고 계시네요. 오후에는 순자 누나가 왔습니다.

방석 위에서 창밖을 바라보고 계시네요. 계절의 변화를 생각하시나요? 더 없이 많은 계절이 그 동안 지나갔습니다. 저를 낳기 전에도 그랬을 터이고 저를 낳은 다음에도 계절은 어김없이 돌아와 지나가고 그랬겠지요. 그 계절마다 어머니께선 무슨 생각을 하셨나요?

오늘밤 경남 삼천포에 갑니다. 여직원 아버님이 돌아가셨습니다. 누구에게나 아버님은 한 분뿐이고 아버님이 돌아가신다는 것은 큰 슬픔이고 상실입니다. 저는 너무 어려서 아버지가 돌아가셔서 기억이 나지 않지만, 저를 있게 해주신 아버지는 저의 뿌리이고 제 자식 성범이, 수경이, 기범이가 세상에 있도록 하신 분이라는 걸 잊지 않고자 합니다. 조문하고 아침에 돌아왔습니다.

12월의 편지

큰형님 아들이 장가갔네요

상윤이가 오늘 장가갔어요. 어머니 큰 아들 배진수의 아들, 즉 장손 배상윤이가요. 늘 장가 안 간다고 걱정하시더니 참한 색시 얻어서 장가갔답니다. 어머니 기쁘시죠. 아마 내년에는 아이를 낳아 데리고 올지도 모르겠네요. 장성 작은집 진열이 형님도 오시고 작은집 조카 경옥이도 신랑하고 아이를 데리고 왔네요. 집안에 경사가 났네요.

　오후에 오순이 누님 동창들이 왔다 갔습니다. 고마운 분들입니다. 도와주신 덕분에 하루를 잘 마무리하고 어머니께 편지를 씁니다. 제가 판단을 잘못하여 조금 손해를 본 그런 아픔도 있지만, 그건 잊기로 하고 다시 열심히 하렵니다.

　하나님 제가 남을 도와 줄 수 있을 만큼만 절 도와주세요.

　성탄절인 오늘, '기쁘다 구주 오셨네. 만백성 맞으라.' 찬송가를 부르게 됩니다. 성탄절엔 항상 어머니 기뻐하시고 즐거워 하셨지요. 제가 몇 년 전부터 성탄절에 눈이 내리게 해달라고 빌었답니다. 마침 오늘 눈이 오네요. 문득 생각나는 분이 계십니다. 언젠가 이웃집 아주머니께서, 병중인 노인분이 계시는데 식사를 통 못하신다고 걱정을 하셔서 생선 조림 등 음식을 좀 해 드렸습니다. 병중인 분에게 드리는 음식이라 음식값은 받지 않았습니다. 저녁에 다시 찾아오셔서 환자분이 참으로 오랜만에 식사를 맛있게 다 드셨다고 하셔서 기뻤지요. 알고 보니 그분이 바로 김수환 추기경이셨습니다. 엄니, 크리스마스가 되니 평생을 사랑하며 봉사하며 사신 그분이 문득 생각납니다.

그 작은 체구로 어떻게 몸을 스스로 추스르시고 손수
빨래도 개시는지. 작은 일이라도 자식들을 위해 챙기시는
그 모습을 오늘도 봅니다.

한 해가 저물어 갑니다. 올 한 해 어머님 때문에 행복
했습니다. 새해에도 열심히 살아가는 모습으로 보답하겠
습니다.

어버이날입니다.

제 나이 4살 때 아버지가 돌아가

시고 어머니 혼자 계신 지 40년이

넘었습니다. 그 긴 세월 혼자서 자

식들을 키우시느라 얼마나 힘드셨

어요?

-2009년의 편지 중에서

오늘도 비틀비틀 배웅을 해 주십니다

1월의 편지

평생을 구멍가게에서 껌 하나
사 드신 적 없는 엄니!

1월 1일. 어머니, 올해도 신세 좀 지겠습니다. 작년 한 해 저희 가정이 평안했던 건 어머님의 존재와 기도 덕분이었습니다. 〈어도〉에도 어머님의 기도가 항상 함께했던 것 감사드립니다.

작은외숙모님이 돌아가셨네요. 광주에 내려갔다 오겠습니다.

태어나서 이렇게 많은 눈은 처음 보는 것 같습니다. 바라보기에는 좋지만 눈 때문에 고생하는 분들도 많습니다. 아무래도 장사도 덜 됩니다. 다들 빨리 집으로 돌아가기 때문일 것입니다. 그보다도 노인분들이 걱정됩니다. 미끄러져 넘어지기라도 하면 골절되거나 해서 큰 고생이 되곤 합니다.

가게에 출근해야 해서 잡은 손을 놓을 수밖에 없네요.

어머니! 몸이 아파 고생하셨고 가진 게 없어 서러움도 많으셨죠. 배고픔을 겪으면서도 자존심만은 잃지 않으셨던 어머님. 평생을 구멍가게에서 껌 하나 사 드신 적 없는 어머님. 그런 어머님이 이렇게 저를 키우셨습니다.

어머니, 내일이 〈어도〉가 생긴 지 17년 되는 날입니다. 처음 시작할 때 어머님도 고생 많으셨죠. 아무것도 없이 시작했으니까요. 이렇게 잘 된 건 어머님 덕분입니다. 〈어도〉는 어머님의 혼이 밴 가게입니다.

어머님 다니시던 교회의 김연희 권사님께서 가게에 오셔서 어머님 안부를 물으셨습니다. 몸이 불편해 가시지 못하지만 마음만은 자주 교회로 가시는 것 잘 알고 있습니다.

내일은 영하 15도에 체감온도가 20도라네요. 어머니, 춥지 않으셔야 합니다.

아이들에게 용돈까지 주시네요. 쓰지 않고 아껴 두었다가 아이들 용돈 주는 게 어머니의 기쁨이지요. 그 기쁨을 빼앗을 수 없어 말리지 않는답니다.

오늘은 손님이 많았습니다. 많은 분들이 도움을 주신 것이지요. 기부는 제 손으로 하지만 저는 전달만 하는 거라고 생각합니다. 많은 분들의 도움과 정성을요.

어머니께 편지를 쓴 지 303일째 되는 날입니다. 편지를 쓰는 이 조용한 시간이 더없이 소중합니다. 지금 밖은 무척 춥습니다. 곧 입춘인데 동장군이 여태 심술을 부리네요. 어릴 적 이렇게 추울 때면 어머니는 저를 따뜻하게 품어주셨죠. 어머니가 추우면 누가 품어주나요?

2월의 편지

당신은 직원 한 분 한 분을 소중하게 대하셨습니다

2월 5일. 성범이가 졸업을 한 날입니다. 어머니가 누구보다 복덩이처럼 키운 성범이가 벌써 중학교를 졸업했네요. 이제 고등학교에 들어가겠죠. 예전 같으면 아무리 춥고 힘드셔도 졸업식에 참석하셨겠죠. 이제 그럴 정도의 기력은 없으시니 …… .

오늘은 힘들었습니다. 오죽 했으면 순간적으로 가게를 그만 두고 싶기까지 했을까요? 하지만 어머니를 생각하며, 춥고 배고프고 도움 받을 길 없는 분들을 생각하며, 제 한 몸 힘든 거 이겨나가려 합니다. 오늘도 손님 자제분 결혼식에 다녀왔습니다.

어머니, 봄이 오면 교회 나가셔야죠. 의정부 녹양교회에도 한번 다녀오시고요. 저는 직원들과 두 번 다녀왔지만요. 그러고 보면 어머님께선 아직 할 일이 많으세요.

사흘의 구정 연휴가 시작됩니다. 설이지만 일을 나갑니다. 남들 쉴 때 똑같이 쉬어서는 제가 하고자 하는 일을 할 수 없기 때문입니다. 제가 조금만 더 일하면 조금은 더 편안해지시는 분들이 있을 거라는 생각이 제 발길을 가게로 향하게 합니다.

집사람이 장만한 음식에 선물로 들어온 음식과 다과를 먹으며 직원들과 새해 인사를 나누었습니다. 제 가게처럼 열심히 도와주는 직원들이 있기에 가게가 유지될 수 있고 번창할 수 있는 겁니다. 직원들 한 분 한 분을 소중하게 대하시던 어머니의 마음을 언제나 배우려고 합니다.

어제 가평 사는 큰누님이 어머님 곁에서 주무셨네요. 아침에 두 분 식사하는 광경을 보고 기쁜 마음으로 출근합니다. 엄니를 제가 모시고 있지만 저 혼자 모신다고는 생각하지 않습니다. 누님들과 친지분들이 찾아주시고 말벗이 되어주시고 어머니를 기쁘게 해드리기에, 거리는 떨어져 있지만 함께 모시고 있는 것이지요. 어머니, 어머니의 사랑은 저에게도 그리고 누님들에게도 미치지 않는 데가 없습니다.

왜소한 모습이지만 마음에 큰 뜻을 품으신 어머니. 제겐 큰 호수 같은 분입니다. 그 호수는 크고 맑고 아름답습니다.

오늘 몇 달 만에 교회 가시니 어떠셨어요? 교회 많은 분들이 좋아하셨겠어요. 오늘은 무슨 기도 하셨나요? 선한 그 마음으로 저와 우리 가정과 누님들의 가정에 대해서 그리고 많은 분들을 위해 기도하셨겠지요. 당신 자신보다는 항상 자식들의 건강과 행복을 비셨던 어머니, 아직도 그러하시다는 것 잘 알고 있습니다.

이제는 봄날입니다. 오늘은 저에겐 뜻 깊은 날입니다. 서울대병원 후원회에 다녀왔으니까요. 병원에는 유독 아프고 외롭고 힘드신 분들, 그리고 정신적으로, 육체적으로, 경제적으로 힘들어하는 환자 가족분들이 많이 계십니다. 그분들께 조금이라도 도움이 될 수 있다면 하는 마음으로 이제껏 기부를 해오고 있습니다. 어머니, 제가 가는 이 길, 틀리지 않았지요?

어머니, 성범이 바지를 바느질하고 계시네요. 기범이는 책을 읽고 있고요. 이런 게 행복인가 봅니다.

시골친구 이병상이가 아침에 와서 인사드리려 하니 주무시고 계시네요. 교회도 가지 못하신 걸 보니 힘드신가 봅니다.

3월의 편지

나중에 챙겨드리려 했는데 이렇게 가시다니요

　어머니 손자 배성범의 17번째 생일입니다. 세월이 많이 흘렀네요. 어머니가 옥이야 금이야 키우시지 않으셨나요.

　3월 2일. 성범이가 영동고에 입학했습니다. 이제 3년 후면 대학에 간다 하겠네요. 공부도 공부지만 바르게 크기를 바랍니다. 어머니의 올곧은 성품이 아이들에게도 전해지리라 믿습니다.

　아침에 엄니를 뵙지 못하고 종일 가게에 매달려 삽니다. 사실은 이렇게 살아가는 것만이 다는 아닌데… 이제 여유를 내서 아이들에게도 집사람에게도 행복한 삶이 이렇다는 걸 보여 주어야 할 텐데… 미안합니다. 뭐든 내 고집대로이고… 제가 좀 바뀌어야 할까요?

　가까이 다가가서 어머님을 꼭 껴안자 깜짝 놀라시며 저를 세차게 껴안으시네요. 이런 아름다운 순간이 오래오래 이어졌으면 합니다.

내일모레가 제 생일이라 상윤이하고 상윤이 처가 왔다 갔습니다. 넥타이를 사 가지고 왔더라고요. 사무직은 아니지만 일할 때도 단정하게 매고 있고, 참석해야 할 결혼식도 많아 넥타이는 제게 요긴한 것입니다. 좀 멋지게도 보이고요.

비가 많이 오네요. 비가 오면 〈어도〉에 손님이 없지요. 하지만 비를 원망할 수만은 없지요. 비가 와서 좋은 분들도 있을 테니까요. 그러니 자기 생각만 하고 살 수는 없는 거지요.

장인어른께서 쓰러지셨습니다. 일산병원 중환자실로 가야 합니다. 제 편이 되어주신 소중한 분이 사경을 헤매고 있습니다. 어머님이 돌아가시고 나면 장인어른을 아버님 모시듯 제대로 챙겨드리려 했는데 마음이 답답할 따름입니다.

일산병원 다녀오며 찬바람을 맞아 그만 감기가 들었네요. 아침 일찍 병원에 갑니다. 한평생 고생만 하시더니… 죄송합니다. 어서 일어나셔야 할 텐데요.

감기로 가게 1호실에서 약 먹고 잠만 잤습니다. 감기 옮길까봐 어머니께 인사도 못 드렸습니다. 장인어른은 여전히 깨어나지 못하고 계십니다.

3월 들어 장사가 안 되어도 너무 안 됩니다. 그동안 장사가 잘 될 때 우쭐해 하고 도도하게 굴었지 않나 싶어 제 자신이 부끄럽고, 무척 작아 보입니다. 참 못난 놈입니다.

오늘 손님이 좀 있어 물 만난 고기처럼 일했습니다. 그런데 일산에서 연락이 왔습니다. 위독하시다고요. 지금 새벽인데 대기 중입니다.

중환자실에서 뜬눈으로 밤을 새웠습니다. 열흘이 지나도록 산소호흡기를 끼고 계신 장인어른이십니다. 이제 77세이신데… 어머니, 기도 좀 해 주세요.

3월 29일 아침 5시 45분. 장인어른께서 끝내 숨을 거두셨네요. 77년을 한결 같이 착하게 사시다가… 어머님 돌아가시게 되면 당신이 알아서 뒷일을 잘 해주신다더니 이렇게 가시다니요. 어머니, 기도해 주세요.

서울대병원 영안실 5호. 많은 조문객들이 와 주셔서 감사해 하고 있습니다. 밤에는 고향 친구들과 고향 어른들, 사회 친구들이 올 것 같아 더 바쁠 것 같습니다.

경기도 양평군 양수리 갑산공원에 모셨습니다. 장인어른 편찮으시고 또 장례를 치르며 많은 교훈을 얻었습니다. 평소에 잘 하면서 살아야 함을 말입니다. 또 힘들고 어려운 이웃을 도우며 살아야 함을.

4월의 편지

아직은 떠나시지 마세요

삼우제 날입니다. 갑산공원에서 마지막으로 제를 드리고 처가 식구들과 고인에 대한 덕담을 나누었습니다. 어머니, 제 장인이 돌아가셨답니다. 두 분이 참 다정하셨지요.

미리 준비해 둔 어머니 묘지 터도 둘러보았습니다. 멀리 산자락 사이에 강도 보이고 아주 좋은 명당이었습니다. 어머니가 저기 묻히실 걸 미리 생각하니, 아무리 명당이어도 차가운 땅 속에 계실 것을 생각하니 목이 메어 왔습니다. 아직은 떠나시지 마시기 바랍니다. 어머니가 안 계시는 아침을 감히 상상할 수가 없습니다.

부활절입니다. 아이들 엄마 김선미가 매년 부활절이면 어머니 다니시는 교회에 계란을 보내드린 것 아시죠? 어제도 많이 보냈답니다. 오늘 김선미, 배성범, 배수경, 배기범 그리고 어머님 다 같이 교회에 갔으니 든든하시고 기분이 좋으셨나요.

어머니, 아들이 걷기 운동을 한 시간씩 하고 있습니다. 아침에 동현 아파트를 열 바퀴 돕니다. 몸이 가벼워지고 생기가 도는 듯합니다. 어머니는 그저 생계를 위해, 자식들을 보살피기 위해 일터를 오가셨죠. 어머니에게 걷기는 오직 자식들 생각으로 가득 찬 그런 것이었겠죠.

어머니와 제가 서로 껴안고 있자 옆에서 집안 일을 돌봐 주시는 아주머니가 웃고 계시네요. 어머님 사랑은 퍼내도 퍼내도 마르지 않는 옹달샘입니다. 힘들 때마다 그 샘물을 한 바가지 씩 마시며 살아왔습니다.

벚꽃도 활짝 피었고 개나리도 피었습니다. 어머님과 같이 아파트 산책로라도 걸을 수 있다면……. 서울대 강남센터에서 건강검진을 받았습니다. 장내시경, 위내시경을 수면으로 받으니 자꾸만 잠이 옵니다.

피었나 했더니 벌써 벚꽃도 지고 목련도 지고 개나리 노란 꽃도 하나 둘 지고 있네요. 피면 지는 게 또 꽃인가 봅니다. 그래도 아예 피지도 못하고 지는 생명들에 비하면 그 자체가 축복인가 합니다.

지금껏 가족이 먹고 살기 위해 일했고, 그래서 집도 장만하고 이제는 살 만 하게 되었고, 마음을 비울 때가 된 것 같습니다. 비움이 열정보다 강하다는 걸 느꼈기 때문입니다. 우리 가족 생계나 아이들 교육비 걱정은 덜 해도 되니, 작은 성의지만 어려운 사람을 위해서 봉사하며 열심히 살겠습니다.

종일 비가 오는데 무얼 하고 계시나요? 양말과 속옷을 꿰매시고 빨래를 개시고 한 시도 가만있지 않으시네요. 우리 아이들에게 바르게 사는 게 어떤 건지 말없이 가르쳐 주시는 것 같습니다.

서울대병원에서 이틀간 바자회가 열렸습니다. 어제와 오늘 5시 반에 일어나 700인분 초밥을 만들어 팔아 700만 원을 기부했고 그리고 가게에 와서 일합니다. 남을 돕기 위해 일하는 건 사실 피곤한 일입니다. 마음만 가지고는 안 된다는 걸 느낍니다. 몸이 움직여야 하고 행동으로 이어져야 합니다. 그리고 남을 도왔다는 사실을 잊어버려야 합니다. 쉽지는 않지만요.

논현동 학리경로당 어르신 40여 분께 식사를 대접하였습니다. 어르신은 한 끼 식사가 중요합니다. 그 사실을 알기에 고되더라도 미루지 않고자 합니다.

5월의 편지

세상에서 제일 잘 할 수 있는 일

강원도 인제 애향원의 장애인 60여 분이 오셔서 식사를 대접해 드렸고 기부금도 전달했습니다.

어젯밤에 쌍문동 갈 일이 있어 갔다가 제가 살던 집에

들렀는데 그대로이더군요. 그때 그곳에 살던 저는 이렇게 변했는데요. 한참을 가슴이 먹먹했습니다.

어버이날입니다. 토요일인데도 점심 저녁 예약이 꽉 차 있네요. 해마다 돌아오는 어버이날. 우리 어릴 때는 어머니날만 있었지요. 그만큼 이 땅의 어머니들이 고생이 많으셨기에 그랬을 겁니다. 이제 호강하실 때도 되셨는데 어머니는 그만 늙으셔서… 마음이 아픕니다.

어제가 400일째 오늘이 401일째입니다. 어머님께 편지 쓴 날이요. 이렇게 편지를 쓸 수 있도록 건강하게 살아계셔서 고맙습니다. 이 편지가 앞으로 1,000일째가 되고 2,000일째가 되고, 3,000일째를 넘어 4,000일째가 될 때까지 엄니가 제 곁에 계셔주기를 간절히 소망합니다. 그럼 매일매일이 아름답고 소박한 축복일 테니까요.

장모님이 오셨는데, 앞으로 바깥사돈도 같이 오시라는 엄니 말씀에 다들 가슴이 아팠습니다. 어머니 아들뻘인 장인께서 돌아가셨다는 걸 아시면 엄니 마음이 어떻겠어요.

무슨 옷을 그렇게 곱게 뜯었다 꿰매는지 한올 한올 정성을 다 하시네요. 가평 큰누님이 왔다 갔네요. 주무시지도 못하고 바빠서 서둘러 가셨어요. 한평생 고생만 하시다가 좀 편안하게 사실 때도 되었건만…….

5월 15일. 어머니 96세 생신입니다. 순자 누나, 수화, 목화, 그리고 우리 가족이 식사하고 케이크 자르며 축하드립니다. 어머니, 어머니가 태어나셨기에 제가 이 자리에 있게 된 것이지요. 그러니 어머니 생신은 아무리 축하를 드리고 감사를 드려도 모자랍니다.

장인이 돌아가신 지 49일째 되는 날입니다. 오전에 갑산공원에 가서 49재를 지냈습니다. 하늘나라에서 편안하시기 바랍니다. 거기서도 누군가를 도우시며 사실 것 같은 생각이 듭니다.

아침 일찍 장애인분들을 초청해서 식사를 대접해 드리고 기부금을 전달했습니다. 매년 여러 장애인분들께 그렇게 해 드리고 있어 때가 되면 연락이 옵니다. '올해는 왜 안 하냐고요?' 몸이 불편해서 그렇지 마음은 더없이 순수한 분들입니다. 그분들께 제가 좀 도움을 드리는 게 뭔

대수이겠습니까? 제가 이 세상에서 제일 잘할 수 있는 게 열심히 사는 일입니다. 남을 도울 수 있다는 것도 행운인 것 같습니다. 돕고 싶어도 돕지 못한다면 마음이 아프겠죠.

아침에 압구정동 노인정에서 20여 분 이상이 오셔서 식사를 대접해 드렸습니다. 5월 들어서는 거의 매일이다시피 봉사의 시간을 갖고 있습니다. 〈어도〉하나만 가지고는 힘들지 않을까 싶기도 합니다.

황금연휴인데도 가족들과 여행도 못가고 일만 하고 있으니 난 아이들에겐 인기 없는 아빠일 수밖에요. 몸이 무척 피곤합니다. 많이 약해졌나 봐요.

토요일, 산 좋고 물 좋은 곳에서 가족이 푹 쉬다 올까 해서 밤 11시 넘어서 가게 임만규 전무님과 함께 출발해 강원도의 피닉스 파크로 갔습니다. 밤늦게 출발한지라 엄니께 인사도 못 드렸네요. 먼 길 갈 때는 항상 말씀드렸는데 죄송합니다. 집사람, 수경이, 기범이랑 하룻밤만 자고 올라왔습니다. 지금은 〈어도〉에서 일하고 있습니다.

6월의 편지

자신을 위해서는 한 푼도 쓰지 않으셨습니다

 광주의 외갓집 오행열 형님의 장례식장에서 출발해 서울에 도착하니 새벽 7시. 몸이 힘듭니다. 오후에 그래도 어머님과 한참 얘기를 했고 식사하시는 모습도 지켜봤습니다. 성범이에게 5천 원 용돈을 주셨더군요. 성범이가 무척 기뻐하네요.

 어릴 적 고향친구 기재도가 교통사고로 사망해서 광주에 갑니다. 교통사고라니… 허무합니다. 근 두 달 사이에 많은 분들이 세상을 떠났네요.

 오늘 아침 비닐봉투를 곱게 개시던데 어디 쓰시려고 그러시나요? 의정부 녹양교회에 한번 모시고 가야 할 텐데요.

 서울대병원에서 검진을 받고 얼른 돌아와 점심 장사를 하고 오후에 다시 서울대병원 원장 이·취임식에 초대손님으로 다녀왔습니다. 제가 유명인사가 되었나 싶었습니다. 사실 속으로 좀 우쭐했습니다. 어머니, 저라고 왜 명예욕이 없겠습니까? 하지만 전 압니다. 낮은 곳이 제가 있을 자리라는 걸요. 그래야 제가 가야 할 길을 갈 수 있습니다.

뭐가 드시고 싶어도 자신을 위해서는 한 푼도 쓰지 않으신 어머니!

곁에만 있어 주셔도 힘이 됩니다. 어머님 뜻에 따라 세상의 빛과 소금이 되겠습니다. 설령 빛이 흐려지고 소금이 녹아 없어지더라도 그 속에 어머님의 사랑만은 영원할 것입니다.

일요일입니다. 직원들이 쉬니 저는 더 바쁘고 아이들은 학원 가서 공부하느라 바쁘고 아이들 뒤치다꺼리 하느라 집사람도 바쁘고 항상 엄니 하고 생활하는 아주머니도 휴무라서 안 계시고 어머니 혼자 집 지키시느라 외롭지 않으셨나요?

집사람이 깨워줘서 월드컵 후반전을 봤습니다. 예선 마지막 경기에서 나이지리아와 2대 2로 비겨 16강에 진출

했습니다. 원정 16강은 처음 있는 일이네요. 엄니 방의 텔레비전을 보느라 그만 못 주무시게 했네요. 시끄러우셨죠? 조금 이해해 주세요.

세상에 태어나면서부터 인간은 계속 배우면서 살아가는 듯합니다. 시키지도 않았는데 엄니 젖을 빨며 배고픔을 달래고, 힘차게 울부짖고, 티 하나 없는 맑은 미소를 지으면서 엄니를 배우며 세상을 살아갑니다.

7월의 편지

장사가 안 되어도 기부는 해야 합니다

요즘은 늦은 밤에 운동을 합니다. 퇴근하고 하루 일과를 정리하고 사우나 다녀오면 새벽 세 시가 넘습니다. 좀처럼 잠이 오지 않습니다. 잠을 청해보려 해도 시장의 생선가게 아저씨들이 농어가 있다, 광어가 있다, 값은 얼마 한다 하고 전화를 해오면 그나마 잠을 설치게 됩니다. 그분들도 장사를 해야 하니까 그럴 수밖에 없겠지요.

어젯밤에 어머니 뵙지도 못하고 장성에 다녀왔네요. 고향 선산에 들렀다가 마을 어른들께 인사드리고, 낮에는 외사촌 형제 조카들과 식사하고 서울로 올라왔습니다.

엄니한테 이어져온 유전자는 힘들고 어려울수록 희망이 솟고 용기가 난답니다. 어릴 적 왜 그리 힘들었던지… 아버지, 어머니, 할머니, 형님, 누님, 모두 얼마나 힘드셨나요?

태어나서 제일 잘 한 게 결혼해서 엄니를 모시게 된 겁니다. 제가 어른이 되기까지 엄니가 절 보살펴주었듯 저희가 어른이 되고부터는 엄니를 모시는 게 자연스러운 거겠지요.

많은 분들이 도와주셨고, 힘든데도 열심히 일해 준 직원들이 고맙습니다. 고객 분들과 직원들, 이분들이 계셔 〈어도〉가 오늘도 활기를 띱니다.

오행열 외갓집 형님이 오후에 오셔서 어머니께서 반가웠는지 했던 말 또 하시고 또 하시고. 이제 연세가 드셨

으니까요. 생각지도 않았는데 매상이 많이 오른 날입니다. 매상도 오르고 또 오르고 하면 좋겠지요~

서울대 병원에 후원금 1억 원을 올해도 전달하고 왔습니다. 지금까지 11회째 8억 1,500만 원과 생선초밥 5천4백만 원어치를 전달하였네요. 어머님의 봉사정신을 이어받았기 때문입니다. 장사가 안 되어도 매년 하던 대로 기부를 합니다. 모든 게 갖추어진 상태에서 기부하는 것보다 어려우면 어려운 대로 힘들면 힘든 대로 기부를 하는게 더 의미가 있다고 생각합니다. 병원 원장님과 관계자되시는 분들이 저와 집사람을 따뜻하게 환대해 주셨고 감사한 마음으로 잘 다녀왔습니다.

제 어릴 적 기억엔 항상 몸이 아파 고생하시던 엄니의모습이 있습니다. 머리에 수건을 두르시고 몇날 며칠 앓으시던 모습. 어린 제게도 고통이었습니다. 어머니를 생각하면 그저 눈물만 났지요. 들풀처럼 잡초처럼 살아 온 저에게 엄니는 전부입니다.

한마음 노인정과 영동 어르신들 26분이 오셔서 아침부터 바쁘고 분주했습니다. 늦은 밤 광주 당숙 아들 정엽이 형님께서 매상을 올려주셨고 대화도 나누었습니다.

성범이, 수경이, 기범이가 아침부터 학원에 음악 레슨 받으러 분주하게 집을 나서는 걸 보며 집사람도 저도 바빠 나가는데 엄니는 집밖으로 나가기 힘드신 몸이니… 엄니, 적적하시죠?

지금이 최고로 많이 휴가를 떠나는 때입니다.

〈어도〉 직원들도 여행을 많이 갑니다. 가족들에게 미안합니다. 여행이라고 올해 겨우 하루 다녀왔네요. 그것도 밤 11시 넘어 출발했으니……. 이런 무심한 사람을 그래도 남편이라고 아빠라고, 챙겨주고 따르는 아내와 아이들이 고맙습니다. 말은 안 해도 고맙고 미안한 마음은 항상 품고 있습니다. 1년 365일 가게를 지킨다는 것, 내가 나 자신을 너무 몰아세우는 것 아닌가 생각하면서도, 그렇게 힘들게 일해서 번 돈으로 기부하고 봉사를 해야 의미가 있다고 믿는 내 마음을 바꾸지는 못하겠네요. 올해도 제가 목표한 그 길로 여행을 떠나렵니다.

8월의 편지

살아계신 동안 아프지 마세요

　어머니는 저의 영원한 희망이고 의미입니다. 살아야 할 의미를 주셨고, 무엇을 위해서 살아야 하는지, 사람의 생각이 얼마나 중요한지, 마음에 의해서 죽을 수도 살 수도 있다는 걸 가르쳐 주셨습니다.

　이제는 교회 가는 것도 잊으셨다며, 다리에 힘이 없어서 교회도 못 가신다며 힘없이 고개를 떨구시는 엄니를 뵙고 돌아서는 발걸음이 무겁습니다. 어머니, 다음 주엔 교회 갈 수 있게 해 드릴게요.

　제가 방에 들어서면 그렇게 반가우신지 제 손을 잡으시고 볼에 비비시며 '밥 먹었느냐, 지금 일 보러 가느냐.' 며 항상 물어보시는 엄니.

　어머니 방에 에어컨도 없고 선풍기만 있는데 저만 에어컨 켜고 잤네요. 세계적인 아열대 현상으로 그런 거지만 덥지 않으셨는지요. 노인분들 건강엔 에어컨이 그다지 좋지는 않지만 그래도 더위를 잡수실까봐 걱정이 됩니다.

어제 집사람 김선미 생일이라 장모님 오시고 처제 김선주, 그리고 조카들도 왔습니다. 어머님을 부모님처럼 생각하시는 장모님이시죠. 오늘 말복이라 어머님 삼계탕 챙기시라고 가게 아주머니에게 부탁해 두었는데 잘 드셨는지요?

어젯밤 퇴근길에 귀뚜라미 소리를 들었습니다. 그 소리가 마치 어려움을 참고 견디면 새 날이 온다는 소리로 들렸습니다.

어머니, 오랜만에 교회 다녀오시니 기분이 어떠신지요? 교회분들도 좋아하시고 집사람, 성범, 수경, 기범이까지 갔으니 행복하지 않으셨어요? 하느님께서도 가족 전부를 보시고 좋아하지 않으셨을까 싶네요.

500일째 편지입니다. 어머님 편찮으셨던 세월이 수십 년, 가난을 물려받아 고생하신 게 수십 년, 이제 살아계신 동안 아프지 마세요.

몇 안 되는 자식 중에 누님께서 가끔 오시니 좋으시죠?

아내, 성범, 수경, 기범이에게 편지를 쓰고 매일 쓰는 일기를 썼습니다. 그리고 경남 통영으로 출발했습니다. 황부군 님 아버님 상입니다. 아침 8시에 문상하고 바로 서울로 올라와 밤에 일했습니다. 이렇게 정신없이 살아도 엄니가 계셔서 행복합니다.

친하게 지낸 형님이신 원영일 씨께서 거제도에서 자연산 생선을 싣고 오다 충청도 금산쯤에서 교통사고로 사망하셨습니다. 너무 괴롭습니다. 그렇게 좋은 분이 갑자기 돌아가시다니요. 이제껏 고생하시다 이제 좀 행복하게 지낼 만한데…

어머니가 오늘 아침에도 개는 빨래는 무슨 예술품을 보고 있는 듯합니다. 이쁘고 정갈하고, 보고 또 보아도 그렇습니다.

9월의 편지

비틀비틀 걸으시며 배웅을 해 주시네요

하느님, 돈이 없어 배우지 못한 사람, 돈이 없어 병이 있어도 고치지 못하는 사람, 외로운 사람, 장애가 있는 사람, 힘없고 나약한 수많은 사람들을 위해서 살고 싶습니다. 그래서 돈을 벌고 싶습니다. 가족들에게, 친척들에게, 어릴 적 친구들에게, 사회 친구들에게, 선배나 후배들에게 밥이라도 한 끼 살 수 있는 사람이고 싶습니다.

태풍 콤파스가 북상하면서 전국이 비바람에 가로수가 뽑히고 집들이 망가지고 재산피해가 심하답니다. 지금은 태풍이 물러가고 세상이 평온합니다. 세상사가 그런 건가 봅니다. 평온하다가도 비바람이 몰아치고, 그칠 것 같지 않던 비바람도 마침내 그치고 맙니다.

대가족을 이루고 살고 있어 행복합니다. 어머니를 모시고 있고, 또 집사람이 요즘 사람으로서는 드물게 아이를 셋이나 낳아 잘 기르고 있으니까요. 아이 셋을 일일이 신경 쓰며 키운다는 것은 보통 일이 아닙니다. 매일 매일 시간과 공을 들여야 하는 일입니다. 그래도 어머니가 계셔이 대가족이 중심을 잃지 않고 화목하게 살아가고 있습니다.

성범이와 함께 강원도 강릉에 왔습니다. 둘만의 시간이 필요할 것 같아서요. 성범이가 요즘 마음이 심란한 듯해서요. 자신만의 고민이 있겠지요. 사실 요즘 아이들은 키우기가 옛날 같지 않습니다. 매를 대어서도 안 되고 부모라고 마음대로 해서도 안 됩니다. 달래서 북돋워줘야죠.

성범이와 많은 얘기를 나눴습니다. 백사장도 함께 걸으면서요. 생각보다 까다롭지 않고 긍정적이더군요. 엄니의 성품을 어느 정도는 물려받은 것 같아 안도가 되었습니다. 며칠 더 묵고 싶지만 일을 해야 해 올라왔습니다.

〈어도〉 손님이시던 허재만 사장님이 뇌출혈로 쓰러져 돌아가셨습니다. 불과 50대 초반의 나이에 말입니다. 아산병원 영안실에 다녀왔고 성남 화장장까지 가서 명복을 빌었습니다. 눈물도 많이 흘렸습니다. 내일 당장 어떻게 될지 모르는 게 인생인가 봅니다. 하지만 건강문제라면 평소에 잘 대비를 해야 할 듯합니다. 그래서 저도 열심히 운동을 하고 있습니다. 제가 어떻게 되면 어머님 뵐 낯이 없어집니다. 소중하게 길러주신 저를, 제가 망가뜨릴 수는 없으니까요.

비틀비틀 걸으시며 현관까지 힘들게 나와서 손을 흔들어 주신 어머님! 어머님도 이 시간이 그지없이 소중한지요? 저는 무엇을 준다 해도 이 시간과 바꿀 수 없을 것 같습니다. 어머니가 비틀비틀 하실수록 어머니의 사랑이 더욱 커 보이는 건 어쩐 일인지요.

엄청나게 비가 왔고 교통 대란 속에 예식장 두 곳을 다녀왔습니다. 제가 잠깐만 시간을 내어 움직이면 될 일을 미룰 수는 없지요. 하긴 결혼식 참석은 미룰 수 있는 것도 아니군요.

어머님이 저를 강하게 만드셨지요. 나약했던 저에게 불굴의 의지를 주셨지요. 그래서 오늘의 제가 있고요. 또 꺾이지 않고 살아나갈 수 있고요.

나물 몇 가지에 작은 공기로 밥 한 공기, 그리고 국 한 공기. 그렇게 맛있게 드시니 참 고맙습니다. 부모는 자식이 먹는 것만 봐도 배가 부르다고 하는데, 자식은 늙으신 부모님이 맛있게 드시는 걸 보면 배가 부르다기보다 기쁨이 샘솟는다고 해야 할까요. 엄니, 내일도 모레도 오늘처럼 맛있게 드셔 주세요.

올해는 추석 연후가 9일이나 되는데 저 같은 사람에겐 꿈같은 일입니다. 남들 쉴 때 일해서 오늘이 있었습니다. 휴식이나 여가마저, 봉사 그 정신 속에서 찾아야 하나 봅니다.

추석입니다. 효진이, 승아엄마, 막내누님, 큰누님, 큰누님 식구들이 차례차례 왔습니다. 나이가 큰누님은 70, 순자누님은 60입니다. 그렇게 고생하고도 성품이 착해 밝게들 살고 계시지요. 앞으로 엄니께선 얼마나 더 추석을 맞이할 수 있을까요? 엄니가 있는 한 모든 평일이 명절보다 더 소중한 날들입니다.

엄니 방에서 깜박 잠이 들었습니다. 안방으로 가서 편하게 자라고 저를 깨우시네요. 그냥 엄니 방에서 자고 싶습니다. 옛날엔 좁은 방이지만 우리 한 방에서 자지 않았던가요? 엄니가 머리맡을 지켜주시던 그 방, 좁고 초라했지만 엄니로 인해 따뜻했던 그 방이 생각납니다.

남대문시장에서 7시도 안 되어 생선 배달왔다고 전화가 와 부랴부랴 나갔고, 자연산 민어와 여러 생선을 받아다 수족관에 넣어두고 조선일보, 동아일보, 한국일보, 스포츠신문 들을 읽으며 직원들이 출근하기를 기다립니다. 11시까지 외출초밥 12개를 준비하고 점심 장사하고 한 두어 시간 꿀맛 같은 낮잠을 잤습니다.

빨랫감 잘 개기 대회에 나가면 어머니가 1등을 하실 겁니다. 아무리 생각해도 그토록 정성을 다하시며 갤 수가 있을까 싶습니다. 엄니께서 할 일이 있으셔서 저도 좋습니다.

오늘도 많은 분들이 도움을 주셨습니다. 매일같이 도움을 받기만 바라서는 안 되겠지요. 잊지 않고 찾아주시는 분들이 고맙고, 제가 하는 봉사도 결국 그분들이 하시는 거라고 생각합니다. 그분들의 도움과 정성을 모아 저는 발품을 파는 거지요.

　아침에 어머니 손이 왜 이리 차가우신지! 혈액순환이
안 되어서 그러겠지요. 그 손으로 바느질을 하고 계시네
요. 눈이 잘 안 보이실 텐데 감만으로 하시는 것 같아요.
그런데도 어찌나 정갈하고 바르게 하시는지… 제가 다 놀
랍니다.

10월의 편지

그리운 고향산천

9월에는 많은 행사를 치렀습니다. 오늘은 여직원 아버님이 돌아가셔서 충북 보은에 다녀왔습니다. 직원어 상을 당하거나 안 좋은 일이 생기면 가슴이 철렁합니다. 제가 어머니를 생각하듯 직원들이 부모님을 생각하는 마음도 똑같겠지요. 집에 돌아오니 새벽 네 시네요. 잘 주무시고 계셔서 고맙습니다.

제겐 일요일이 더 바쁩니다. 〈어도〉가 휴일이 없어 직원들이 교대로 쉬기 때문입니다. 휴식도 재충전이기 때문에 꼭 필요한 것인데 저는 일과 휴식의 개념이 없어진 지 오래되었습니다. 엄니가 건강하신 모습을 보는 게 제겐 에너지가 되고 있습니다.

〈어도〉 직원들과 간단한 회식을 가졌습니다. 직원들의 고충을 듣는 것도 제가 해야 할입니다. 그리고 함께 한잔하다 보면 행복감이 솟구칩니다. 직원들은 알게 모르게 제게 힘을 주고 있습니다. 어디 엄니와 가족이 여행이라도 갔으면 싶습니다만 저는 또 〈어도〉로 출근하네요.

장성 친구 박상천이 포천에서 근무하는데 늦게 가서 새벽 6시까지 술을 마셨습니다. 살아가는 이야기, 서로에게 힘이 되는 이야기들을 나눴습니다. 그래서 친구가 좋긴 좋은 것 같습니다.

　엄니가 식사를 맛있게 하시는데 출근 인사를 하려니 멈칫하게 됩니다. 식사를 멈추고 배웅을 나오시니까요. 엄니, 가을이 깊어가고 있습니다. 동현 아파트 단지에 은행나무 잎이 노랗게 물들어가고 간혹 나뭇잎이 떨어지기도 합니다. 나뭇잎은 떨어지면 내년에 다시 새 잎이 돋아나지만 사람은 한 번 가면 다시 돌아 올 수 없겠지요.

　피로가 쌓이면 가게에서 토막잠을 자곤 합니다.

　아무리 불러도 질리거나 싫증나지 않는 우리 엄니. 늘 아침에 뵙고 짧은 시간이지만 모자간에 정을 나눕니다. 50이 되어가는 막내아들이 어머니 눈에는 어린아이로 보이시겠죠. 아들인 제 눈에도 울 엄니가 제일 아름답습니다. 아무리 많은 세월이 흘러도 엄니와 제 마음은 변하지 않겠지요. 가을이 점점 깊어갑니다.

어머니와 우리 가족뿐 아니라 다른 가족들도 행복해야 하기에 그 길을 하고자 합니다. 봉사와 기부의 길을요.

잠이 점점 많아지신 어머니.

어릴 적 친구 서정주가 자기 집사람과 같이 왔었고 흥겨웠던 날입니다. 과거는 아무리 힘들어도 때때로 아름답기도 합니다.

엄니, 제가 감기에 걸렸습니다. 어린 시절부터 축농증과 비염이 있어서 감기에 걸렸다 하면 고생입니다. 어릴 적에 제가 감기에 걸리면, 엄니는 당신에게 옮는 것은 전혀 신경 쓰지 않고 저를 간호해 주셨죠. 하지만 이제는 엄니에게 감기를 옮길까 봐 스스로 조심하게 됩니다. 인사드리지 못하는 마음 이해해 주세요.

오전 11시에 있는 고향분의 딸 결혼식에 다녀오니 점심 손님이 많아 기쁘게 열심히 일했습니다. 큰형님 친구 분 12분이 오셔서 식사 대접해 드렸고요. 다들 즐거워하시며 큰형 얘기 어머니 얘기를 하며 식사 잘 하시고 가셨습니다.

내일 아침은 영하로 떨어진다고 합니다. 어머니, 춥게 입으시면 안 되겠어요.

불러도 불러도 질리지 않는 울 엄니, 만져도 만져도 끝없이 만지고 싶은 울 엄니.

사과를 맛있게 깎아 드시는 걸 보고 그냥 출근합니다. 강남세브란스병원에 초밥 300인 분 기부하고 왔습니다. 금액으론 300만 원이 좀 넘습니다. 이 길이 앞으로 제가 해야 할 길이며 과제입니다. 어머니의 뜻이기도 하고요. 어제 초밥 만드느라 무리를 해서 그런지 오늘 힘이 듭니다. 사우나를 하면서 추스르지만 예전 같지 않음을 느낍니다. 제 몸 지키는 게 봉사의 주춧돌을 튼튼하게 하는 거라는 생각 잊지 않고 있습니다.

가을이 깊어갑니다. 아파트 입구에 단감이 잘 익어가고 있고 나뭇잎들이 울긋불긋 물들어가고 있습니다. 고향에 선 추수가 막바지에 달했겠네요. 벼 추수는 끝났을 것이고 지금쯤은 감도 따고 고구마 캐면서 깊어가는 가을을 만끽하고 있겠네요. 언제나 그리운 고향 산천과 들판과 사람들. 고향이 있어 그리움이라는 샘이 마르지 않나 봅니다.

11월의 편지

가난은 나의 힘

 서울대병원에서 건강진료를 받으니 초기 당뇨가 있고 초기 고지혈증이 있다 하네요. 50이 되니까 늙어가는 과정이겠지요. 물론 제 관리가 허술했던 탓이 더 크겠지요. 몸조심하면서 살아야겠습니다. 제 몸은 저 하나만의 몸이 아니니까요.

 매일매일 모든 것이 같을 수는 없지요. 어제는 손님이 많더니 오늘은 너무 없어 저도 좀 누워 있었어요. 누워 있어도 마음은 일을 하고 있고 또 엄니를 생각합니다.

 단풍이 울긋불긋 절정을 이룹니다. 어머니 잠깐 시간 내서 창밖을 보세요. 색깔 고운 단풍이 마냥 아름답습니다. 아름다운 것들은 저렇게 뽐내지도 않고 가만히 세상을 물들입니다. 엄니도 그냥 계시기만 해도 집 안이 고와지지요. 저는 그렇게 고운 엄니를 한참 바라보고요.

 어제에 이어 안개가 많이 낀 날입니다. 미세먼지를 동

반한 안개가 심해서 먼 곳을 보기 힘들 정도입니다. 이런 현상이 낼모레까지 이어진다고 합니다. 문명이 발달할수록 환경은 더 나빠지니… 사람간의 인정만은 먼지가 끼지 않았으면 하는 바람입니다.

어제 오셔서 어머니를 돌봐주신 장모님 말씀이, 밤새 잠을 못 주무시고 기침을 많이 하셨다 해서 걱정입니다.

아파트 경비 아저씨들이 바빠지셨습니다. 낙엽은 쓸어도 쓸어도 또 떨어지고 종일 정신없이 쓸고 또 쓸고 계십니다. 오늘 아침에 어머니 손이 차가워서 제 마음이 추워집니다.

어머니라는 큰 밭에서 좋은 양분을 받아먹으면서 때로는 가뭄에 때로는 강풍과 비바람에 힘들기도 했지만 인내하고 살아오다 보니 지금은 행복하고, 멋지다면 멋진 가정을 이루고 있는 것 같습니다. 고맙다는 생각, 말로 잘 못하고 이렇게 글로 남깁니다. 어머니는 인생을 아름답게 살아온 분이십니다. 어머니 본인에게도 큰 영광이고 저희 자손들에게도 자긍심을 주셨습니다. 그 훌륭하신 뜻을 자손 대대로 전하고 훌륭한 가문을 만들어가겠습니다. 어머니, 존경합니다.

힘들어도 노력하면 웃으면서 잘 살아갈 수 있고, 쉽게 쉽게 살려다보면 요행이 오히려 독이 되어 돌아오는 듯합니다. 그 모델이 어머니이십니다.

앉은 채로 주무시기에 아주머님께 눕혀 드릴 것을 부탁드리고 출근합니다. 초겨울이라 다들 두터운 옷을 입고 다닙니다. 어릴 적 한겨울이면 머리에 하얀 두건을 쓰시고 끼니때가 되면 가족들을 먹여야 한다는 일념으로 일하시던 어머님을 생각합니다. 먹고 추위를 면하고 잠들 곳이 최우선이었던, 그 힘들었던 시절도 지금 돌아보니 아련하고 아름답기까지 합니다. 어머니, 우리가 아무 걱정 없이 배부르게 잘 살았다면 오늘날 어쩜 이런 가정, 이런 행복도 없었는지 모릅니다. 그리고 어려운 사람들을 돕겠다는 생각이 못 들었을 수도 있다는 생각을 해 봅니다. 어머니, 그 시절의 가난은 저의 힘이 되었습니다.

재경 장성군 향우회와 재경 장성군 산악회에서 장성으

로 여행을 다녀왔습니다. 열차 12칸을 빌려서 말입니다. 아주 즐거운 하루였습니다. 향우회 임원들과 회원들, 산악회 임원들과 회원들 모두 너무나 수고가 많았음에 감사 또 감사드립니다. 향우회와 산악회, 둘 다 고향은 영원하다는 것을 보여주는 우리의 모임입니다. 장성 형님과 형수님도 찾아뵈었습니다. 고향은 어머니의 세월이 배어 있는 곳이지요.

592일째 편지를 쓰고 있습니다. 하루도 빠지지 않고 쓸 수 있었던 것, 이 또한 어머니의 특별한 사랑 속에 제가 있기 때문일 것입니다. 저를 48살에 낳아주시고 매일매일 노심초사하신 어머니의 고생에 비하면 나날이 편지를 쓰는 것은 아무것도 아니지요. 앞으로도 온 맘을 다해 편지를 쓰겠습니다. 어제 차가왔던 손이 오늘 따스하니 마음이 놓입니다.

일요일, 고향 향우회에서 군산 새만금으로 여행을 갔지만 전 가지 못했습니다. 바빠서 그렇지만 한 순간도 〈어도〉를 비우지 않고 이렇게 사는 것만이 좋은 건지 가끔 회의도 듭니다. 그렇지만 다음 순간엔 언제 그런 생각을 했나 싶게 군말 없이 일에 열중하고 있는 자신을 보게 됩니다. 어머니 오늘도 존재해 주셔서 고맙습니다. 모든 걸

다 떠나, 어머니가 계신 것보다 더 좋은 것은 세상에 없습니다.

쌀쌀하면서 맑은 날입니다. 어젯밤 어머니 방에 수경이가 잠을 자더군요. 누가 가르쳐 주지 않아도 손녀와 할머니 사이는 저절로 그렇게 되나 봅니다.

저를 보고 환하게 웃으시는 우리 엄니. 그 웃음이 제 마음을 오늘도 밝게 만듭니다.

11월 24일. 600일째 편지를 쓰고 있습니다. 앞으로도 영원히 쓰고 싶습니다. 어머니만 곁에 계시다면요.

살이라곤 없이 뼈만 있으신 데도, 그 작은 몸에 누가 봐도 힘이 하나도 없을 것 같은데 빨래를 정갈하면서도 야무지게 개고 계시네요.

평화롭고 행복해 보이는 가정. 엄니와 제가 꿈꾸던 그런 그림이었지요. 꿈이 현실이 되고 우리 가족은 그 꿈을 먹고 삽니다. 때론 얻는 것도 있고 때론 잃는 것도 있지만 그리면서 한 세월 지내는 게 사람 사는 세상인가 봅니다.

일요일, 손녀딸 수경이는 어머님 곁에서 자고, 성범이와 기범이는 한 방에서 뒹굴며 자고, 사람 사는 집 같은 하룻밤을 보냅니다. 어젯밤 일찍 퇴근해 어머님의 손을 맞잡고 텔레비전을 보면서 오랜만에 잠시나마 대화도 나누었습니다. 상윤이는 결혼했는지, 상원이는 결혼했는지 물으셨고 한 번도 안 온다고도 말씀하시네요. 귀가 잘 안 들리니 했던 말씀 또 하시고 물었던 말 또 물으시고… 어머니의 어머니도 그러하셨겠죠. 어머닌 저처럼 큰 소리로 대답하시고요.

일찍 일어나 출근해야 하는데 몸이 천근만근입니다. 어릴 적, 저러다 죽는다 할 만큼 아팠던 적이 있지요. 엄니는 제 머리를, 배를, 그리고 다리와 팔, 온 몸을 주물러 주셨죠. 엄마 손이 닿을 때마다 시원했고 이게 약이구나 했습니다. 제 나이 50인데 그때의 그 손길 그립습니다.

12월의 편지

세상에서 제일 선한 눈빛으로

고향선배 송희종 씨 어머님이 돌아가셔서 광주로 내려 갔고 간 김에 고향마을에도 다녀왔습니다. 외갓집 형님 과 관열이 형님을 찾아뵙지 못해서 죄송해 20만 원 전해 드렸고, 임성구 형님댁에도 찾아뵙지 못해서 20만 원 전 해드렸고, 고향 마을에 100만 원, 고향 교회에 20만 원, 합쳐서 200만 원 드리고 왔습니다. 모두 다 엄니 덕분입 니다.

엄니, 조용히 혼자서 무얼 하고 계시나요? 말 잘 듣는 착한 아이처럼 조용히 무언가를 하고 계신 어머니를 멀 리서 보면서 아는 체 안 하고 그냥 출근합니다.

하느님 감사합니다. 눈을 뜨면 제일 먼저 어머니가 생각 납니다. 밤새 안녕하신지… 그리고 식구들이 떠들썩하고 웃는 소리에 안심을 합니다. 엄니도 무사하시다는 생각이 들어서입니다. 힘들다 힘들다 하면서도 생각해 보면 올 한 해 풍성했던 해입니다. 이보다 더 행복하길 바라면 욕 심이겠지요.

처가댁 고모부님께서 어제 아침 6시에 하늘나라로 가셨습니다. 내일 경기도 광주 공원묘지에 묻히십니다. 어머님을 많이 생각하시고 저희 부부, 아이들까지 지극히 아끼시고 사랑하셨는데 긴 투병생활 끝에 그만 하늘나라로…… .

이른 아침 집사람과 함께 양천구 장례식장에 갔다가 다시 백제 화장터로 갔다가 〈어도〉로 왔습니다. 감기몸살이 심해서 엄니를 뵙지 못한 지 열흘이 되어 가는 듯합니다. 그 열흘 동안 건강해주셔서 고맙습니다.

어젯밤엔 너무 아파 수없이 깨어났고 아침에 일어나 보니 편도가 부어 침도 못 삼키고 누룽지도 못 먹었습니다. 결국 병원에서 치료받고 링겔을 1시간 반 맞고 조금 나아져 또 열심히 일했습니다. 장인어른께서 돌아가실 때도 그렇고 처가댁 고모부님께서 돌아가실 때도 제가 무척 아픈 걸 보면 저를 특별히 생각해 주신 분들이 떠나 가시면서까지 저를 생각하시나 봅니다. 그리고 집사람에게 잘하라는 당부인 것 같기도 합니다. 고맙습니다.

엄니, 지금 밖에 눈이 많이 옵니다. 이렇게 눈이 많이 오려고 어젯밤 그렇게 추웠나 봅니다. 아직 감기가 낫지 않아 뵙지 못하고 있습니다. 생각지도 않게 가게 손님이 많아 바빴습니다. 엄니 덕분입니다. 고향 친구 부모님이 돌아가셔서, 늦었지만 거기 다녀와야 할 것 같습니다. 우리 나이 때가 되니 부모님께서 돌아가셨다는 소식이 자주 들려옵니다. 엄니는 좀 더 사실 거죠?

어느 누구에게 희망과 용기를 줄 수 있는 사람이라면 그 사람은 성공한 사람이겠죠. 꺼져가는 촛불처럼 삶의 의미를 잃었던 저에게 희망과 용기를 주어 지금의 저를 만들어 주신 어머니는 제가 보기에 성공하신 분입니다.

장사가 예전 같지 않습니다. 주말이면 가족 손님으로 발 디딜 틈이 없었는데 바쁘고 예약하기도 힘들었는데, 연말인데도 예전의 3분의 1도 안 되는 손님이 오고 계시니… 세상 탓하기 전에 저 자신부터 돌아봐야겠습니다.

제 나이 17살 때 같이 일했던 김만수 형님의 아들 결혼식이 있어 종로 5가에 다녀왔고, 이덕우 형님네 결혼식이 있어 거기엔 집사람이 갔고, 오후엔 중학교 때 친구들 20~30명이 가게로 온다 해서 기다리고 있습니다. 밤에는 요리사 모임이 마포 가든 호텔에서 있어 다녀와야 합니다. 오늘은 일도 해야 하고 예식장 다녀오고 모임 참석하고 정말 바쁘게 지냅니다.

장모님이 어젯밤부터 엄니 곁에 주무시고 계시네요. 장모님께선 친딸처럼 엄니를 보살피십니다. 장인어른께서도 생전에 그러셨지요. SBS 방송팀이 와 3일간 촬영하게 됩니다. 점심시간에 촬영하랴 장사하랴 바쁘지요. 이 방송이 방영되어 많은 사람들이 나눔에 관심 가져주시면 고맙겠습니다. 제가 한 알의 밀알이 될 수 있다면, 그것은 영광이겠지요.

　　촬영하는 내내 엄니께선 웃음을 잃지 않으시고, 며느리 사랑, 손주 사랑을 보여주셨습니다. 아침에 어르신들 식사 대접하고 점심에는 장사하고, 피곤해서 드러눕고 싶은 날이었습니다.

　　집안 분위기가 갈수록 좋아지는 것도 어머님 덕분입니다. 아침 일찍 〈어도〉에서 일과를 시작합니다. 열심히 일하는 직원들 고맙습니다. 어젯밤 수경이가 엄니 곁을 잘 지켜주었더군요. 기특하고 예쁩니다.

　　평생을 자존감을 버리지 않으시고 꼿꼿한 자세로 틈을 보이지 않으신 큰 어른이십니다. 96세인 지금도 깨어 있는 동안은 무슨 일인지 꼼지락꼼지락 일을 하고 계시네요. 나이 어린 손자 손녀에게도 누가 될까 싶어 예를 다 하시니. 혹시 엄니에게 무슨 일이 일어날까 편지를 쓰는 이 순간에도 걱정입니다.

집사람과 아주머니가 집안 일로 분주합니다. 먼지 나니까 밖의 식탁에 가 계시라고 해도 못 알아들어 큰소리로 말하게 되지요. 어머닌 그저 싱글벙글 웃고만 계시네요.

어머니 맘속에 제가 꼭 차 있겠구나 생각합니다. 저 또한 어머니가 꼭 차 있답니다. 고마운 분, 깨끗하고 순백하신 분, 엄니가 이 세상에 안 계시면 전 너무 슬프겠죠. 이 못난 사람을 위해 혼신을 다 할 사람은 없겠죠. 아침에 제 손을 잡으시며 한없이 밝은 얼굴로 이 세상에서 제일 선한 눈빛으로 아들인 저를 보시는 나의 어머니. 죽어서도 어머니 아들이고자 합니다. 12월 24일 크리스마스이브입니다. 축복 받으시는 오늘과 내일이면 합니다.

사흘째 술을 마시지 않으니 체내에서 적응이 잘 안 되는지 힘드네요. 이상한 상황인데 그렇다고 술을 다시 마시자니 안 될 것 같고… 차차 적응하다 보면 정상적인 상태가 되겠죠.

온 세상이 눈으로 하얀 날입니다. 엉금엉금 기는 차량과 사람들, 가게 앞을 빗자루로 쓰느라 수고하는 사람들. 지금도 계속해서 함박눈이 쌓입니다. 어릴 적 고향에 눈이 많이 오던 날이 생각납니다. 엄니가 삶아 준 고구마 정말 맛있었지요.

　아이들 방학이라 온 집안이 떠들썩합니다. 며칠째 잠을 못 자 몸은 피곤합니다. 겨울방학은 길어 집안이 분주할 것 같습니다. 아이들이 할머니를 귀하게 생각하는 듯해서 늘 다행이고 감사할 일입니다.

　어느덧 올해의 마지막 날입니다. 제가 어릴 때도 엄니는 몸이 아파 돌아가신다 했는데 이렇게 오래 오래 제 곁에 있어 주셔서 너무 고맙습니다. 마음이 이상합니다. 매년 연말을 맞이하고 연초를 맞이하지만 이토록 생각이 깊어본 때는 드물었던 것 같습니다. 나이가 들어서인가요. 엄니, 새해에도 건강하세요.

제 어릴 적 기억엔 항상 몸이
아파 고생하시던 엄니의 모습
이 있습니다. 머리에 수건을 두
르시고 몇날 며칠 앓으시던 모
습. 어린 제게도 고통이었습니
다. 어머니를 생각하면 그저 눈
물만 났지요. 들풀처럼 잡초처
럼 살아 온 저에게 엄니는 전
부입니다.

-2010년의 편지 중에서

2011년

엄니, 바느질을 멈추지 마세요

1월의 편지

책은 읽어야 알 수 있지만 엄니는 보고만 있어도 배우게 됩니다

　새해 첫날입니다. 엄니의 연세 97세이고 아들 나이는 50입니다.

　1억 원이란 돈은 사실 큰돈입니다. 새해 들어 어차피 해야 할 일. 서울대병원 함춘후원회에 1억 원을 또 기부했습니다. 지금까지 누적된 기부금액은 9억 1천5백만 원입니다. 비공식 금액은 10억 원이 넘을 듯합니다. 올해는 경기가 안 좋을 것 같고 여러 어려운 점들이 많을 것 같아 아예 신년 초에 기부했습니다. 올해도 기부할 곳이 많은데 큰 곳 한군데를 해결하니 기분이 후련하네요.

　어젯밤에 큰누님이 오셔서 엄니 방에서 주무신 걸 아침에 늦게 일어나서야 알게 되었네요. 미안합니다. 겨울철이라 크게 할 일이 없어 집에서 쉬고 계신 듯하네요. 나이 70이 넘었으니 많이 늙으셨지요. 어머니하고 식사는 잘 하셨는지요. 모녀지간에 언제 또 같이 자고 식사도 같이 하

고 할까요. 오래도록 함께 건강하세요.

성경책을 읽지는 못하시지만 성경책 속에 차곡차곡 꽂아둔 돈을 하나하나 셈하시며 신중하게 만지시는 울 엄니. 가끔 성범이, 수경이, 기범이를 불러서 용돈도 주시며 97세의 연세에도 할머니의 자리를 굳건히 지키시는 울 엄니 참으로 놀라운 정신이십니다.

'일요일인데 교회에 안 가세요?' 물으니 엄니는 약간 슬픈 표정을 지으시며 '글씨 이제는 나이가 많아서, 어지러워서 교회에 못 가겠어'라고 말씀하시네요. 마음으로라도 기도하시면 하나님께서 다 들어주실 것입니다.

어머니라고 부를 수 있고 그러면 바로 기쁨으로 맞으시는 엄니가 있어서 행복합니다. 엄니를 부르는 순간 엔돌핀이 솟아 기쁘고 그런 오늘이 감사합니다. 점심때도 밤에도 손님이 많아 종일 바빴습니다. 엄니 덕입니다. 때론 힘들고 때론 지치고 고달프기도 하지만 그래도 엄니가 계셔서 행복합니다.

무척 추운 날입니다. 1월 16일 오늘, 〈어도〉 18년 생일을 맞았습니다. 지긋지긋했던 가난을 이기게 해주었고 우리 가족 모두를 행복하게 해 준 〈어도〉입니다. 어머니가 안 계셨으면 〈어도〉를 시작할 엄두도 못 냈겠지요. 어머니 감사합니다.

장모님과 이틀 밤 잘 주무셨는지요. 장모님께 잘해 드려야 하는데 생각보다 못해 드리고 있어 죄송합니다. 아침에 집으로 돌아가시는 장모님 모습을 보니 안쓰럽네요. 장인어른이 안 계셔서 더 그렇게 보이나 봅니다. 엄니 방도 추운 것 같은데 몸을 따뜻하게 하시고 끼니 세 끼 잘 챙기시기 바랍니다.

아주머니께서 우리가 다 못하는 효도를 대신 해 주어서 고맙습니다. 〈어도〉 직원들과 고객분들, 모두 저를 이끌어 주시는 고마운 분들입니다. 제가 할 수 있는 건 은혜를 저버리지 않는 것이겠죠. 더욱 더 열심히 해서 보답하며 살겠습니다.

살아 계신 신이 있으시다면 어머님은 저에게 신이십니다. 항상 제 삶 깊은 곳에 머물러 계시고 염려와 안도 속에, 뵈면 기쁨이고 행복을 주시는 울 엄니, 살아있는 천사이세요. 온 거리가 빙판길입니다. 모두 엉금엉금 입니다. 어릴 적 명절을 앞둔 날 생각이 납니다. 고생하시던 울 엄니 모습이요.

'지금 가면 저녁에나 보겠나' 제 손을 꼭 잡으시며 하시는 그 말씀, 제겐 너무 고맙고 또 죄송합니다. 하루 일과를 잘 하고 오라고 오늘도 웃음으로 전해 주시네요. 제게 큰 힘이 됩니다.

누구에게나 살아 있는 동안에는 항상 마음속에 어머님이 자리하고 있듯이 저도 그렇습니다. 많은 분들이 어머니의 존재 그 힘을 느끼고 사랑을 느끼겠지요. 기침을 하시지만 연세가 많아 병원에서 잘 받아주지도 않으니 그저 견뎌나가시는 모습에 마음이 아픕니다.

어머니께서 젊은 시절 웃어른들 모시고 자식들 키우시며 애쓰신 것처럼 저도 열심히 살아갑니다. 성범이, 수경이, 기범이도 어린 나이지만 나름대로 열심히 살아가겠죠. 저에겐 수많은 좋은 책보다 지금 저희 곁에 있는 엄니가 더 큰 스승이십니다. 책은 읽어야 알 수 있지만 엄니는 보고만 있어도 배우게 되니까요.

고향 장성군 진원면 산악회에서 북한산 산행이 있어 수
유리에서 만나 단체 산행을 했습니다. 20~30명 정도 나왔
습니다. 산행을 마치고 정릉 식당에서 김치찌개를 맛있게
먹고 선물로 김도 받아 왔습니다. 아침 일찍 나오느라 엄
니를 뵙지 못해 마음이 쓰입니다.

2월의 편지

제가 보이지 않을 때까지 손을 흔드시는 엄니

손이 차가우신지 이불 속에 넣고 있다가 제가 방문을 열
고 들어서자 어찌나 반갑게 맞이하시는지. 고맙습니다. 항
상 웃으시는 그 모습, 만나는 누구에게나 늘 덕담을 주시
는 너무 착하고 천사이신 우리 어머니. 내일이 설날입니다.
알고 계시는지요? 우리나라 사람들은 설날이 지나야 한
살 더 먹는다고 하지요. 떡국을 먹고, 새로운 계획을 짜고,
쌓였던 앙금들도 풀고, 설 명절은 우리에게 행복과 사랑을
주는 듯합니다. 하지만 명절이 되어도 찾아오는 자식도 없
이 외롭게 지내시는 어르신들도 적지 않겠지요. 그분들을
생각하는 명절이기도 합니다.

2월 3일. 설날입니다. 어머닌 설인지도 모르시고 큰소리로 말해야 그제야 알아듣네요. 뼈밖에 안 남은 몸으로 제 손을 잡고 볼에 비비시고 그렇게 좋아하시네요. 이 순간이 저도 큰 행복입니다. 모자간의 깊은 정을 느끼며 엄니를 새삼스레 바라봅니다.

대단한 줄 알았던 나 자신이 그동안 착각하면서 살았다는 것을 느끼며 반성도 하고, 앞으로의 삶에 대해 생각하며 외롭고 힘들더라도 갈 길을 가며 이제 다시 시작한다는 마음으로 겸손하게 살고자 합니다. 오늘 이 순간이 가면 다시 올 수 없듯이 주어진 날들과 어려운 분들을 사랑하며 살겠다고 다짐해 봅니다.

다리에 힘이 없어 제가 일으켜드리니, 스스로 늙었다는 사실을 인정하시는지 웃으시네요. 저를 붙잡고 현관까지 나오시며, 출근하는 저에게 손을 흔들며 잘 다녀오라며 환한 표정을 지으십니다. 아침에 엄니를 뵙고 떠날 때면 어쩜 이것이 마지막이 아닐까 하는 생각이 스칩니다. 그만큼 연세도 많이 드셨고 밤새 어떻게 될지 모른다는 생각이 들어서요. 살아 계신 동안 행복하시기 바랍니다. 사람은 누구나 한 번은 가지만… 어머니…… .

너무 작아 보이는 어머니, 이제는 정말 너무 작아 보이네요. 가게에 나가서도 종일 어머니 생각을 합니다. 식사는 잘 하시는지… 불편한 데는 없는지… 생각만 해서는 안 되고 … 뭘 어떻게 해드려야 할지…… . 불효하는 것 같아 마음이 무겁습니다.

수경이가 엄니 곁에서 늦게 자는 바람에 엄니도 늦게 자리에 누워 아직 주무시네요. '출근하냐? 밥 먹고 가야지.' 하시며 웃는 모습이 탈을 보는 듯합니다. 이는 다 빠지고, 그 모습마저 예뻐 보이세요. 아이들이 전부 개학을 해서 집 안이 한적합니다. 있을 땐 시끌벅적했는데 좀 그러네요.

너무 누워 계시면 욕창이 생길지 모른다고 걱정하시는 아주머니가 잠을 많이 못 주무시게 하는 것 같습니다. 그래도 피곤하시면 틈틈이 주무시기 바랍니다. 파나마 대사님이 50세 생신이어서 초대를 받았습니다. 밤에 가보아야 할 것 같습니다.

어제 장성에서 진열이 형님이 오셔서 기분 좋으셨죠. 형수님도 오시고 조카 경옥이와 사위 되는 사람도 왔고 아들까지 낳아서 왔으니 얼마나 기분이 좋으셨어요? 다들 어머님이 깨끗하게 늙어 가신다고 말씀하시네요. 총기는 예전보단 덜 하지만 그래도 어머니 고맙고 존경합니다. 5월 어머니 생신 때 또 오신다고 하니 그때 뵈면 또 반갑겠지요. 날씨가 밤이 되니 더 춥네요. 원래 2월이 더 추울 때가 많습니다.

주말에 일이 더 많고 신경 써야 할 일도 많아 월요일이 되면 몸이 무겁습니다. 성범이와 수경이가 늦잠을 자고 이불도 개지 않고, 열심히 공부해야 할 시기에 공부에 게을러 야단을 좀 쳤는데 어머님 앞에서 큰 소리를 내서 죄송합니다. 다음부턴 조심할게요.

화장실이 고장났는지 안방까지 오셔서 볼 일 보시는 엄니. 하마터면 저하고 화장실을 두고서 실수할 뻔했네요. 엄니께서 변기통에 무얼 빠뜨렸는지 고장이 나서 아침부터 난리났네요. 하루를 이렇게 시작합니다. 작은 에피소드도 저에겐 소중합니다. 하루 종일 바빴고 손님도 많았습니다. 순천향대학병원에 2천만 원 기부를 했습니다. 어려워도 기부를 해야 한다는 그 뜻은 어머니께서 주신 것입니다. 고맙고 또 고맙습니다.

기범이 친구들 여럿이서 잠을 자 아침에 시끌벅적했습니다. 아침에 아이들이 어찌나 떠들고 잘 노는지 시끄럽기도 했지만 그래도 보기 좋았답니다. 가난을 모르고 자라는 아이들. 우리 때는 고생했지만 우리 세대가 그 어려운 환경에서 열심히 노력하여 우리 아이들은 밝게 자랄 수 있으니, 아이들을 보며 새삼 우리 세대와 선배 세대의 힘들었던 삶에 경의를 보내게 됩니다. 그런데 청년들은 지금 일자리가 없다 하는데 저 아이들이 크면 그땐 어떻게 될까 생각도 해보게 됩니다.

점심때는 손님이 많았습니다. 큰 복입니다. 은혜를 입고 있습니다. 한분 한분이 모두 소중합니다. 매상이 얼마나 올랐든 가게를 찾아주시는 분 모두가 다 귀하고 소중하고 은혜를 주시는 분들입니다. 제가 봉사하는 분들도 마찬가지입니다. 그분들은 제게 살아가는 의미를 주시고 저를 행복하게 해주시는 분들입니다. 금전보다도 더 큰 걸 주시는 분들이지요. 모두 모두 고맙습니다.

무언가를 세시면서 만지작만지작 하고 계시네요. 처음에는 돈인가 하고 보았더니 돈이 아니고 무슨 종이인지 모르지만 세고 계시네요. 알은체할까 하다가 그냥 출근합니다.

날씨가 좋습니다. 봄인가 봅니다. 남쪽에 매화가 며칠 전에 피었다는 소식을 들은 듯합니다. 옛날 시골에서 봄이면 쑥 캐던 생각이 납니다. 언제 쑥이 나기 시작하면 쑥을 좀 캤으면 합니다. 엄니가 쑥을 참 좋아하시잖아요. 떡도 만들고 죽도 만들어 먹고 쑥밥도 만들어 먹, 저에겐 쑥에 대한 추억이 많답니다. 엄니 올 봄엔 쑥 좀 캐서 같이 먹어요.

미용실에서 머리를 자르시고 집으로 가고 계시네요. 몇 해 전만 해도 혼자서 머리를 자르시고 집으로 가셨는데 이제는 아주머니가 부축을 해 드려야 겨우 가시네요. 그래도 대단하십니다. 바깥출입을 하셨으니까요. 어떠세요? 머리 깎으니 시원하시지요? 그러고 보니 100세가 멀지 않으셨어요.

쪼그리고 앉아서 무얼 그리 생각하시나요? 지나 온 세월을 생각하시나요? 제가 손을 내밀자 반가워하시며 간신히 일어서서 제게 안기시네요. 현관까지 비틀비틀 걸어오셔서 저를 배웅하시네요. 그 모습에 출근하면서 마음이 무겁습니다. 언젠가는 삶은 끝나지만… 어머니, 세상에 그 무엇이 '어머니'라는 말을 대신 하겠어요?

3월의 편지

오늘따라 왜 이렇게 귀여우세요?

   3월 2일. 어머니께서 50년 전에 저를 낳아주신 날입니다. 생각지도 않게 생일상을 차려준 집사람과 아주머니, 그리고 아이들, 〈어도〉 직원들, 그 외 많은 분들에게 늘 고마움을 느낍니다. 어머닌 아무것도 모르시는지 차려드린 미역국에 식사만 잘 하고 계시네요. 십수 년 동안 매년 화분과 떡을 보내주신 신호균 회장님 사모님께 감사드립니다. 쉽지 않은 일인데 이렇게 챙겨주시니 몸 둘 바를 모르겠습니다. 이것이 다 어머님이 저를 잘 낳아주신 덕분이지요. 낳아주셔서 고맙습니다.

   새로 오신 아주머니도 참 좋은 분이십니다. 이제 어머니와 함께 지내실 분이니 새 식구를 얻은 듯 기뻐해 주세요. 엄니 손을 잡고 '교회 가실래요?' 했더니 못 알아들으시어 귀에 대고 다시 큰 소리로 말하니 '이제 교회 못 간다. 다리에 힘도 없고.' 하시네요. 이렇게 다리에 힘이 없어질 때까지 아이들을 돌보신 어머니. 엄니 덕분에 아이들이 많이 컸습니다. 생각도 어른스러워지고요. 엄니, 고맙습니다.

아직 쌀쌀하지만 봄은 봄인 듯합니다. 사람들의 밝은 모습이 무척 산뜻해 보입니다. 아침에 기공치료를 받으러 가서 점심시간을 넘겨 계속 받았네요. 몸이 안 좋은 데가 많아서 그렇습니다. 오후에 선배님이 오셔서 같이 한잔하고 밤에 장사하고 밤늦게는 후배가 가게를 새로 단장을 해서 장사를 시작하기에 거기 가서 또 한잔하고 왔습니다. 좀 취했습니다. 어머니.

엄니 주무시는 곁에 새로 오신 아주머니와 기범이 수경이까지 같이 자고 있는 모습이 보기 좋았습니다. 그러고 보니 엄니가 너무 인기가 좋으신가 봅니다.

서울대병원 1억 원 기부금 전달식이 있는 날입니다. 집사람과 함께 전달하고 왔습니다. 원장님과 부원장님, 함춘후원회 회장님, 그 외 수많은 분들이 성대하게 맞아주셔서 감사했습니다.

올해까지 10억 원 가까이 기부하고 보니 제 스스로도 대견합니다. 중간에 어려운 사정도 많았지만 제 후원으로 많은 분들이 병이 완쾌되어서 희망을 갖고 어려움을 헤쳐 나갈 것을 생각하니 후원 일을 결코 포기할 수 없었답니다.

오늘은 날씨마저 좋은 날입니다.

장성군 산악회에서 남한산성 등반이 있어 아침 일찍 참석하다 보니 인사를 못 드렸네요. 장성군 산악회는 규모가 커서 오늘 참석한 인원만 150여 명은 된 듯합니다. 운영진들이 잘 구성되어 있어 흐트러짐 없이 잘 운영되고 있습니다. 다들 고향사람들이다 보니, 두어 시간 등반하며 자랄 적 이야기와 지금 살아가는 이야기 등을 하다 보니 즐겁고 행복한 기분이었습니다. 지금은 〈어도〉에 있습니다. 제가 없을 때 직원들이 장사를 많이 해 놓았네요. 직원들이 다 자기 가게처럼 일을 해 주니 고마울 따름입니다.

이웃나라 일본이 큰일입니다. 지진 피해로 사람도 많이 죽고 재산 피해도 엄청난가 봅니다. 우리나라를 빼앗고 나쁜 짓을 많이 한 나라지만 그것과 상관없이 현재 동시대 사람들이 받고 있는 피해에는 동정이 갑니다.

어머니, 오늘은 몸 상태가 무척 좋아 보이십니다. 손아귀 힘이 저보다 더 세신 듯하고 웃는 얼굴이 너무도 행복해 보입니다. 거리에는 꽃샘추위가 시작되었나 봅니다. 이번 추위가 가시고 나면 들에 개나리, 산에 진달래가 움트겠고 또 다른 많은 변화가 올 듯합니다.

엄니, 오늘따라 왜 이렇게 귀여우세요? 어린아이처럼 어리광을 부리시는 것이 오늘 저에게 더 많이 애착이 가시나 봅니다. 사람은 누구나 어릴 적엔 엄니에게 기대어 살다가 나이 들면 자식을 의지하며 살아간다는 말이 있지요. 철없는 저를 이렇게 키워 주셨으니 이제는 제게 마음껏 기대세요. 이 세상에 그 누구를 의지하며 사시겠어요. 날은 맑은데 기운은 뚝 떨어져 춥네요. 이번 추위가 가면 남쪽부터 꽃소식이 오겠지요.

3월 17일. 장인어른 기일입니다. 벌써 한 해가 지났네요. 장인어른! 딸 김선미, 제 집사람 잘 지내고 있습니다. 손자 손녀들 잘 돌보면서요. 장모님께서 좀 적적해 보이시지만 자식들이 있으니 너무 걱정하지 않으셔도 될 것 같습니다. 이승에서 좋은 분이셨으니 하늘나라에서도 대우 받으며 잘 지내시리라 믿습니다. 저도 집사람 아끼며 열심히 살아가겠습니다. 생전에 저의 어머님과 저에게 잘해 주신 것 내내 잊지 않겠습니다.

아침이면 엄니를 들여다봅니다. 수경이는 텔레비전 보고

있고 어머니는 무언가를 만지시며 열심히 하고 계시네요. 봄비가 내립니다. 대지를 적셔주는 이 비가 내리고 나면 아마도 봄이 더 빨리 오겠죠. 진달래와 개나리가 피고 나뭇잎도 돋고 들에는 새싹이 돋아나겠죠. 자연은 언제나 신비합니다. 겪어도 또 겪어도 신비합니다.

추운 날씨인데도 화단에 새싹이 돋아나고 있었습니다. 한참을 보며 혼자 중얼거려 봅니다. 머지않아 저 벚꽃나무에도 꽃이 피겠지, 저 옆의 목련이 먼저 필까 하면서요. 어릴 적 엄니 손을 잡고 봄꽃들을 보면서 예쁘다고 중얼거리던 기억과, 야산의 진달래꽃을 따서 먹었던 기억을 떠올려 봅니다.

꼼지락꼼지락 무얼 그리 신중하게 만지시고 또는 소중하게 들여다보시면서 무슨 생각을 하시는지요.

서울대병원 암센터 개원식에 다녀왔습니다. 초청받아서요. 감사드립니다.

마치 어린아이가 엄마 아빠와 떨어지기 싫어하듯 그렇게 저를 안으시네요. 얼마나 사람이 그리우면 그러겠어요. 이 세상 무엇보다 진한 감동 속에 어머님의 크신 사랑을 느꼈습니다. 언젠가 하늘나라로 가시겠지요. 그러면 어머님에 대한 그리움을 어떻게 달랠지 아직은 알지 못합니다.

  신사동 노인정 어르신들 40여 분을 모셔 아침식사를 대접하였습니다. 거리에는 정말 봄이 왔네요. 화단에 새싹이 제법 수북하게 자랐고 나뭇가지에 잎들이 돋아나고 있네요.

4월의 편지

엄니, 우리 꽃구경 가요

바느질을 하고 계시네요. 온몸에 살이 없으셔서 집사람이 사 드린 옷이 안 맞아 실밥을 다 뜯어내고 다시 짜깁기하듯 바느질을 하시네요. 눈도 잘 안 보이실 텐데 97세의 연세에 대단하세요.

730일째 편지를 씁니다. 오늘이 만 2년째 쓰는 날입니다. 하루도 빠짐없이 쓰며 어머니 생각을 할 수 있어 행복했던 날들이었습니다. 이 세상에서 나를 낳아주고 길러준 분은 단 한 분이십니다.

아파트 화단에 꽃이 많이 피었습니다. 요즘은 이상하게 꽃을 보면 기분이 좋아집니다. 나이 들어가며 감성에 변화가 오는 것 같습니다. 날이 더 풀리면 엄니와 함께 바깥바람 쐬며 꽃구경도 하면 좋을 것 같습니다.

참 이상합니다. 우리가 어릴 때는 먹고 의지할 데만 있어도 더 바랄 게 없고 열심히 살 것 같았지요. 그래서 우리 아이들에게는 더 잘해주고 싶었는데, 더 훌륭하게 키우고 싶었는데 생각처럼 쉽지 않네요.

  오늘 〈어도〉에 특별한 손님들이 오십니다. 강원도 산골짜기에서 정신지체 장애인 60분이 오십니다. 이런 장애인 분들을 1년에 몇 차례씩 10년 넘게 초대해서 쌀도 드리고 가다가 드시라고 도시락도 싸드립니다. 기부금도 드립니다. 쉬운 일은 아니지만 해마다 빠뜨릴 수 없는 일입니다.

  일요일이지만 장사도 하고, 일요일이니까 또 예식장도 가야 하는 바쁜 날입니다. 기범이가 아빠하고 같이 목욕탕에 가야 한다 해서 갔는데 녀석이 하도 좋아해서 저도 덩달아 기분이 좋았습니다. 의정부에서 차명자 누님 딸이 2시 30분에 결혼을 합니다. 엄니, 다녀올게요.

  어제 시골 중택 양반의 큰 아들을 보시더니 그 옛날 한 동네에서 사이좋게 살던 이야기를 하며 마냥 좋아하시네요. 헤어질 땐 섭섭하신지 금세 눈시울이 붉어진 어머니, 이제 가면 언제 다시 볼까 하는 생각이 들어서였겠죠.

  꽃이 만발하고 가끔 나비가 찾아옵니다. 꽃은 누구를 위하여 피어 있나요?

특별한 날입니다. 거여동 임마누엘 집에서 장애인 60여 분이 오셨고 너무 맛있게 식사를 하시고 갔습니다. 자기 혼자서는 살아가기 힘든 분들이지요. 식사 대접하고 쌀과 생선과 기부금을 드렸습니다.

어젯밤 수경이가 할머니 방에서 잔다고 했는데 같이 잘 주무셨는지요. 아침에 보니 엄니는 방 청소하고 수경이는 세상모르고 잠들어 있더군요. 이것도 행복의 한 풍경 같습니다.

〈어도〉로 출근하니 주문초밥이 많이 들어 왔네요. 바쁘게 일하는 직원들… 가끔 가슴이 찡합니다. 성당의 어르신들 식사 대접하는 날이라 손님 받으며 봉사하며 열심히 살고 있습니다.

십수 년 전 옻닭을 먹고 한 달이나 고생했는데 전주 금요일에 옻닭을 먹고 옻이 올라 온몸이 가렵고 잠을 못 잤습니다. 한 번 옻이 올랐던 몸은 다시는 오르지 않는다 하더니 그것도 거짓말인가 봅니다. 아니면 제가 미련한 건가요.

　햇살이 너무 좋아 눈이 부실 지경입니다. 강원도에 대설주의보가 있었다고 하니까 봄꽃들이 활짝 피었다가 깜짝 놀랐겠어요.

　바느질을 하시느라 바쁘게 손놀림과 눈대중을 하시다가 엄니 하고 손을 잡아 드리자 깜짝 놀라시며 '인제 가냐? 운동하고 인자 출근혀?' 하시며 밝게 웃으시는 어머니. 밖에는 벚꽃이 지고 있습니다. 눈이 내리듯 꽃잎이 날립니다. 앙상했던 나뭇가지에 푸릇푸릇 돋아나는 잎이 제법 모양을 갖추고 있습니다. 이래서 자연은 위대하다고 하나 봅니다.

　이 세상에서 제일 재수가 좋은 놈, 이 세상에서 제일 행복한 놈이 엄니의 아들 배정철이랍니다. 힘들게 낳으시고 정성으로 기르신 이 아들이 바로 그 주인공이죠.

　부활절입니다. 교회에서 대단한 행사가 있을 터인데 기력이 없으셔서 가지 못하시는 어머니…… .

성범이가 많이 자랐어요. 할머니를 생각할 줄 알고 효도가 무엇인지 조금은 아는 듯하네요.

화단에 진달래꽃이 피었고 영산홍꽃이 피기 위해 준비 중입니다. 어머니, 우리 꽃구경 가요.

성범이가 시험기간이어서 일찍 집에 왔네요. 어머니 잘 부탁드린다고 당부하고 출근합니다.

손님이 없으면 없는 대로 열심히 일하는 직원들이 고맙습니다.

3주에 걸쳐 매일 바느질을 하셨는데 어제까지 작업을 끝내시고 이제 할 일이 없으신지 앉아서 졸고 계시네요.

강아지가 오고 나서 다들 강아지에 대한 관심이 큽니다. 저도 시간만 나면 강아지가 보고 싶고 출근 전에 안아주면서 한참 놀기도 합니다. 휴지를 곱게 개시다 손을 내밀자 그렇게 좋아하시는 어머니, 오늘도 현관까지 배웅 나오셔서 손을 흔들어 주시니 너무 고맙습니다.

5월의 편지

뒤돌아보며 또 돌아보며

　5월 4일이 생신이신데 오늘 5월 1일로 날을 앞당겨서 생신잔치를 해 드립니다. 장성에서 형수님이 오셨고, 순자누님, 조카 승아엄마, 그리고 수화, 목화, 처제 선주 식구들, 우리집 아이들까지 다들 한자리에 모여 축하해 드렸습니다. 엄니 생신 진심으로 축하드려요. 5월 1일부터 4일까지 다 엄니 생신이라고 생각할게요.

　형수님과 누님들이 엄니 곁에서 주무시고 오늘 아침에 돌아갔습니다. 친척들이라야 몇 분 남지 않았네요. 이제는 다들 외로우신 것 같아 자주 연락을 드려야 할 듯합니다.

　매년 서울대병원에서 바자회를 하는데 오늘과 내일이 그날입니다. 오늘 초밥 600인분을 팔았고 내일은 350인분을 준비해서 팔아야 할 것 같습니다. 돈으로 환산하면 1,000만 원이 훨씬 넘지만 재료비와 인건비를 제하지 않고 전부 기부합니다. 그보다 직원들이 고생이 많았지요. 하지만 날씨가 좋았고 기부가 또 마음을 따뜻하게 합니다.

어제 오늘 합해서 1,300만 원 정도 기부하고 왔습니다. 전 직원이 새벽부터 동원되고 후배 다섯이 합세해서 애쓴 결과입니다. 인건비는 물론 재료비 수백만 원어치도 안 제하고 다 기부했습니다. 값지게 쓰일 것이니 더 바랄 게 없습니다.

저희가 강아지를 좋아하시는 걸 알고서 어머니가 치마천을 찢어 강아지 목줄을 만들어 주시네요. 어머니는 가족들이 좋아하는 거라면 자신과는 상관없이 극진히 배려하십니다. 어린이날입니다. 우리 집에선 기범이가 어린이지요. 새마을식당에 가야 한다 해서 선배가 하는 방배동 새마을식당에 가 저희 식구 맛있는 고기와 식사를 했습니다. 엄니는 고기를 못 드시니…… .

어젯밤에 시골 친구 박영순과 순덕이가 엄니 드린다고 카네이션을 바구니째 한 아름 사왔네요. 엄니 방문 앞에 놓아드렸는데 보셨는지요?

어버이날입니다. 아침 일찍 엄니와 식사를 해서 다행입니다. 출근할 때는 주무시고 계시더군요. 매년 어버이날이면 가게가 바빠 신경을 못 써 드려 너무 죄송합니다. 어버이날이 일 년에 몇 차례 되어 나눠서 했으면 좋겠다는 생각도 해 봅니다. 그럼 제대로 해드릴 수 있을 것 같아서요.

석가탄신일입니다. 도시가 한산합니다. 오늘도 많은 분들의 은혜를 받으면서 살아갑니다. 갚아야 할 터인데 갈 길이 멀게 느껴집니다.

어머니, 장롱을 다 뒤집어 놓으시고 정리를 하시네요. 너무나 정갈하게 하셔서 누가 봐도 노인이 거처하는 방이라고 하기가 믿기지 않을 정도입니다.

무엇을 그리 하시는지, 빨래도 갰다가 청소도 하시고 끝없이 부지런하시네요. 그 끝없는 부지런함이 그 연세에 건강할 수 있는 비법인가 봅니다.

강아지 나쵸를 엄니 방에 데려가니 며느리와 손주 녀석들이 좋아해서 그런지 좋은 척하시네요. 나쵸가 우리 집에 오고부터 사춘기 수경이와 성범이, 그리고 기범이까지 정서적으로 많은 안정을 찾은 것 같아 다행입니다. 나쵸로 인해서 온 가족이 하나가 된 듯합니다. 어머니도 많이 좋아해 주세요.

아침을 드시고 주무시는데 숨소리가 어찌나 헐떡이시던지 아주머니에게 어머니 괜찮으신지 묻고, 엄니를 깨워서 물을 드시게 하고 잠시 바깥바람을 쏘이게 하는 소란이 있었네요. 손을 만지니 아직까지 따뜻하셔서 다행이고 물도 잘 드시고 빵도 드셔서 고맙습니다.

　항상 아침이면 엄니를 뵙습니다. 오늘은 상태가 어떠신지 그게 가장 염려되는 부분이지요. 손은 따뜻하신지 이마에 열은 없으신지 살펴봅니다. 늙으신 부모님을 둔 자식들은 직장에 나와 있거나 어디 여행이라도 가게 되면 부모님이 오늘은 어떠실까 걱정을 많이 하게 되지요. 저는 그래도 가게가 집과 가까워서 다소 안심은 되지만 워낙 연세가 많으시니 아침마다 신경이 쓰입니다. 아침에 엄니의 건강한 모습을 뵈면 제 마음도 어찌나 밝아지는지요.

　앉은 채로 주무시는 어머니! 오늘 제게 딱 걸려버렸네요.

　새벽에 일어나 나오느라 엄니를 뵙지 못합니다. 강남세브란스병원 생선초밥 300인분, 금액으로 400만 원어치를 불우환자 돕기에 써달라고 전달하고 왔습니다. 전 직원이 수고해 주었고 후배 이준호, 문성호, 박성철, 그 외 많은 친구들이 도와줘 잘 끝낼 수 있었습니다. 제 뜻에 동참해 주어 새벽부터 일해 주신 여러분들, 정말 고맙습니다.

추자도에서 또 하루를 보냅니다. 여기는 낚시를 좋아하는 사람들이 모이는 섬입니다. 하루에도 수없이 안개가 끼고 걷히는 등 날씨가 기복이 심하답니다. 바닷가에서 톳을 많이 땄고 낚시도 좀 하고 걷기도 많이 하고 달리기도 많이 했던 날입니다. 같이 간 사람들과 많은 대화를 하였고 하루빨리 좋은 몸을 만들어 올바로 열심히 살아야하겠다 다짐합니다. 오전 12시에 배를 타고 추자도에 도착해서 서울을 향해 자동차로 달렸고 밤 10시가 넘어 무사히 잘 도착하였습니다. 많은 시간을 바다에서 길 위에서 보냈습니다. 고되기도 했지만 아름답고 멋진 추억을 간직하게 되었습니다. 엄니, 이렇게 훌쩍 떠나 본 지가 언제인지 모르겠습니다. 더 열심히 일하기 위한 재충전이라고 생각하고 있습니다. 여행 가 있는 동안 건강해주셔서 고맙습니다.

엄니가 나쵸를 보면서 '너는 참 복도 많다.' 하시네요. '이렇게 좋은 집에 좋은 주인을 만나서 ' 하시며 강아지를 쓰다듬고 안아 주시네요. 이제는 어머니도 강아지를 참 좋아하시네요. 강아지도 엄니를 따르고요.

어디가 불편하신지 힘들어하시는 얼굴로 누워 계시는 어머니. 불안한 마음으로 뒤돌아보며 출근합니다. 어젯밤에 밤새도록 기침을 하셔서 더 그렇습니다.

아침이면 엄니의 표정과 건강상태를 살피는 게 일과입니다. 오늘은 다행히도 엄니 손을 잡고 대화를 잠시 했습니다. 언제나 밝게 웃으시고 저에게 알게 모르게 희망과 용기를 주십니다.

곱디고운 모습으로 식사하시는 모습, 세상에 이보다 더 아름다운 광경이 있을까 싶습니다. 거기다 나쵸가 어머니 곁을 떠나지 않네요. 온갖 재롱을 다 피웁니다.

엄니 앞에서 우리 부부가 결혼한 지 19년 된 날입니다. 5월의 마지막 날이기도 하고요. 출근 전에 나쵸와 장난치며 좀 놀아주다가 엄니를 안아드리니 깜짝 놀라시며 '인제 가나' 하고 반가워하시네요. 세상을 살아가야 할 이유를 가르쳐 주신 어머니, 바르고 정직하게 살아야 함을 일깨워 주신 어머니이십니다.

6월의 편지

너무 신경 쓰지 마세요

살아계신 것만으로도 벅차신지 오늘은 힘없이 앉아 눈을 감고 계시네요. 엄니 손을 가만히 잡으니 깜짝 놀라며 지긋이 웃음 지으시네요. 힘이 드는지 일어나지도 못하시고 앉아서 배웅하십니다. 그 모습이 마음 아파 엄니 손을 잡아끌어 봅니다. 그 동안 힘들게 현관까지 배웅 나오시느라 얼마나 힘드셨어요?

나쵸가 많이 성장해서 어찌나 재롱을 많이 피우는지 온 식구가 즐거워합니다. 엄니도 즐거우시죠?

어제는 엄니께서 모르시고 소변을 두 번이나 그냥 보셨다네요. 세월 앞에선 어쩔 수 없나 봅니다. 엄니 괜찮습니다. 그리고 사랑합니다.

6월 6일. 현충일이고 음력으로는 단오절입니다. 나라를 위해서 순국하신 분들을 기리는 현충일, 그리고 설과 추석과 함께 3대 명절인 단오가 겹쳤네요. 숙연하면서도 또 즐거워해야 하니… 오늘은 그런 날입니다. 밤에는 통영과 거제도를 가야 합니다. 좋은 생선을 구해 와야 고객들께 제대로 대접하지요. 제가 없더라도 편안한 밤 되세요.

어제 오후 늦게 순자누나와 딸 목화네 식구가 다녀갔습니다. 목화가 둘째 아이를 낳아서 데려왔네요. 첫 아이는 아들인데 두 번째는 딸이네요. 세월이 가니 새 생명이 태어나는 축복이 생깁니다. 엄니, 누워 계시지만 말고 창밖도 좀 보세요.

제가 더 바빠지게 되었습니다. 지금까진 생선을 시장에서 받아 쓰거나 배달해 주는 생선을 쓰며 장사하다가 어젯밤부터는 직접 머나먼 통영까지 가서 수산물 공판장 새벽 경매를 통해서 받아오기로 했습니다. 영업이 끝나기 전 밤 9시쯤 출발해서 통영을 거쳐 거제도에 도착한 시간이 새벽 세 시. 경매를 받아 생선이 살아 있는 상태로 싣고서 서울에 도착한 게 오늘 오전 11시쯤이네요. 생선들을 내리고 곧바로 장사를 하느라 정신없이 바빴던 하루입니다.

우리가 살았던 고향의 고산향우회 모임이 있는 날입니

다. 고향을 떠나 머나먼 타향 서울에 와, 힘들고 외로움에 지치면서 살아온 사람들이 모였기에 만나면 반갑고 행복해집니다. 〈어도〉에서 맛있는 회와 적당한 술을 마시면서 나누는, 그 동안 살아 온 이야기와 그 옛날 고향에서 살았던 이야기는 언제까지나 질리지 않는 아름답고 소중한 이야기입니다. 오늘 오신 분들도 못 오신 분들도 고향을 사랑하는 마음은 영원할 것입니다. 엄니, 고향사람들을 보니 기분 좋고 행복하시죠?

녹양교회 박귀동 목사님을 찾아뵙기 위해 아침 일찍 서둘렀습니다. 임만규 전무님이 운전하시고 집사람과 어머니가 뒤에 타고 제가 앞자리에 앉아 찾아갔지요. 마침 목사님은 캄보디아로 선교를 가시고 사모님과 둘째 아들만 보고 왔습니다. 우리가 가난하고 어렵게 살아갈 때 쌀과 연탄을 사서 부엌에 소리 없이 놓고 가신 분입니다. 영원히 잊을 수 없는 저희 은인이십니다.

어제 녹양교회에 무리하게 다녀오시느라 힘이 들어 누워 계신 것 같습니다. 엄니께서 늙음을 받아들이듯 우리도 언젠가 늙어가고 늙음을 받아들이겠죠. 엄니 앞에서 할 소리는 아니지만요.

어젯밤 통영과 거제도를 다녀왔습니다. 자연산 생선을 실어 와야 해서요. 임만규 전무님은 먼저 내려가셨고, 밤 9시에 출발해 통영에 새벽 1시에 도착했네요. 잠깐 요기를 한 후 차에서 깜박 잠이 들었습니다. 얼마나 피곤했던지 새벽 3시 넘어 깼네요. 줄돔을 사고 멍게와 문어 등 여러 생선을 구입하고 경매장에 가서 도미 광어 등 수없이 많은 자연산을 샀습니다. 서울에 아침 10시에 도착해 수족관에 생선을 내리자 모두 다 죽고 쓸모가 없게 되었네요. 산소기를 점검하지 못해서입니다. 앞으로 이런 일은 없어야겠지요.

오늘 현관까지 배웅 나오시는데 제가 자꾸 돌아보게 됩니다. 몇 발자국 걷는 것도 힘들어 하시고… 보기에는 힘없고 초라하지만 제 마음 속 누구보다 강한 분입니다.

장성군과 장성군향우회의 공동주최로 용산역 광장에서 오늘과 내일 이틀에 걸쳐 직거래 장터가 열립니다. 김황식 총리께서 장성군 출신이셔서 오셨고, 김양수 현 장성군수께서도 오셨고, 장성군이 지역구이신 이낙연 국회의원, 장성군 각 면향우회 회장님들과 각 면장님들, 그 외 수많은 유명인사들께서 오셔서 직거래 장터를 성대하게 만들어

주셨습니다. 엄니, 고향이 그립지요?

이제 엄니께선 대소변 가리는 게 예전만 못하십니다. 늙으시면 다 그렇게 되지요. 엄니, 너무 신경 쓰지 마세요. 그래도 집사람과 아주머니가 어머니를 잘 돌봐 주어 고맙습니다.

고향 후배들이 모임을 갖는다며 오후에 〈어도〉로 온다고 합니다. 오랜만에 보는 후배들이고 이제 다 같이 나이 들어가는 입장이 되었네요.

녹양교회 다녀오시고부터 엄니 건강이 안 좋으셔서 아주머니와 집사람 저 모두 심각했답니다. 별 생각이 다 들고 혹시나 잘못되시면 어쩌나 하는 생각이……. 다행히 많이 좋아지셔서 한 시름 놓습니다.

아, 다행입니다. 오늘은 현관까지 배웅 나오셔서 제게 손을 흔들어주시네요. 고맙습니다. 식사도 평소처럼 드신다며 아주머니도 좋아하시고 집사람도 이제는 환하게 웃네요. 날이 더우면 이런저런 병이 많이 생긴다는데 선풍기 트시고 시원하게 계세요.

어제 장모님이 오셨네요. 엄니가 아프다니까 인사차 오셨나 봅니다. 장모님도 이제 연세가 들어가십니다. 그래도 딸처럼 엄니를 보살피시니 참 고맙습니다.

저를 붙잡고 일어나 현관까지 배웅 나오시고, 또 귀엽다며, 까불고 있는 나쵸와 장난까지 치시니 그 모습 보기 좋고 안심이 됩니다.

장마 속 태풍 메아리가 북상 중인데 서울은 밤 6시 넘어 관통한다네요. 전라도와 충청도에 피해가 속출하고 있고 농촌 지역에선 비닐하우스와 과실류 등에 피해가 크다고 합니다. 지금 서울은 비가 많이 내리고 있습니다. 하늘이 구멍 나지 않았나 싶을 정도로 많이 내리네요.

엄니, 제가 국가로부터 큰 상을 받게 되었습니다. 기부실천 행위가 국가로부터 인정받아 국무회의까지 열려 국민포장 대상자로 선정되었답니다. 제가 이렇게 큰 상을 받을 자격이 되는지, 덥석 받아도 되는지 고민이 되었지만 앞으로 변함없이 기부와 봉사의 길을 가라고 주시는 것일 테니 감히 받고자 합니다. 엄니, 제게 용기를 주세요.

상을 받게 되었지만 저의 하루는 변함이 없습니다. 아니 더 무거운 책임감으로 열심히 일해야 합니다. 세상이 물바다가 될 것처럼 비가 오는데 말입니다.

7월의 편지

엄니 아들이 또 상을 받았습니다

엄니, 제 소원이 있습니다. 지금껏 해 온 것처럼 기부와 봉사활동을 멈추지 않게 되는 것입니다. 엄니, 기도 좀 해 주세요.

하루에 대화 한 마디 없이 보내는 날이 많지만, 엄니와 나는 눈빛만으로도 통하지요. 마음속에 가둬둘 수 없는 사랑을 확인하지요. 그 사랑을 느끼며 오늘도 부지런히 일합니다. 밤에는 별로 없지만 낮손님이 계셔 열심히 일합니다. 낮손님 저녁손님 모두 소중한 손님들입니다.

이제 혼자서 이불도 개시고 건강이 많이 좋아지신 것 같습니다. 고맙습니다, 어머니.

장성군향우회 산악회에서 대모산 산행을 해서 3시 반 넘어 하산했네요. 이번에 국민포장 추천을 해 준 후배 송희주와 희주 친구들, 김용섭이랑 〈어도〉에서 식사 겸 술을 한잔했고, 그 참에 장성군산악회 임원들을 비롯해 17명 이상이 생선회와 술을 하면서 즐거운 오후를 보냈습니다. 노래방에서도 몇 시간 놀았네요. 어머니 제가 노래 잘 하는 거 아시지요? 어릴 적 힘들 때면 부르곤 하던 제 노랫소리 기억하시는지요?

비가 너무 오랫동안 많이 오고 있습니다. 농작물 피해도 많고 도로도 붕괴되고 축대가 무너지고 이곳저곳에서 수없이 많은 피해가 생겼답니다. 사망사고까지 줄을 잇네요. 이제 좀 그만 왔으면 좋겠어요. 자연 앞에서는 항상 겸허하고 평소에도 대비를 잘 해야 할 것 같습니다.

7월 15일. 어머니가 낳아주고 길러주신 아들이 오늘 국민이 추천하고 국민이 주시는 국민포장을 받았습니다. 수년전 청와대를 방문해 대통령표창장을 받은 바 있지만 요번에 주는 상은 더 큰 의미가 있는 상이랍니다. 아마 나라의 주인인 국민이 주는 상이어서 더 그렇겠지요. 수없이 많은 기부와 봉사를 해야 받는 상이라고 하는데 비록 그렇게 해온다고 했지만 그래도 제가 그럴 자격이 있는지 잠시 생각해 봤고, 앞으로도 더 열심히 하라는 격려의 뜻으로 알고 감사히 받아들이기로 했습니다. 고향 마을 어른들이 축하해 주시려고 관광버스로 오셨고, 금 1냥짜리 행운의 열쇠까지 받았습니다. 축전과 화환과 축하문자까지 수없이 많은 분들이 축하를 해 주셨습니다. 너무 감사드립니다.

오늘 아침 조선일보 1면 톱에 상 받은 사람 24명 사진이 실렸고, 오늘도 수없이 많은 사람들이 격려와 축하를 해 주었습니다. 더욱 더 열심히 일하겠습니다. 이제는 국민 앞에 하는 약속이 되었습니다.

우리가 정말 힘들고 어렵게 살아갈 때 어머니는 항상 몸이 아프셨고, 작은 형도 생활고에 시달리고 저 역시 자리 잡지 못하고 있을 때 부엌에 연탄과 쌀을 놓고 가신 박귀동 목사님! 이제 좀 있으면 어머님을 뵈러 오신답니다. 엄니, 이제 우리도 어려운 분들을 돕고 살 수 있게 되어 얼마나 다행인지 모르겠습니다.

상을 받게 되면 어머니가 제일 먼저 떠오릅니다. 어젯밤

국세청 세정 홍보과에서 전화가 왔습니다. '아름다운 납세자상'을 수상하게 되었다고요. 저를 추천하신 분이 계셔 제가 안 되면 실망시켜 드릴 것 같았는데 정말 고맙습니다. 사실 일반국민들은 세금으로 의무와 봉사를 하고 있는 겁니다. 그만큼 세금이 중요한데 이런 상을 받게 되어 더없이 영광입니다. 엄니도 기쁘시죠?

직원들과 영업 끝나고 한잔했습니다. 남 돕는다 하면서 진작 직원들에겐 신경을 못 쓰니……. 이분들이 아니었으면 제가 여기 없었을 것입니다. 정말 고맙습니다.

일찍 일어나 신문을 보고 집안을 둘러보고 나쵸와 잠시 놀고 엄니 식사하시는 모습도 봅니다.

십수 년째 모시는 압구정 노인정 어르신들을 초대해 〈어도〉에서 식사를 대접합니다. 중풍에 걸리셔서 불편한 몸으로 오신 분도 계십니다. 지금은 노인이지만 조국의 근대화에 초석을 놓은 분들이십니다.

국세청에서 처음으로 시행하는 '아름다운 납세자상'을 오늘 집사람과 성범이, 기범이와 동행해 받았습니다. 올

해는 제가 상복이 많은가 봅니다. 호사다마라고 좋은 일
이 너무 많으면 마음이 쓰이기도 하지만. 이 상은 〈어도〉
직원들과 함께 그리고 도와주신 손님들과 함께 또 집사
람과 어머님과 함께 받는 거라고 생각하겠습니다. 그리고
더 잘하라는 뜻으로 알고 열심히 살아가겠습니다. 엄니,
고맙습니다.

　연이어 좋은 일이 있다 보니 술을 많이 마시게 되고 흥
분된 분위기 속에서 진정으로 해야 할 일이 무엇인지 잠시
잊고 갈피를 못 잡은 것 같습니다. 이제 정신 차리고 바른
길을 가야겠습니다. 이제부터 8월 말까지 휴가철이라 손님
이 별로 없겠네요.

　아침 일찍 가족들과 양평의 갑산공원 묘지로 장인어른
께 참배를 하러 갔습니다. 국민포장과 아름다운 납세자상
을 받아 인사를 드리려 간 것이지요. 살아 계시다면 누구
보다 기뻐하셨을 장인어른, 하늘나라에 계신 지 벌써 1년
반이 지났네요.

　다들 휴가지만 올해도 우리 집은 휴가는 엄두도 못 내네
요. 이것이 저의 삶이자 업보인가 봅니다.

집사람 김선미 생일이라서 가족 다 같이 식사를 합니다. 장모님이 오시고 순자누나는 떡까지 해 오셨네요, 20대에 시집 와서 40대 중반이 된 집사람입니다. 참 고마운 사람입니다.

너무나 많은 사람이 죽었습니다. 상상하기 어려울 만큼 많은 비가 한꺼번에 쏟아져 산사태가 일어나고 가옥들이 물에 잠기고 막대한 재산피해를 보았습니다. 엄청난 양의, 겁이 날 정도로 폭우가 쏟아졌습니다. 우리 집이나 가게는 피해가 없지만 많은 분들이 피해를 봐 안타깝습니다. 이런 날은 장사가 문제가 아닙니다.

엄니 손녀 수경이가 캠핑 간 지 5일째인데 올 때가 되었는데 아직 소식이 없네요. 수경이가 정신적으로 많이 성장해서 돌아오지 않을까 기대해 봅니다, 시기도 그런 시기인 것 같습니다.

단잠을 주무시는 어머니 얼굴을 나초가 혀로 핥으며 재롱을 떱니다. 어머니는 뭐가 그리 좋으신지 강아지를 연신 쓰다듬고 좋아하십니다. 이게 우리 집 아침 풍경입니다. 고맙습니다. 어머니.

8월의 편지

강아지 나눔와 장난을 치시네요

막혀 있던 하수구가 뚫리듯이 사람들이 돈가뭄 인심가뭄에서 해방되었으면 합니다. 습하고 후덥지근한 날들입니다. 아주머니가 잘 해 주시는지 얼굴이 환해지셨네요!

아침 6시에 일어나 선배들과 청계산 등반을 했습니다. 숨이 차 헉헉거리며 오르는데 땀이 얼마나 나는지, 이렇게 몸이 약해졌나 싶었습니다. 앞으로도 기부와 봉사의 길이 산을 오르듯 쉽지 않을 텐데 건강과 정신력을 함께 길러야겠다는 생각입니다.

태풍 무이파가 강풍을 몰고 와 남쪽 지방에 엄청난 피해를 주고 많은 비가 왔습니다. 북한까지도 갈 모양인데 좋은 일을 함께해야지 태풍을 공유하는 건 마음에 안 드네요.

미국발 금융위기가 와서 그런지 손님이 없네요. 전 세계가 통해 있어 미국이나 중국이 문제가 되면 우리나라도 영

락없는 것 같습니다.

나쵸가 어머니 팔을 물어서 피가 나고 있네요. 엄니가 좋아서 그랬겠지만 뼈밖에 없는 어머니 팔에 피가 나는 걸 보는 게 괴롭습니다.

고향 산악회에서 대모산 등반이 있어 수서역 6번 출구로 일찍 나갔습니다. 달마다 보는 고향 사람들, 보기만 해도 반갑고 즐겁습니다. 생활에 활력을 주는 것 같습니다. 두 시간 산행을 했는데 비가 그칠 기미가 없어 집으로 돌아왔습니다. 올 여름 비가 와도 너무 옵니다. 이러다가 올해 농사 망치겠어요.

8월 15일. 광복절입니다. 우리 하나밖에 없는 딸 수경이 생일이기도 하고요. 매년 이맘때면 어머니 모시고 장성에 내려가 고향 어른들을 찾아뵙고 인사 드렸던 기억이 생생합니다. 아버지 산소, 할아버지와 할머니 산소, 그리고 조상님들 산소들도 꼭 찾아가서 인사 올리던 생각이 납니다. 그 후로 진수 큰형님이 돌아가시고 고향에 묻히자 마음이 아파 고향에 못 가겠다 하시더니……. 지금은 연세가 많아 가고 싶어도 못 가십니다. 살아생전 고향에는 못 가실 것 같네요. 가끔 생각에 잠기시던 때면, 고향을 그리셨는지요. 식사 잘 하시고 건강하시고 화장실 거동도 하시니 그저 고마울 따름입니다.

강아지 나쵸가 엄니를 너무 좋아합니다. 시간만 나면 재롱을 떨어서 엄니를 기쁘게 하네요. 못된 사람보다 훨씬 낫다고 생각합니다.

'나 오늘 목욕했다.' 하시면서 빙그레 웃으시는 어머니. 해맑은 미소가 아름답습니다. 나쵸 하고도 친해져 장난도 치시고 대화도 하시네요. 말 없는 짐승도 정이 무엇인지 알지요.

고향에서 힘들게 지내시다 수십 년 전 서울로 올라와 모진 고생 하시며 살아오신 고향 어른들을 모시고 오후에 식사대접을 하였습니다. 뵙기만 해도 정겨운 분들입니다. 어머니를 뵈러 아파트까지 오셔서 인사하고 좋아하시네요. 앞으로 일 년에 서너 차례 모시도록 하겠습니다. 작은 것 하나라도 나누며 살아가는 것이 고향사람들의 인심이고 성이지요. 앞으로 잊지 않고 실천하겠습니다.

주무시다가 눈을 뜨시고는 "하도 심심해서 바느질이라도 하고 있다" 하며 저를 끌어안고 얼굴을 비비시네요.

모기 입이 돌아간다는 처서입니다. 환절기라 감기 조심하셔야 합니다. 아침저녁 제법 쌀쌀합니다.

청도의 정 회장께서 복숭아를 보내 주셨습니다. 집에 들렀더니 엄니께서 너무도 맛있게 드시네요. 하도 맛있게 드시기에 바라보다 그냥 출근합니다.

매일같이 보며 서로가 반갑고, 좋아서 어쩔 줄 모르면서도 또 보고 싶고, 지금은 어떠신지 자꾸 궁금해지는 것은 부모와 자식이기에 가능하다 싶습니다. 곱게 차려입은 모시옷에 머리를 정갈하게 깎으시고 참 예쁘십니다. 저를 보고 행복한 미소를 지으며 제 손을 꼭 잡으시는 엄니. 이런 날들이 언제까지 계속될지 생각하면 마음이 저려옵니다.

엄니, 날이 좋습니다. 들녘에 과일과 곡식이 잘 익어가겠네요. 곡식이 잘 익어서 시골에서 농사짓는 농부들이 웃음을 잃지 않고 행복하게 지냈으면 좋겠습니다.

요즘 직원들이 많이 그만 두고, 남아 있는 직원들이 힘들어 하는 걸 볼 적이면 미안한 마음이 앞섭니다. 사람이 없다 보니 낮에도 많이 힘들고 여러모로 쉽지가 않습니다.

오늘은 식탁에서 엄니하고 같이 식사를 했습니다. 항상 아주머니와 두 분이서 하셨는데 오늘은 저랑 아이들이랑 같이 하게 되었네요. 연세가 드시면 귀가 멀어야 좋다고 어느 정신과 의사가 하신 말씀이 기억납니다. 좋은 이야기는 들어서 좋지만 좋지 않은 이야기를 들으면 스트레스를 받아 일찍 돌아가실 수 있다 하니 엄니 귀가 어두우신 게 위안이 됩니다.

9월의 편지

엄니, 바느질을 멈추지 마세요!

이제 걸음조차 힘드신 엄니. 제 손을 잡고서 거실과 부엌을 거쳐 베란다까지 한 바퀴 돌아보십니다. 힘들다고 안 걸으시면 다리에 힘이 없어지니 이렇게 조금이라도 걸으시면 좋을 것 같습니다. 한동안 직원들이 없어 고생이었는데 다행히 직원들이 구해져 〈어도〉가 안정을 찾아갑니다.

나쵸를 데리고 가니 '강아지가 애기냐' 하면서 연신 웃어 주시네요. 제가 어릴 때 꿈꾸었던 평온하고 행복한 가정을 이루었습니다. 우리 가족은 행복하지만 이럴 때일수록 어려운 사람들을 생각하고자 합니다. 불우한 가정들이 너무 많습니다. 곁으로는 평온해 보여도 그 속은 불행한 가정도 많고요. 그분들도 굳센 마음으로 노력하면 행복한 가정을 이룰 수 있을 것입니다. 그 과정에 제가 힘이 될 수 있다면 그렇게 하겠습니다.

국무총리 김황식 님의 초대를 받아 총리 공관에 다녀왔습니다. 경비원들이 줄지어 있어 일반사람인 우리는 어리둥절했습니다. 총리님 고향이 장성군이라 장성군 출신 인사 32명을 초대해 주셨는데, 그 안에 제가 끼었다는 게 크나큰 영광이었습니다. 어디 출신이고 하는 일이며 살아가는 이야기들을 나누면서 즐거운 만찬을 하였습니다. 여러모로 부족한 제가 그 자리에 있었음이 다시 한 번 영광이었습니다.

어젯밤에 고향 장성군 진원면 진원리 고산마을에 갔습니

다. 밤늦게 도착해 장성 읍내에 계신 작은집 진열이형 집에서 하룻밤 잘 잤고 식사도 잘 하고 오늘 아침 고향 마을과 선산에 들렀습니다. 국민추천 국민포장과 아름다운 납세자상을 받은 것에 대하여 조상님께 인사를 드렸습니다. 조상님과 고향 어른들의 응원이 있었기에 상을 받을 수 있었습니다. 고맙습니다.

엄니에게 걸음마를 시켜드립니다. 앉아 있거나 누워 있기만 하시니 다리에 힘이 없어 조금이라도 걸어 다니셔야 할 것 같아서요. 제 손을 잡고 식탁을 지나 거실을 거쳐 두어 바퀴 도시더니 '힘들어서 더 못 하겠다.' 하십니다. 거실 창가의 꽃을 보시고서 '꽃이 참 예쁘다.'라고도 하셨죠, 저는 엄니가 더 예쁩니다.

바느질을 너무 정갈하고 꼼꼼하게 하시니 아주머니께서 너무 잘하신다고 감탄하시네요.

어젯밤에 수경이가 집에 왔었나 봅니다. 무심결에 엄니방에 들렀더니 이불을 깊숙이 덮고 자고 있네요. 아빠는 안 찾고 할머니가 많이 보고 싶었나 봅니다.

어제 가평 큰누님과 월계동 막내누님이 오셔서 엄니와 함께 주무셨고 저는 밤늦게 일산 장모님 댁에 다녀왔습니다. 오늘 아침에는 일하는 아주머니가 오시고 누님들은 그새 집으로 가셨네요. 땀 흘리며 운동을 하고 나니 집사람과 아이들과 처제들이 다 와 있네요. 이렇게 하루가 시작됩니다.

개량한복을 곱게 차려입으시고 어젯밤에 어질러 놓은 쓰레기를 버리러 가시네요. 기우뚱 기우뚱 하시면서요. 엄니, 가슴이 저려옵니다.

쉽게 잠이 오지 않습니다. 〈어도〉 주방 뒤편에 공간이 있어서 가건물을 설치하여 주방으로 사용하고 있었습니다. 그런데 이웃에 아무런 피해가 가지 않는데 신고를 하고 해서 장사하는데 큰 지장을 받고 있습니다. 살다보면 이런 경우가 적지 않습니다. 서로 좀 이해하며 살아가면 좋을 텐데요.

돈부콩을 준비해서 갖다 드렸더니 콩을 까시느라 아들이 낮에 집에 온 줄도 모르고 콩만 까고 계시네요. 집사람과 함께 새마을금고에 들렀다가 집에 들어와 낮잠을 자고 다시 출근합니다. 머지않아 단풍이 들 것 같습니다.

나쵸가 나만 보면 장난치려 드네요. 엄니께선 오늘도 현관까지 나오셔서 절 배웅합니다. 배웅도 기쁘지만 아직 이런 힘이 있으시다는 게 더 기쁩니다. 사실은 온 힘을 다해서 걸으시는 거, 저는 알고 있습니다.

나쵸가 아픈지 누워만 있습니다. 말 못하는 짐승이지만 슬퍼 보입니다.

정 과장이 쉬는 날이라 서둘러 나갔습니다. 벌써 직원들이 출근해 일을 하고 있네요. 미안하고 고마웠습니다. 손님들이 많아 바삐 일했던 하루였습니다.

수족관에 있는 자연산 감성돔이 걱정이 되어 일찍 가게에 나왔습니다. 다행히 별 이상이 없어 잘 다듬어서 보관해 두었습니다. 처음 일식집에서 일할 때 선배님이셨던 김성태 님의 딸이 결혼을 해 동대문구 휘경동에 다녀왔습니다. 19년 전 집사람과 결혼하던 때가 생각나는 가운데 이제 갓 결혼한 신랑 신부의 앞날을 축원했습니다. 결혼의 계절이고 여행하기 좋은 날씨입니다.

진원면산악회에서 관악산 등반이 있어 일찍 집을 나서 과천중앙청사역에 집결해 산행을 했습니다. 힘들어서 숨을 헐떡이게 됩니다. 산행은 제 건강상태를 점검해 볼 수 있는 기회가 되는 것 같습니다.

엄니, 아직도 제가 어린아이로 보이시죠? '밥 먹고 가라.'고 하시네요. 운동 하고 돌아오니 바늘귀에 실을 꿰고 계시는 어머니. 아직도 그런 모습 보여주셔서 정말 감사합니다.

가을엔 행사도 많고 할 일도 많습니다. 당분간 환절기라 엄니 건강이 특별히 더 걱정되는 달이기도 합니다.

오늘도 바느질을 하고 계시네요. 정신과 육체 건강에 도움이 되겠지요. 엄니, 바느질을 멈추지 마세요!

엄니, 건강이 좋아지시고 총기가 더 있으신 걸 보니 마음이 든든합니다. 강아지 나쵸가 아파서 재롱을 떨지 않네요. 말 못하는 짐승이 이렇게 사람 마음을 아프게 하네요. 나쵸의 엄마가 있어 이렇게 아픈 나쵸를 보고 있다면 무척 슬프겠지요. 짐승이나 사람이나 자식 생각하는 마음은 한결같지 않나 생각해 봅니다. 어머니, 날이 많이 추워졌습니다. 오늘도 행복하시기 바랍니다.

10월의 편지

새벽부터 초밥 만드느라 전 직원이 바쁩니다

집사람이 카디건을 속에다 입으라며 건네줍니다. 이건 아닌데 하면서 못 이긴 척 입으니 신기하게도 몸이 훨씬 따뜻해지고 좋습니다. 엄니께서도 이제는 따뜻하게 입으셔야 할 것입니다. 연세가 많으실수록 추운 건 좋지 않다고 합니다.

오늘도 변함없이 바느질을 하시는 엄니. 너무 적적하셔서 그렇겠지요. 엄니를 꼭 껴안아 봅니다. 엄니도 절꼭 안아 주시네요. 그리고 현관까지 배웅하러 나와 주시네요.

집사람과 같이 나쵸를 앞세우고 〈어도〉에 갔습니다. 나쵸가 얼마나 좋아하는지 너무 귀엽고 사랑스럽습니다. 말 못하는 짐승도 자유를 꿈꾸고 넓은 세상을 보고 싶어 하나 봅니다.

요가 선생님이 일주일에 두 번 오시는데 오늘이 그날이라 함께 운동을 했습니다. 힘들지만 하고 나면 몸이 가뿐하고 좋아지는 것 같습니다. 요가는 신체의 유연성을 키워주고 호흡에도 깊이를 더해 줍니다. 엄니는 무슨 옷을 또 만들어 입으시려는지 지금 한창 재단하고 계시네요.

토요일, 출근 전에 엄니 방에 잠깐 들렀더니 헝겊을 만지면서 가위로 자르고 계시네요. 어찌나 세밀하고 정갈하게 자르시는지 젊은 제가 놀랄 정도입니다.

순자누님이 오셔서 엄니 손을 맞잡고 담소를 나누시네요. 효녀 심청처럼 엄니께 형제들에게 그렇게 잘하셨지요. 이제 환갑이 되었어요. 그러고 보니 형님과 누님들에게 제대로 못한 것 같아 앞으로 잘 해야겠다는 생각을 해 봅니다. 생각에만 그치지 말고 정말 잘해야겠지요.

가을 가뭄이 심했는데 비가 옵니다. 아이들이 밥 먹고 서둘러 학교 가느라 집 안이 분주합니다. 강아지 나쵸도 좋은지 마냥 즐겁게 뛰어놀면서 장난을 칩니다.

조용한 토요일 아침입니다. 기범이 학교에서 마련해 준 '아빠랑 캠프'에 가야 합니다. 오늘밤 부자가 함께 지내고 내일 돌아오는데 기범이는 벌써 신이 나서 야단입니다. 아빠하고 단 둘이서 여행 가긴 처음이라 마음이 들떠있나 봅니다. 어제는 가톨릭 의대생에게 장학금을 전달했습니다. 어젯밤에는 손님이 많아서 힘들게, 그러나 보람 있게 일했고요.

'아빠랑 같이'라는 1박2일 캠핑에 와 있습니다. 양평군 미리네 수련원까지 버스를 타고 왔습니다. 제가 없는 하룻밤, 엄니는 어떻게 지내실까 염려가 되었는데, 괜찮으시죠?

떠나기 전부터 많은 비가 오더니 천둥과 번개까지 치고 지금은 그쳤네요. 점심 지나 올라갈 것 같습니다.

옷장 정리를 하고 계시네요. 깨어 있는 시간이면 한시도 가만 계시지 않고 부지런히 움직이십니다. 젊은 우리도 그렇게 하기 힘든데 말입니다. 산에는 단풍이 절정입니다. 머지않아 낙엽이 지면서 또 다른 변화가 있겠지요. 변화에 적응하지 못하면 낙오되는 세상이라 저도 누구 못지 않게 열심히 살고자 합니다.

어제는 술을 좀 마시고 가게 방에서 잠을 잤습니다. 씻지도 않고 잤더니 얼굴이 퉁퉁 부었고 말이 아니었습니다. 오전에는 인근 노인정 할머니 할아버지께 무료 식사 대접을 해 드렸고 통영에서 자연산 생선이 들어와서 물건 받고 점심장사를 합니다. 내일 분당 서울대병원 바자회에 쓰일 재료를 준비하느라 분주하게 움직입니다. 저 혼자 할 수 있는 일이 아니고 직원들과 함께해야 하는 일입니다. 매번 바자회 때면 직원들이 새벽부터 고생을 하게 되는데 불우한 환자들을 돕는데 쓰인다는 것을 알고 잘 따라주니 그저 고마울 따름입니다.

5시에 일어나 초밥을 만듭니다. 〈어도〉 직원들과 우리 가게에 있다가 이제는 다른 곳에 근무하는 분들까지 모두 도와 줘 11시쯤 병원에 도착해 주문받은 초밥을 전달합니다. 우리가 만들어서 판매한 총 금액이 600만 원이 좀 넘을 듯합니다. 그 돈은 전부 불우이웃을 위해 쓰입니다. 그런 사정이 있어 엄니를 아침에 뵙지 못하고 출근했네요.

오늘도 어제처럼 일찍 일어나 생선초밥을 만드느라 이준호, 문성호, 박성철 등 많은 후배들이 수고를 해주었습니다. 어제와 오늘 700인분이 넘는 초밥을 만들었고 800만 원이 넘는 금액을 불우환자 돕기에 기부할 수 있었습니다.

진돗개 새끼인 진이를 보고 엄니가 놀라시며, '나쵸가 어느새 강아지를 낳았다'고 좋아하시다가, 진이가 엄니를 장난삼아 살짝 깨물자 아프신지 '이놈' 하시네요. 태어난 지 한 달밖에 안 됐지만 그래도 명견 진돗개 새끼라고 살짝만 물어도 아프답니다. 강아지 나쵸 외에 또 하나의 강아지 진이가 우리 집에 왔습니다.

어제 오후 생각지도 않게 경기도 연천의 아는 선배 별장에 가서 즐거운 가을밤을 보냈습니다. 가족들과 함께 좋은 음식에 좋은 술을 먹고 재미있게 지내다가 새벽에 성범이와 임만규 전무님과 함께 서울로 향했습니다. 가을 찬바람이, 지친 나에게 감기기운을 물려주고 갔습니다. 여행을 가도 일을 하며 틈틈이 가야 하고, 휴식 없이 또 일을 해야 하기에 여행도 놀이도 때론 힘이 배로 들곤 합니다.

어젯밤에 경기도 연천에 또 갔고 감기에 잔뜩 걸려 약을 먹고 아침 늦게까지 잤습니다. 거기서 곧바로 하이마트 여행사 임경숙 상무님 아들 부대가 있는 인천으로 면회를 같이 갔습니다. 오가며 들과 산의 단풍을 보면서 가을이 얼마 남지 않은 것을 느낍니다.

어릴 적 저는 비염이 심했고 기관지가 안 좋아 고생했죠. 수술을 받아 나아진 듯했지만 감기만 걸리면 도져서 고생을 합니다. 오늘은 서울시장 보궐 선거일이라 한가합니다. 한가하지만, 오시는 손님 한 분 한 분이 제게는 너무나 소중합니다. 제가 하고자 하는 일에 대한 꿈과 희망을 주시는 분들이기에 정성을 다해 모시고자 합니다.

엄니를 살며시 보고 출근을 합니다. 감기에 걸렸기에 가까이 가면 위험해서요. 말없이 출근을 안 한 직원이 있어 직원 몫만큼 일을 해야 합니다. 전화도 없고… 제가 일복이 많은 건가 생각합니다. 사실 아무도 없는 곳으로 여행을 가 푹 쉬고 싶은 생각이 굴뚝같습니다만 저는 오늘도 생선을 요리하고 있네요.

강아지 진이가 자꾸 놀아달라고 해서 놀아주다보니 어느덧 출근시간이 되었네요. 간단한 아침식사를 하고 출근합니다. 지금 엄니께 940일째 편지를 쓰고 있습니다. 아내와 아이들에게 쓴 편지도 1,000여 일이 되었네요,

아침 늦게 가게에 가니 일손이 부족한 가운데서도 열심히 일하는 직원들이 보여 고맙고 미안했습니다. 오늘은 신사동 노인정에서 오셨네요. 30여 분 되시는데 매월 말일이면 오십니다. 맛있게 드셨다고 하시며 가시니 뿌듯합니다. 점심손님이 너무 없습니다. 월말이라 그러겠지요. 월말은 공과금과 수금을 지급해 주는 날인데 요번 달은 부족해서 며칠 있다 해드려야겠네요.

11월의 편지

보아도 보아도 또 보고 싶은 엄니

옷장을 정리하고 계시네요. 곱고 단정하게 잘 정리된 것 같은데 또 정리하느라 바쁘십니다. 쌀쌀하지만 맑고 청명한 날입니다. 가만히 있어도 낙엽 떨어지는 소리가 들려옵니다. 아파트 입구에 노랗게 익은 단감이 참 보기 좋습니다. 어쩌면 저렇게 탐스럽고 고울 수가 있을까요.

그러고 보니 고향에서 얼마 전 단감이 왔더라고요. 고향에서 온 것은 무엇이든 그리운 냄새가 납니다.

지금도 아침이면 맨 먼저 일어나셔서 부지런히 삶을 정리하시는 어머니. 깨끗하게 씻으시고 손수 당신의 속옷을 빨아 창가에 말리시고 그렇게 정갈하게 살아가시는 어머니이십니다.

예식장이 있어 달려갔고, 큰누님 칠순잔치가 있어서 송파의 산내들이라는 음식점에 갔습니다. 재균이, 재진이, 재송이 등 조카들이 와 있었고 조촐하게 차려진 칠순잔치였습니다. 누님, 벌써 칠순이네요. 오늘 하루만 축하할 게 아니라 앞으로의 건강하고 행복한 삶에 미리 축하를 드리는 날이었으면 합니다.

이른 아침에 비가 왔나 봅니다. 기온이 많이 떨어진 듯합니다. 엄니 손을 잡으니 차갑습니다. 제 마음도 추워집니다. 비쩍 마른 몸의 엄니는 얼마나 추우실까요. 일하는 중 결혼식이 있어 도봉동에 다녀왔습니다.

오늘도 저를 위해 비틀비틀 현관까지 배웅 나오시는 엄니!

강아지 진이가 새벽 다섯 시만 넘으면 낑낑대면서 같이 놀아달라는 통에 몇 번이나 잠에서 깼습니다. 낙엽이 많이 떨어지고 있고 앙상한 나뭇가지가 보이기 시작합니다. 창 밖에 겨울이 오고 있습니다.

11월 10일. 대입 수험생들이 시험 치는 날입니다. 〈어도〉도 한산하고 거리도 한산합니다. 시험 치는 날이면 매년 추웠는데 올해는 의외로 따뜻하군요. 성범이도 이제 고3 올라가면 대학 시험 준비를 해야겠지요. 어느 부모나 마찬가지겠지만 자식 걱정은 그치지 않습니다.

어머니 하면서 자꾸만 불러보고 싶습니다. 불러도 불러도 질리지 않는 어머니, 보아도 또 보아도 그렇게 보고 싶은 사람이 엄니이십니다. 〈어도〉에서 고향마을 향우회가 있었습니다. 기달서 고문님, 박정일 고문님, 그 외 수많은 어른들과 회원님들 40여 명이 오셔서 즐겁고 흥겹고 행복한 시간을 가졌습니다. 제가 이렇게 성인이 되어서 향우회장이 되었고 고향사람들을 모실 수 있으니 너무 감사합니다.

낮 12시가 되어 임만규 전무님과 함께 통영에 갔습니다. 가는데만 4~5시간 걸리고, 내일 새벽 3시에 일어나서 경매를 보아야 하기 때문에 오늘은 통영 모텔에서 잠을 자야 합니다. 오후 네 시 넘어 바닷가를 둘러보고 가까운 섬을 한 바퀴 돌고 밤에는 맛있는 식사를 하고 숙소에 들었습니다. 예전에 밤늦게 출발해서 차에서 잔 것에 비하면 오늘은 호강이네요.

새벽 3시에 일어나 경매장으로 가 현지 경매인 고 사장이 사주신 생선을 구입하여 아침 6시 넘어 서울로 출발했습니다. 바다와 산과 들을 지나서요. 우리는 이렇게 바쁘게 살아가는데 자연은 언제나 거기 그렇게 말 그대로 자연스럽게 있군요. 11시에 〈어도〉에 도착해 안도의 숨을 쉽니다.

진돗개 진이가 엄청나게 커버렸습니다. 처음 우리 집에 올 때 나쵸보다 작았는데 말입니다. 아이들이 크는 것보다 비교도 안 되게 빨리 자라니 과연 어디까지 커질지 사뭇 반 기대 반 걱정도 됩니다. 밤늦게 집에 들어오면 어찌나 반갑게 꼬리를 흔드는지 저도 덩달아 기분이 좋아집니다. 피로가 풀리는 것 같습니다. 오늘은 적당히 바빠서 좋았던 날입니다.

엄니, 손을 흔들어 주시네요. 아들이 군대라도 가듯이 손을 흔드시고 환하게 웃어 주시네요. 언제나 웃음을 잃지 않으려 애쓰시는 엄니, 사랑합니다. 낮에는 한가했지만 밤에는 손님이 많아 토요일 치고는 매우 바빴습니다. 이것만도 고마운 일입니다.

진이녀석이 놀아달라고 이른 아침부터 얼마나 울어대던지, 일어나 밤새 싸놓은 배설물들을 치우며 그래도 그 녀석을 사랑하는 만큼, 그런 궂은일 정도는 기쁘게 생각하며 해낸답니다. 지금껏 세 아이 기저귀 한 번 갈아 주지 못했는데 지금은 강아지 똥오줌을 거리낌 없이 치우고 있으니 내가 변해도 한참 변한 듯합니다.

엄니, 화장실 가시면서 진이와 나쵸를 이쁘다고 쓰다듬어 주시네요. 토요일인 오늘 결혼식이 세 군데나 있어 정신없습니다. 장사도 해야 하고 오후에는 막내 친구 부모들과 경기도 마석에 가야 합니다. 하룻밤 쉬고 오려고요.

축령산 휴양림 자락에 있는 어느 팬션 같은 별장에 어른 10여 명이 아이들 10여 명을 데리고 오후 5시에 도착했습니다. 숯불에 삼겹살을 구워 먹으며 소주도 한잔하고 하룻밤 잘 보내고 아침에 일어나 산책하며 좋은 시간을 보냅니다. 일요일 낮에 예약 손님이 많아 저만 혼자 〈어도〉로 와 열심히 일을 합니다. 이렇게 휴일에도 사람들과 어울리지 못하고 바삐 일터로 돌아와야 하는 게 제 운명인가 봅니다. 손님이 많은데 일요일에는 직원들이 출근하지 않아 바삐 일하다 보니 오후 2시 부천 예식장에 가지 못해 마음이 쓰립니다.

문 앞에서 엄니를 큰 소리로 불러보지만 꿈쩍도 않고 계신 엄니. 귀가 잘 들리지 않으신 게지요. 빨래를 열심히 개시면서 얼마나 진지하게 몰두하시는지 부족한 저에게 많은 뉘우침과 반성을 하게 합니다.

　11시경 신사동 노인정의 할아버지와 할머니 들께 식사대접을 하였고 뒤이어 점심 장사를 합니다.

12월의 편지

살아라곤 없으시고 귀도 잘 들리지 않으시지만

　어제 아침에는 홍시를 맛있게 드시고 계시더니 오늘 아침에는 깊이 아침잠을 주무시네요. 강아지 진이를 데리고 새마을금고 지나 도산공원을 한 시간 가량 뛰면서 놀아주었더니 얼마나 좋아하는지. 올해의 남은 한 달 아름다운 추억으로 남을 것 같습니다.

　이른 아침 진이를 끌고서 도산공원과 근처 여러 곳을 다니면서 달리기도 하고 산책도 했습니다. 오늘도 어찌나 진이가 좋아하던지 도산공원을 뒹굴고 뛰면서 그렇게 좋아할 수가 없었습니다. 사람이든 동물이든 자유를 얻는다는 게 그렇게 좋은가 봅니다. 어제까지 손님이 없었지만 오늘은 손님이 많아 바쁘게 일합니다.

12월 6일. 집사람이 어젯밤에 온몸에 마비증세가 와서 서울대병원에 가서 검사하다 보니 새벽 세시가 되었습니다. 집사람도 겁이 나고 저도 겁이 나고 무척 심각했던 밤이었습니다. 의사들이 검사를 해도 아무 문제가 없었고, 이상하다 싶어 밤에 식사를 뭘 했나 물으니 어머니와 아이들과 함께 닭볶음탕과 표고버섯을 먹었다고 합니다. 아마 급체였나 봅니다. 큰병은 아니어서 새벽에 집에 올 수 있었고 집사람은 아침에 흰 죽을 먹고 점차 회복해가고 있습니다. 심각하고 놀란 밤이었지만 평소에 서로의 건강을 지켜줘야겠다는 교훈을 얻은 날이기도 합니다.

새벽에 우당탕탕 소리에 놀라 깨어보니 강아지 진이가 이제 너무 커서 말썽을 엄청 부립니다. 어찌나 힘이 좋은지 좀 지나면 당해낼 재간이 없을 것 같습니다. 아침에 서울대병원에서 생선초밥 35개 주문이 있어 일찍 〈어도〉에 가야 해 살며시 엄니 방문을 열고 들어서자 깜짝 놀라시며 반갑게 손을 잡아 주시네요. 진이가, 출근만 하면 따라 나와 같이 가자 합니다.

어젯밤 오랜 단골인 히야시 상이 일본에서 와서 늦게까지 한잔했습니다. 한마음회 노인정과 영동 노인정 어르신들 30여 분 오셔서 식사를 대접해 드리고 점심땐 고향 사람 자제 결혼식에 참석하느라 오늘도 바쁘게 보냈습니다.

정신없이 출근을 하게 되어 미처 뵙지 못했네요. 마음이 영 섭섭하고 무엇인가 크게 잘못 한 것 같은 생각이 듭니다. 오늘 낮엔 손님이 많았습니다. 매년 연말이면 손님이 많은데 요즘 너무 없다가 이렇게 있으니 기분이 너무 좋습니다.

며칠 만에 어머니를 뵙고 꼭 안아 봅니다. 그전보다 훨씬 더 작아진 모습으로 힘껏 저를 안아 주시네요. '잘 다녀오거라.' 하면서 제 얼굴을 만져주시는 어머니!

우리 집은 일곱 식구에 강아지 진이와 나쵸까지 있어 떠들썩하고 북적북적 합니다. 엄니께서 그렇게 열심히 다니시던 교회를 못 가신 지 오래되었습니다. 지금도 그러시지만 엄니께서는 얼마나 자식을 위해 기도하고 또 기도했을까요?

오늘은 아침부터 서울대병원 단체 초밥도시락을 만들어

서 보내야 하고, 점심과 밤 예약손님도 많은 날입니다. 점심 때 배씨대종회에서 배씨 가문을 빛낸 인물이라 하면서 감사패를 준다 하여서 감사한 마음으로 갔고 함께 식사도 하였습니다.

엄니 생각만 해도 마음이 설렙니다. 언제나 큰 힘이 되어 주시고 지치고 힘들 때는 다시 뛸 수 있는 마음의 중심이 되어 주시니 하루하루 얼마나 흐뭇하고 감사한지…… .

날씨가 너무 추워 엄니 건강이 걱정됩니다. 당신을 생각하면 마음이 아픕니다. 이제는 살이라곤 하나도 없으시고 걸음도 제대로 못 걸으시고 귀도 들리지 않으시면서 저만 보시면 너무너무 행복해 하시는 그 모습을 뵐 때마다 감사하고 고맙습니다.

몇 년 전만 해도 오늘 같은 성탄절엔 일찍 일어나셔서 교회에 가신다고 하며 목욕 하시고 머리도 빗고 옷도 곱게 차려 입으시고 그렇게 행복해 하셨는데, 이제는 그마저도 잊으셨는지 말씀이 없으시네요. 세월이 엄니를 이렇게 만들었네요. 추운 성탄절, 많은 손님이 오셔서 행복해하셨고 저도 덩달아 행복했습니다. 하느님이 엄니와 함께한 날입니다.

한 해를 살아오면서 고마우신 분, 은혜로우신 많은 분들을 만날 수 있었고 많은 도움을 받으며 살아 왔습니다. 이제 그분들께 따뜻한 마음, 고마움을 전해야 할 시기가 온 것 같습니다. 힘들고 어렵지만 열심히 살아서 작으나마 보답하며 살아가겠습니다. 엄니 식사하시는 모습 보면서 그냥 출근합니다. 강아지 나쵸와 진이가 배웅을 해 주네요.

12월 29일 목요일. 엄니께 편지를 쓴 지 1,000일 되는 날입니다. 하루도 빠짐없이 엄니께 편지를 쓰면서 많은 것을 생각하게 되었고 어머님의 소중함을 가슴 깊이 느끼게 되었습니다. 술에 취해서 썼던 편지, 몸이 아픈 상태에서 썼던 편지가 하나하나 모여 벌써 1,000일이 되었습니다. 편지를 쓰는 동안은 어머님을 몰입해서 생각할 수 있었고 건강과 행복을 빌기도 했습니다. 덕분에 제가 힘들고 지칠 때도 항상 기운나게 해 주셨고 세상을 올바르게 살아갈 수 있는 용기와 지혜를 얻었습니다. 1,000번째 편지, 엄니를 향한 저의 마음으로 생가하시고 늘 건강히세요.

올해의 마지막 날입니다. 오늘이 지나면 저는 51살, 엄니는 98살이시네요. 좋은 일, 힘든 일도 많았지만 잘 지내고 올해를 떠나보냅니다. 올 한 해도 큰 힘이 되어 주신 엄니, 아침에 식사를 잘 하셔서 감사했고 엄니를 챙겨주신 아주머니가 감사했습니다. 새해에도 또 많은 일이 있겠지요. 건강도 생각하고 돈도 많이 벌고 또 언제나처럼 해야 할 일이 있습니다. 우리 엄니가 계셔서 고맙고 행복합니다.

730일째 편지를 씁니다. 오늘이
만 2년째 쓰는 날입니다. 하루도
빠짐없이 쓰며 어머니 생각을 할
수 있어 행복했던 날들이었습니
다. 이 세상에서 나를 낳아주고
길러준 분은 단 한 분이십니다.

-2011년의 편지 중에서

엄니가 하느님과 제일 친하니까요

1월의 편지

너무 아파 일을 못하겠어요

새해 첫날입니다. 올해도 건강하시고 항상 기쁘시고 행복한 한 해가 되세요. 아침에 집사람이 차려준 식사를 잘 드시고서 아침잠을 편안하게 주무시는 것을 보고 출근합니다. 새해 첫날 점심 예약 손님이 많아 열심히 일했고 많은 분들이 덕담을 해주셨습니다. 또 오시겠다고도 하시고요.

1월 2일. 그동안 서울대병원에 1999년부터 기부를 해왔는데 오늘 올해의 1억 원을 먼저 기부해서 10억 원이 넘어 매우 기쁘고 감격스럽습니다. 처음 시작할 때 언젠가 10억 원을 채워야지 했는데 그 큰 뜻을 오늘 이루었네요. 열심히 일해 왔고 열심히 뛰었습니다. 앞으로도 그럴 것입니다. 금액을 채웠다고 세상에 불우한 분들이 없어지는 건 아니니까요.

너무 추워 사람들이 움츠린 모습으로 다닙니다. 다행히 엄니 방 온도가 적당히 유지되어 엄니와 아주머니가 크게 불편하지는 않을 것 같아 다행입니다.

말과 글로써 가르침을 주시는 게 아니라 보기만 해도 가르침을 주시는 엄니입니다. 누가 보아도 양반 같고 천사 같은 성품을 지니신 엄니, 저의 전부이자 중심이신 엄니, 사랑합니다.

다행히 엄니가 요즘 식사를 잘 하고 계셔 기분이 좋았답니다. 어젯밤에는 권연희 권사님께서 〈어도〉에 오셔서 어머님 안부를 물으시고 한번 찾아뵙는다고 했습니다. 참 고마운 분입니다.

올해 엄니 연세 98세. 저하고 같이 살아온 지가 20년이 된 해입니다. 아들하고 며느리가 힘들어할까봐 단 한 번도 귀찮게 하지 않으시고 큰소리 한 번 내지 않으신 어머니. 매일같이 아침이면 저에게 눈길을 주시며 마음을 아끼지 않으시는 엄니, 존경합니다.

1월 16일 월요일. 엄니, 오늘이 우리 〈어도〉를 제가 시작한 지 19년이 된 날입니다. 결혼한 지 20년, 엄니와 함께 산 지 20년 되어가고 있습니다. 생활이 많이 나아졌지만 그 이면에는 힘들고 어려웠던 일도 많았습니다. 누가 시키지 않는 기부와 봉사를 꾸준히 해 온 덕에 국민들과 국가로부터 인정을 받아 큰 기쁨과 영광을 얻기도 하였죠. 지금까지 수십 억 기부를 인정받아 많은 분들의 격려를 받았습니다. 엄니, 앞으로도 흔들리지 않고 이 길을 갈 수 있는 의지와 용기를 주시기 바랍니다.

오늘도 '잘 다녀오거라. 이제 저녁에 얼굴 보겠다.' 하시네요. 언제나 같은 말이지만 그 속에는 저에 대한 무한한 애정이 들어 있습니다. 그래서 엄니의 소망과 뜻에 어긋나지 않는 아들이고자 합니다.

제가 어릴 적에 엄니는 건강이 안 좋으셔서 식사도 잘 못하시고 마치 힘없는 노인 같았지요. 살아오면서 항상 건강이 걱정되었는데 그래도 요즘은 식사도 잘 하시고 건강 또한 좋으셔서 마음을 놓습니다.

진이와 나쵸가 엄니를 참 좋아하는 듯합니다. 강아지들이 집안의 서열을 파악하고 있다더니 이 집의 큰 어른이 누구인지 알고 대하는 것 같아 참 신기합니다.

연말부터 누적된 피로 때문에 몸이 아프기 시작하더니 밤새 끙끙 앓았고, 아침에 병원 가서 치료 받고 링겔 두어 시간 맞고, 결국엔 일을 못할 정도가 되었는데 살아오면서 처음으로 많이 아파 본 것 같습니다. 아무리 몸이 아파도 일을 했는데 이번에는 일을 못합니다. 밤에 링겔을 다시 맞고 잠을 좀 자서 조금 나아진 것 같네요. 건강이 얼마나 소중한지, 건강 없인 아무것도 할 수 없다는 것을 다시 한 번 깨닫습니다.

오늘도 가게에 못 나가고 집에 있습니다. 링겔을 맞고 좀 나아진 것 같기는 합니다. 아프면서 많은 생각을 하게 됩니다. 건강해야 많은 일을 할 수 있고, 건강을 통해 또 다른 일을 할 수 있음을 깨닫습니다. 이번 아픔이 또 다른 좋은 생각과 또 다른 좋은 일들을 위한 계기를 준 듯합니다. 오늘도 감기 때문에 가까이서 엄니를 뵙지 못합니다.

나이가 어릴 때도 나이가 들어서도 몸이 아프거나 힘들 때는 엄니를 먼저 생각합니다. 어린아이 때는 아무리 아파도 엄니만 곁에 있으면 다 나은 것처럼 느껴졌고 그렇게 좋을 수가 없었죠. 나이가 들어서도 지금처럼 아프면 어릴 적 아플 때 엄니가 만져주고 쓰다듬어 주면 다 나은 것처럼 느꼈던 생각이 나서 오늘도 엄니를 찾게 됩니다. 하지만 98세가 되어 면역력이 떨어지신 엄니에게 감기 옮길까봐 옆에 가지를 못하네요.

어제 설날, 큰누님과 막내누님 가족들이 왔다 가시고 한 밤중에 엄니 방을 들여다보니 엄니를 사이에 두고 72세 큰누나와 61세 막내누나가 나란히 누워 계시는 걸 보니 너무 아름답다는 생각이 들었습니다. 엄니가 돌아가시면 그때도 누님들이 오실지… 제가 누님들을 챙겨주지 못하고 잘해 드리지 못해 미안할 따름입니다.

한성상회 최호준 형님께서 아침에 어머니께 세배 드리려 오셨네요. 친형제처럼 잘 지내오신 분이라 이렇게 매년 새해에 찾아 오셔서 세배를 하네요. 참 고맙습니다.

몇 개월 간 아파트에서 키우던 진돗개 진이를 내곡동 훈련원에 보내는 날입니다. 사람이나 동물이나 같이 있다 보면 정이 들기 마련이고, 진이는 특히 잘 생기고 멋진 놈이라 너무 좋아하였는데 당분간 보지 못한다니 섭섭하네요. 몇 개월 후에는 지금보다 더 의젓하고 어른스러운 모습으로 우리에게 돌아오리라는 기대를 합니다. 엄니, 진이가 갈 때 엄니에게 인사한 거 아세요?

외갓집 누님들 가족이 엄니를 보러 오셨네요. 그분들도 나이가 70이 넘은 듯한데 시골에서 서울까지, 한 분 밖에 안 계신 고모가 보고 싶다고 오셨네요. 엄니, 늘 건강하세요.

고향 진원 산악회에서 관악산 등산을 했습니다. 1월이라 시산제를 드렸고 고향사람들과 함께해 기분이 좋았습니다. 가게에 와서, 항상 생각해 두었던 고향 장학회를 위해 선후배 및 친구들과 함께 한 달에 한 번씩 모여서 기금을 마련하기로 했고, 그렇게 되면 고향후배들에게 장학금이 전달되리라 봅니다. 좋은 생각으로 출발한 거니 분명 뜻을 이룰 거라 믿습니다.

2월의 편지

엄니가 하느님과 제일 친하니까요

어젯밤 미국 명자누님에게서 전화가 왔습니다. 어머니 생신 때 나오시겠다고요.

점심 때 그 옛날 시골에서 살 때 서정댁 손자이신 박병환 형님께서 가게에 오셔서 같이 매운탕에 식사를 했네요. 계속 손님이 많았던 날입니다. 날씨도 풀렸네요.

오후에는 강아지 진이 훈련원에 가봐야겠어요. 녀석이 보고 싶습니다.

다른 날보다 더 건강해 보이셔서 저와 가족을 상대로 농담까지 멋들어지게 해주시네요. 나쵸를 안고 있으니 '강아지가 어린아이냐' 면서 장난을 해주십니다. 손님이 많아 오랜만에 오랜 시간 열심히 일했습니다. 집사람과 기범이가 친구들과 함께 여행을 갔습니다. 수경이는 음악원에서 선생님과 친구들과 함께 캠핑을 간다네요. 그래서 집에는 엄니하고 아주머니와 성범이만 있네요. 며칠 적적하시겠어요.

건강하게 잘 다녀오라고
기도해 주세요. 엄니가 하
느님과 제일 친하니까요.

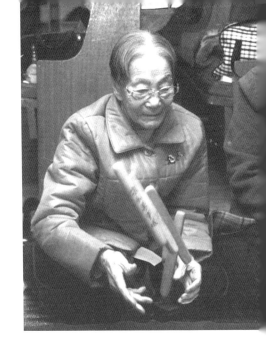

그래도 아이들이 있고
집사람도 있고 북적북적
해야 좋은데 적적하시겠
어요. 며칠 있으면 곧 그
렇게 될 것입니다.

제가 아플 때 눈물을 흘리시며 기도해 주신 엄니. 혹시
라도 잘못될까 염려해주신 엄니. 삶이 너무 고달파 수면
제를 사 모으던 그 시절, 엄니의 애절한 기도소리를 들으
며 결심했지요. 성공해서 평생 엄니를 모시겠다고요. 결혼
해서 마침내 엄니와 함께 살게 되었고 엄니는 가정을 지켜
주시고 삶의 희망을 주셨지요. 이렇게 엄니와 식사를 같이
하는 이 아침이 꿈만 같습니다.

고향 진원면산악회에서 도봉산 등산을 한다고 해서 도
봉산역 만남의 장소로 가서 찬조금을 전해주고 아무래도
일이 바쁠 것 같아 바로 가게로 왔습니다. 1시 너머부터

바쁘기 시작하는데 정신없이 일을 했습니다. 이렇게 바쁘면 시간도 빨리 가고… 어느새 깊은 밤이 옵니다.

아버지 일찍 돌아가시고 엄니까지 아프셔서 어린 저는 조마조마 했었고 많이 슬펐던 날들이었습니다. 오늘 이 연세에 식사를 잘 하시는 걸 보고 감개가 무량합니다.

무엇인가 만지시며 바느질을 하고 계시네요. 나쵸를 사이에 두고서 엄니도 웃으시고 저도 웃어봅니다. 모자가 그냥 즐거워서 웃고 있습니다. 오늘도 엄니께서 마중 나오시니 얼마나 큰 복인지요.

3월의 편지

당신에게 제일 슬픈 일은 제가 아픈 겁니다

3월 1일. 어머니 손자 성범이가 태어난 날입니다. 떡두꺼비 같은 아들이 태어나자 어머니가 너무너무 좋아하셨고 엄니를 비롯해 장인어른 장모님 그리고 많은 일가친척 모두 다 좋아하셔서 기쁘고 행복했었지요. 엄니는 성범이 생일인줄 모르고 주무시고 계시네요. 벌써 19살, 고3입니다. 몇 년 있으면 군대도 가겠지요. 늘 건강하셔서서 녀석이 장성하는 것 보셨으면 합니다.

집사람, 수경이, 기범이까지 다함께 진이 훈련원에 다녀왔습니다. 많이 컸고 많이 점잖아져 있었습니다.. 우리를 보고 얼마나 좋아하던지, 우리도 반가웠고 잠시나마 보고 오니 안심이 되었습니다. 동물도 가족입니다. 녀석이 그걸 저절로 느끼게 해 줍니다. 친구 딸 결혼식에도 갔었고 종일 분주했습니다.

서울대병원에서 기부금 전달식이 성대하게 치러졌습니다. 감회가 깊었습니다. 1999년부터 시작한 기부가 10억 원이 넘었지요. 제 이름과 얼굴이 새겨진 동판 제막식이 있었고 영원히 보전되는 영광도 누릴 수가 있었습니다. 비가 올 듯 흐린 날이지만 제가 살아가는 동안 영원히 잊을 수 없는 뜻 깊은 날입니다. 엄니, 엄니가 아니라면 제가 어찌 그 자리에 설 수 있었겠습니까? 그리고 불우한 모든 분들은 저에게 길을 가르쳐주는 등불과 같은 존재라는 걸 가슴에 새깁니다. 초심을 잊지 않고 굳게 이 길을 가고자 합니다.

길었던 겨울이 지나고 마침내 봄이 오고야 말았네요. 많은 분들이 오셔서 덕담을 해 주셨고 흐뭇하면서도 책임감을 느낀 하루였습니다. 선배가 남양주에 전원주택 단지가 있다고 가보자고 해서 다녀왔습니다. 자연을 벗 삼아 좋은 시간을 보냈습니다. 자연은, 잊고 있어도 나무라지도 않고 저를 맞아주네요.

연세가 드셔도 여전히 부지런하신 엄니. 손수 청소하시고 식사하고 이불을 개시고……. 저는 나이 들면 무슨 일을 하게 될까요?

배웅을 한다고 나오시면서 '이제 다리가 오그라들어 걸음도 못 걷겠다' 하신 말씀이 가게에 와서도 제 귓가에서 맴을 돕니다.

〈어도〉에 출근한 직원들이 해맑은 미소로 맞아줍니다. 오후에는 우리 고향 고산 마을 출신 어르신 20여 분을 모셔서 식사 대접을 했습니다. 1년에 3번에서 4번 정도 모실까 생각합니다. 벌써 여러 차례 모시고는 있습니다.

너무 연세가 많고 마르셔서 제 품 안에 쏙 들어오시네

요. 비틀비틀 현관까지 나오셔서 배웅해주시는 엄니!

하루도 당신을 생각하지 않은 날이 없습니다. 아침이든 밤이든 낮이든 엄니를 생각하며 살아왔습니다. 마지막 꽃샘추위가 쌀쌀하면서 살을 에는 듯합니다.

따뜻한 봄입니다. 나뭇가지에 움이 트기 시작합니다. 계절이 바뀌는 걸 생선을 보면서도 느낍니다. 봄에는 도다리, 여름이 임박하면 농어, 가을이면 전어 등으로요. 남쪽에선 매화가 꽃을 피웠다지요. 엄니 꽃구경 갈까요?

토요일, 결혼식만 일곱 군데라 가지 못한 곳은 우편으로 보내고 인편으로도 성의를 표시했습니다. 마음이 없어서가 아니라 방향이 잘 안 맞으면 시간을 낼 수가 없어서요. 거기다 고향에서 이장님과 일행들이 오셔서 그분들 대접하고 챙기다보니 정신이 없었습니다. 봄인가 했더니 오후엔 눈이 함박꽃처럼 오네요.

수경이가 엄니 방 입구에 큰대자로 드러누워 텔레비전을 보고 있습니다. 다니시기 불편할 텐데 그저 귀여우신지 흐뭇하고 사랑스러운 눈길로 보시는 엄니이십니다.

불러도 불러도 질리지 않는 엄니입니다. 쓰고 또 써도 아침에 눈 뜨면 어김없이 엄니가 보고 싶고 엄니를 찾게 됩니다.

진이가 훈련원에 간 지 벌써 3개월이 다 되어갑니다. 아침에 갑자기 봐야겠다는 생각이 들어 집사람과 내곡동에 갔었고, 녀석이 엄청나게 크고 늠름해져 있었습니다. 집사람과 나를 너무나 좋아해서 기분이 좋았습니다. 사람이나 동물이나 조건 없이 좋아하는 상대를 보면 가슴이 찡해지나 봅니다.

4월의 편지

12살에 고향을 떠나와

12살에 고향을 떠났고, 20살이 되고부터 매년 찾아가는 고향마을입니다. 하지만 오늘은 서울에 있는 재경 고산마을 출신 향우회원들과 함께 사당역에서 관광버스를 빌려 타고서 즐거운 마음으로 출발했습니다. 유물 박물관 개관식도 보고 식사와 소주 한잔한 후 서울로 올라왔습니다.

마지막 꽃샘추위라 그런지 바람까지 많이 불고 비가 내리고 춥습니다. 봄은 이렇게 오기가 힘든가 봅니다. 좋은 일일수록 고비가 있지요. 인생도 마찬가지 같습니다. 행복을 찾아가기가 그렇게 쉬운 건 아니겠지요. 힘들고 어려운 일을 겪어야 봄이 오듯 인생 또한 그런 것 같습니다. 엄니께선 더 잘 알고 계시겠지요.

4월 5일. 엄니, 1,100일째 편지입니다. 엄니 마음속에 제가 예쁜 꽃나무를 심습니다. 오늘도 비틀비틀 걸어오셔서 저를 배웅하시고 격려해 주십니다. 엄니는 제 마음의 꽃입니다.

오늘도 옷장을 헤집고서 정리하고 계시네요. 깨끗하게 자로 잰 듯이 단정하게 차곡차곡 정리하시고 며칠 있다 또 정리하시고, 엄니는 정리의 달인이십니다.

청양고추가 몸에 좋다고 해서 며칠 동안 밥 먹을 때마다 잔뜩 먹었더니 속이 쓰리고 항문이 매워 죽겠네요. 뭐든 몸에 좋다고 무조건 많이 먹으면 안 되는 줄 알면서… 당신 아들이 아직 이렇게 어리석답니다.

국회의원 선거가 있는 날입니다. 어젯밤 일 끝내고 11시에 천일고속을 타고 새벽 세 시에 통영으로 내려갔습니다. 임만규 전무님이 어제 낮에 수족관 차를 몰고 먼저 가 계셨고, 저는 택시를 타고 수협 공판장에 도착해 경매를 보아 자연산 물고기를 싣고서 서울로 향했습니다. 전쟁이 난 것처럼 정신없었던 날이었습니다. 오는 길에 비가 많이 오고 안개가 끼어 힘들고 때로 졸립고 불안하기도 했습니다. 이렇게 발품을 팔아야 조금이라도 싱싱한 회를 손님들께 해드릴 수 있으니 힘들더라도 감수해야겠지요.

미국 명자누님에게서 전화가 왔습니다. 다음 주 화요일 한국에 도착하신다고요. 몸이 예전 같지 않다고 하시네요. 나이 드셔서 그렇겠지요. 한평생 고생하시고 많은 고초를 겪으셨으니 이제는 편안하셔야 할 텐데요. 오후에 임성구 형님이 오셔서 같이 보냈습니다. 형님 부부께 무한한 감사를 드립니다.

엄니는 고깃국을 안 드시지요. 해서 집에서 식사하시고 저와 아내 그리고 아이들은 청담동 '새벽집'에서 맛있는 아침식사를 했답니다. 손님이 많아서 줄을 서서 기다렸다가 먹었습니다. 요즘은 일요일에 다들 외식을 해서인지 아침

식사하는 집들이 분주합니다. 아침식사를 같이 하지 못해 죄송합니다. 식사를 하는데 엄니 얼굴이 어른거려서요.

명자누님이 오셔서 기분이 좋으시겠네요. 3주 정도 머무르시나 봅니다. 엄니가 보고 싶어 4년 만에 미국에서 오셨으니 누님과 엄니는 말할 것도 없고 저희도 정말 반가웠습니다. 건강도 생각했던 것보단 좋아 보여 안심했고요. 아침에 식사를 하면서 너무 식사를 잘하고 계신 엄니를 보고 다들 놀라고 좋아했지요.

떠들썩한 소리에 잠이 깹니다. 아이들은 학교에 가고, 명자누님, 아주머니, 집사람, 다들 분주합니다. 뭐가 그리 재미있는 말을 많이 하는지 웃음소리가 끊이지 않네요. 햇살이 보기 좋은 날, 아파트 화단에 매화꽃이 만발해 있고, 화초들이 어제보다 더 크게 잘 자라서 향기와 아름다움을 전해줍니다.

아침 일찍부터 비가 오고 있습니다. 집사람이, 하루 이틀만이라도 비가 안 왔다면 꽃구경 좀 더 하고 좋았을 터인데 하네요. 비가 많이 와 꽃잎이 많이 떨어져 있습니다. 오늘밤부터 내일까지 엄청난 비가 온다고 하네요. 비도 비고 장사도 안 되겠네요.

　일요일 모처럼 온 가족이 모여 앉아 즐겁게 아침식사를 합니다. 오늘 새벽까지 장대비가 오더니 보슬비로 바뀌었네요. 엄니방 창가에 벚꽃은 다 지고 나뭇가지에 몰라보게 크게 자란 잎들이 보입니다.

　미국 명자누님이 오셔서 엄니가 행복하고 좋아 보이십니다. 이렇듯 엄니 한 분이 온 집에 행복과 기쁨과 희망을 줍니다. 순자누님이 교회에 열심히 다니시고 신앙심이 깊더니 이번 주에 권사님 직분을 받아서 다들 축하해 드려야 할 듯합니다. 힘들고 어려운 가운데서 꿋꿋하고 당당하게 살아가셔서 큰 복을 주시나 봅니다.

　재경 진원면산악회에서 충청도 계룡산을 등반했습니다. 아침 일찍 배낭을 메고 합정동으로 달려갔습니다. 생각보다 많은 사람이 와서 승용차 한 대를 더 동원해서 내려갔습니다. 고향의 많은 분들이 어머니 안부를 물어 왔습니다. 이렇듯 엄니께선 많은 사람들의 가슴에 살아 있습니다.

4월 30일. 명자누님이 5월 5일 미국으로 들어가서야 하기에 어머니 생신을 앞당겨 오늘 〈어도〉에서 해 드립니다. 장성 형수님, 일산에서 장모님, 순자누나, 수화하고 목화, 그 외 어머니 자손들이 다 모여 생신을 축하해 드렸습니다. 엄니가 〈어도〉에 오신 건 몇 년만입니다. 이 〈어도〉는 20여 년 전 엄니와 함께 시작한 바로 그 〈어도〉입니다. 엄니, 사랑합니다.

5월의 편지

힘들었을 때의 추억은 왜 이리 생생하고
아련한지요

어제 〈어도〉에서 엄니 생신잔치를 하였지만 명자 누님에게 변변한 식사 한번 대접 못해 드린 것 같아 집사람, 장성 형수님, 장모님 다 같이 양수리 오리구이 집에서 점심을 잘 먹고 즐겁고 행복한 시간을 보냈습니다. 엄니가 함께하지 못해 안타까웠습니다. 걸으실 수만 있으셔도 이 좋은 날 함께하실 터인데요. 엄니, 모두가 다 엄니에게서 나온 자손이고 가지입니다. 엄니가 바로 우리 존재의 근원이십니다.

21일의 여정을 끝으로 명자누님이 미국으로 가셨습니다. 엄니를 꼭 껴안으면서 눈시울을 붉히더니 낮 12시에 떠났습니다. 우리 식구들 왜 이리 뿔뿔이 흩어져 살아야 하는지… 다들 생각이 다르고 살아온 환경이 다르고 뜻이 안 맞는 경우도 있어 안타까운 게 한두 가지가 아닙니다. 어려서부터 객지생활을 많이 했고 모진 고생을 하시더니 나이 들어서까지 고생이 많으시네요. 엄니 어쩜 오늘이 엄니와 누님의 마지막 이별이 될지도 모르지만 엄니께서 오래 사셔서 또 볼 수 있기를 바랍니다.

어버이날입니다. 많은 분들이 효도를 하기 위해 〈어도〉를 찾아주셨고 덕분에 무척 바쁘게 열심히 일했습니다. 날씨도 좋고, 이렇게 좋은 날 엄니가 조금만 젊으시다면 좋은 데 가서 맛있는 음식도 드시고 이곳저곳 여행도 하실 텐데요.

오전에 강원도에서 장애인분들이 오셨기에 식사대접을 했고 가실 때는 쌀과 라면과 주먹밥과 기부금 100만 원을 전했습니다. 아침 일찍 강원도 산골짜기에서 버스를 타고 오셨고, 서울 이곳저곳을 구경한 후 가신다고 합니다. 누군가에게 무엇을 해 줄 수 있다는 게 감사하고 기쁠 따름입니다. 앞으로도 이 길을 가겠습니다.

까칠해 보여서 마음에 걸립니다. 저를 꼭 껴안고 어린아이처럼 좋아하시며 잘 다녀오라고 손을 흔드시고. 장성군 산악회에서 서울 용마산 산행이 있어 이른 아침 수십 명이 사가정역에서 모여 산행을 했습니다. 길도 잃고 어찌나 가파르고 힘들던지 향우회원들이 힘들어 했죠. 오후에는 의정부 살 때 우리 가족에게 도움을 많이 주신 기남용형님 내외분이 오셔서 같이 식사를 하면서 옛날이야기하며 좋은 시간을 가졌습니다. 힘들 때의 추억은 왜 이리 생생하고 아련한지 모르겠습니다.

아침에 엄니의 배웅을 받고 〈어도〉에 왔다가 곧바로 삼청동 국무총리 공관으로 갔습니다. 세상에 감동을 준 인물 10명을 우리 고향 장성군 출신 김황식 총리께서 공관에 초대해 주셔서 점심을 같이하며 살아가는 이야기를 나누었습니다. 더욱 열심히 하라는 메시지로 받아들입니다.

아파트 단지 장미꽃 넝쿨이 보기 좋습니다. 빨간색 장미가 생동감을 더해주고 있습니다. 월요일은 실속 없이 바쁘기만 한 날입니다. 한 주를 시작하는 첫날이고 어쨌든 의미 있는 날입니다.

장모님이 어제 오셔서 주무셨고 오늘 집사람과 함께 처제네 시동생 결혼식이 있는 수원으로 가시고 저는 다른 곳 결혼식이 네 군데나 있어 함께 가지 못했네요. 이렇게 여기저기서 새로운 부부가 탄생하고 그들은 또 새로운 인생을 살아가겠지요. 축복받을 일입니다.

진원면 산악회원들과 용산역에서 9시에 만나 경기도 양평 용문산을 등반했습니다. 회원 30여 명이 기차를 타고 갔고 날씨가 참 좋았습니다. 정상을 얼마 남겨두지 않고 천둥 번개가 치며 많은 비가 내려 하산해야 했고 가게에 와서는 열심히 일했습니다.

5월 31일. 엄니, 오늘이 저와 아내가 결혼한 지 20년 되는 날입니다. 20년 전, 변호사 사무실에서 근무하던 앳된 처녀는 꿈과 포부를 얘기하는 일식집 주방장 총각의 청혼을 마침내 받아들였지요. 그토록 순정한 여인이 저와 함께한 그날부터 미래가 더 잘 보이기 시작했지요. 그때부터 어머니와 함께 살아왔고 가게도 잘 꾸렸고 성범이와 수경이와 기범이를 낳았지요. 엄니가 저를 낳아주고 키워주셨기에 가능한 일이었습니다. 엄니, 감사합니다.

6월의 편지

무슨 듣고 싶은 말이라도 있으신지요?

오늘은 소파에서 엄니를 꼭 껴안아 봅니다. 얼마나 좋아하시는지! 토요일이라 예식장에 갔었고 예약이 별로 없는데도 오시는 손님이 많아 바쁘게 보냈습니다.

출근하는 저를 기다리신 듯 두 무릎에 얼굴을 묻고 조용히 텔레비전을 보시는 엄니. 이상하게 기운이 없어 보이시네요. 오늘도 비틀비틀 배웅하시네요. 저야 운동하고 가게에서 일하다 보면 하루가 짧지만 엄니께서는 좁은 방에서 하루를 보내시려면 얼마나 적적하실까 생각하니 죄송한 마음이 듭니다.

내일부터 비가 온다 그러는데 후덥지근하네요. 농사철이라 정신없이 바쁜데 비가 오지 않아 가뭄이 심합니다. 제발 농부들 시름이 덜어졌으면 좋겠어요. 이른 아침 선배들과 청계산 등산을 했습니다. 산을 오르면서 숨이 가쁘고 온몸이 쑤셨고 주체할 수 없이 땀을 많이 흘렸습니다. 집에 와 보니 엄니는 무엇인가 조용히 하고 계시네요.

고향 장성군산악회에서 관악산 산행을 했습니다. 어제 산행보다 더 힘들었습니다. 산행 후 목욕하고 집에 와서 푹 쉬었더니 그제야 피곤이 가시네요. 그런 후 〈어도〉에 와서 장사를 합니다.

강아지 진이가 있는 훈련원에 갔습니다. 진이가 건강해 보였습니다. 녀석은 이제 우리가 당연히 와야 한다고 생각하는지도 모르겠습니다. 맞습니다, 가족이니까요.

아주머니도 저도 깜짝 놀랐습니다. 얼마 전까지만 해도 무슨 소리를 하면 귀가 어두워 답답했는데 얼마 전부터 옆에서 어떤 이야기를 하면 대답도 하시고 무어라고 물으시기도 하고 합니다. 혹시 저희에게서 무슨 듣고 싶은 말이라도 있으신지요? 암튼 엄니, 고맙습니다.

너무 깡말라버린 엄니, 옷이 맞지 않아 시간만 나면 옷의 실밥을 풀어 몸에 맞게 바느질을 하시는 엄니. 오늘도

'이제 가냐. 잘 다녀 오거라.' 하시니 그 말씀이 아주 어린 아들을 대하는 듯합니다. 왜 아니겠어요? 엄니에게 저는 영원히 어린 자식이지요. 힘드신지 벽에 잠시 기대어 손을 흔드시는 엄니를 돌아보며 출근을 합니다.

이른 아침 선배들과 구룡산 산행을 하러 가기 전 엄니 방에 들러 인사를 드리자, 엄니, 아주머니, 집사람, 강아지 나쵸가 모두 배웅을 해주네요. 정말 행복한 날입니다. 오후 엔 예식이 두 군데가 있어 정신없이 바빴습니다.

일요일, 아주머니가 안 계셔서 그런지 나쵸가 엄니에게 재롱을 더 많이 떨고 있네요. 나쵸가 고맙습니다. 오후에 는 고향 고산마을향우회가 있습니다. 이제는 다들 연세가 많이 드셔서 더러는 못 나오시고 더러는 돌아가신 분도 계십니다. 할 수 있는 날까지 내 부모님이다 생각하고 열심히 하려고요.

'어머니' 하고 부르면 얼마 전부터 바로 알아들으시고 대답을 하시니 총기가 더 좋아지신 것 같아 한량없이 기쁩니다.

104년 만의 최악의 가뭄이라고 합니다. 농작물이 말라 죽고 모내기를 시작도 못한 곳이 있습니다. 올해도 농작물이 비싸지겠네요. 사람이 살아가는 게 어려움의 연속입니다. 그래도 참고 인내하고 감사하게 생각하며 살아가렵니다.

점심시간에 손님이 많았는데 덥고 불쾌지수가 높아 다들 야단입니다. 오후에 진원면 산악회겸 진원면향우회가 있어 분주하게 다녀오고 밤 장사를 위해 준비를 잘하고 있습니다. 너무 더워서 엄니가 걱정입니다.

전라남도 장성군 황룡면 출신인 김황식 국무총리께서 〈어도〉를 방문해 주셨습니다. 훌륭하신 인품과 처신으로 모두에게 존경받는 분입니다. 생선회를 드시고 매운탕에 식사를 하시고 바쁜 일정 때문에 잠시 계시다가 가셨습니다. 다음에는 밤에 오셔서 더 많이 좋은 음식 드시겠다고 하셨습니다. 가게나 저에게나 더 없는 영광이었습니다. 날이 더운데, 엄니 건강 조심하세요.

세상에서 제일 소중한 당신, 오창례 여사. 당신이 살아온 세월이 누구보다 힘들고 어려웠던 삶이기에 이 아들은 당신을 누구보다 존경하고 사랑합니다. 당신이 주신 지극한 사랑이 없었다면 이 못난 아들은 존재하기 힘들었겠죠. 오늘이 가면 오늘이 없듯 당신이 가면 당신은 없다고 생각하니……. 당신 없는 세상, 다들 그립고 안타깝고 아쉬워하겠지요.

나쵸와 장난을 치시네요. 어찌나 밝고 기분 좋아 보이시는지. 104년 만의 엄청난 가뭄 끝에 농부들이 애타게 기다리던 비가 장마로 오게 되어서 다들 기뻐합니다. 산과 길가의 나무들이 말라죽는 경우가 많았는데 어젯밤부터 내린 비가 단비가 되어 해갈되지 않을까 생각해 봅니다. 어느덧 6월의 마지막 날입니다.

7월의 편지

여름엔 민어가 준비되어 있습니다

    일산 장모님이 집에 오셔서 주무시고 계시네요. 생각 없이 엄니 방에 들어갔다가 장모님이 놀라셔서 깨시고 저도 놀랐네요. 성범이가 일본어 1급 시험을 보러 가는 날입니다. 100세가 다 되신 엄니께서 '시험 잘 보거라' 하고 격려를 해주시네요.

    새벽 6시. 엄니가 주무시는 시간에 생선초밥을 준비하러 갑니다. 가게 고객 분이 상무에서 전무로 영전했다는 말을 듣고 청주 직장까지 찾아가 75인분 생선초밥을 전해드렸습니다. 엄청난 비가 오는데도 그 약속을 지킬 수 있어서 뿌듯합니다.

    초복인데 바람이 불면서 시원합니다. 태풍이 몰려온다고 하네요. 태풍 카눈이 며칠 전부터 남쪽바다에서부터 온다고 해서 그런지 바람도 많이 불고 비도 많이 옵니다.

    이른 아침 일어나 신문을 봅니다. 눈이 침침해 다 읽을 수는 없지만 그래도 신문을 보면서 세상 이야기를 엿듣습니다. 아침에 신문을 읽으면 뇌가 깨어나는 것 같습니다. 저처럼 몸을 많이 움직이고 종일 말을 해야 하는 입장에서는 꼭 필요한 일로 보입니다.

하루에도 수없이 변덕이 심한 날이 계속됩니다. 비가 왔다가 갑자기 해가 뜨고 좀 있다가 흐리고 이런 날이 계속됩니다. 이 또한 자연이 주는 소중한 현상이자 선물이라고 생각하니 좋게만 느껴집니다. 예약보다 손님이 적게 왔지만 이 또한 제가 기꺼이 감수해야 할 일이라 생각합니다.

7월 28일. 중복날입니다. 한여름 복날은 삼계탕이나 개고기 등을 먹고 여유가 좀 있으신 분들은 민어를 많이 먹지요. 〈어도〉에도 여름엔 민어가 준비되어 있습니다. 민어회, 민어전, 민어탕과 민어지리를 많이 먹습니다. 거기다가 '하모'를 먹지요. '하모'는 바다갯장어입니다. 회로 먹기도 하지만 샤브샤브로 먹기도 합니다. 어머니도 식사 잘하시고 잘 주무셔서 더위를 이겨내시기 바랍니다.

아침에 천둥 번개가 쳐서 뜨거운 열기를 식혀줍니다. 얼마나 반가운지 기분 좋게 아침을 시작합니다. 런던올림픽 경기를 새벽까지 보느라 잠이 부족해서 그런지 피곤하게 하루를 시작합니다.

8월의 편지

이렇게 비가 오는 날이면 사람이 그립습니다

멀리 남쪽에서 태풍이 불어오고 있답니다. 하루 일과가 가족과 엄니로부터 시작할 수 있어 늘 감사합니다. 오늘도 새벽까지 런던올림픽 축구중계를 보느라 잠이 부족합니다. 저만 그런 건 아닐 거고 전 국민이 지금 졸립겠네요.

어머니라는 이름이 오늘따라 너무나 사랑스럽습니다. 엄니가 계셨기에 제가 있었고 다시 태어나도 엄니의 자식이고 싶습니다. 당신이 있어 행복하고 당신을 너무나 존경합니다.

어찌나 더운지 선풍기 두 대를 틀고 누워 계신 엄니, 당신은 제게 절대적인 분이십니다. 세상에서 가장 아름답고 고귀하신 분입니다. '이제 밤에나 집에 오겠구나' 하시는 엄니. 제겐 큰 희망입니다. 그리고 삶의 의미입니다

한가한 날들입니다. 태어나서 처음으로 잠실야구장에

갔습니다. 두산베어스와 기아타이거즈 경기입니다. 친구하고 갔는데 정말 대단했습니다. 다행히 우리가 응원하는 기아가 이겨서 기분이 좋았지요. 날씨는 뜨겁고 땀도 많이 났지만 선수들 경기하는 모습에 푹 빠져 보낸 것 같습니다. 최선을 다해 뛰는 모습, 포기하지 않는 모습, 그런 모습들이 공감과 함께 힘을 줍니다.

8월 7일, 오늘은 입추이자 말복입니다. 곱게 씻으시고 앉아 계시네요. 제 손을 꼭 잡으시며 어찌나 좋아하시는지.

올림픽 축구 4강전. 한국과 브라질 새벽 3시 30분 경기를 보느라 늦게 자고 늦게 출근해 정신없이 일한 하루였습니다. 경기는 3대 0으로 져 우리가 탈락했습니다. 그래서 그런지 종일 몸과 마음이 피곤합니다. 진 것은 진 것이고 평상심을 찾아 열심히 일해야겠죠.

어제 술을 마셨지만 일찍 가게로 나와 직원들이 출근하기 전에 어제 쓰지 못한 일기를 씁니다. 조용한 시간, 이렇게 편지를 쓰며 제 자신을 돌아봅니다.

엄니는 모르시죠. 지금 런던에서 올림픽이 열리고 있고, 우리나라가 당초 목표인 금메달 10개를 넘어 12개를 따며 종합 5위를 달리고 있어 세계가 놀라고 있습니다. 오늘 새벽 3시 30분에 한국과 일본이 축구 3,4위전을 했고 결국 우리가 이겨 동메달을 땄습니다. 선수들과 전 국민이 감격스러워 하고 있습니다. 잠은 잘 자지 못했지만 종일 기분 좋게 지낼 수 있었습니다. 아직도 그 흥분이 가시지 않네요.

일요일입니다. 오후에 강아지 진이가 있는 훈련원에 다녀왔습니다. 어찌나 반갑게 맞아주던지 정신을 차릴 수 없었네요. 머지않아 〈어도〉 근처로 데려와야 할 것 같습니다.

광복절입니다. 일제에 빼앗긴 나라를 되찾고 독립을 맞이한 날입니다. 엄니는 일제 치하를 살아오셨기에 나라 없는 서러움을 알고 계시겠지요. 나라가 강하고 바로 서야 국민들이 잘 사는 나라, 기본적인 보장을 받을 수 있는 그런 세상이 되겠지요. 아침부터 비가 많이 오고 있는데 다행히 점심에 손님이 많아 바쁘게 지냈습니다.

재빠른 손놀림이 멋있어 보입니다. 바느질을 어찌나 꼼꼼하게 잘 하고 계신지 정말 깜짝 놀라게 됩니다. 지금까지 누구에게 실없이 대하지 않으신 엄니께서 앞으로도 정신을 잃지 않으시려고 하시는 게지만 장모님도 옆에서 깜짝 놀랄 만큼 손놀림이 멋지십니다.

요즈음은 토요일도 한가합니다. 주 5일제가 되고 가족들 모임이 많이 줄어든 탓이지요. 그래도 찾아주신 고객님 한 분 한분 최선을 다해 모시면서 오늘도 기쁘고 만족한 하루를 보냅니다.

태풍 볼라벤이 전국을 공포에 빠뜨리고 제주도, 전라도, 충청도, 경기도, 인천 등에 많은 재산피해와 인재를 안긴 후 지금 서서히 북한으로 올라가고 있다고 합니다. 이놈이 얼마나 강한지 어제부터 종일 뉴스특보가 나오고 있습니다. 서울에는 바람만 불었지 비가 오지 않아 큰 피해는 없다네요. 엄니의 주무시는 모습을 보면서 출근을 합니다.

볼라벤의 상처가 다 아물기도 전에 태풍 텐빈이 오고 있습니다. 그 때문인지 하루 종일 비가 오고 있습니다. 이렇게 비가 오는 날이면 이상하게 사람이 더 그립고 누군가를 만나고 싶어집니다. 오늘도 현관까지 나오셔서 손을 흔들어주신 엄니, 사랑합니다.

9월의 편지

오늘은 또 어떤 숙제가 주어질까 생각합니다

이른 아침, 나오지 못한다는 직원의 전화를 받고 하루를 시작합니다. 어찌 보면 심각하고, 좋은 일은 아니지만 어찌 생각하면 힘들고 어려운 이런 상황이 오히려 의미가 있지 않을까 하는 생각을 합니다. 세상을 너무 쉽게 살아가면 큰 의미는 없을 듯합니다. 어떠한 경우에도 엄니를 비롯해서 우리 가족 모두 건강하고 행복할 수 있어서 지치거나 힘들어 하지 않습니다.

직원들이 출근하기 전에 나와 혼자서 이것저것 살피면서 오늘은 내가 무엇을 할까 생각을 해 봅니다. 또 어떤 숙제가 주어질까. 그 숙제들을 어떻게 풀어갈까 생각해 봅니다. 이제 〈어도〉 직원들이 출근하고 시장에서 물건이 오기 시작합니다. 하루가 시작되고 모두가 열심히들 살아 갑니다.

어젯밤 일 끝나고 성수대교 밑에서 여의도까지 자전거를 타고 달렸고, 생각보다 먼 거리여서 힘들었습니다. 그래서 그런지 밤에 잠을 잘 잤고 아침에 일어나니 온천지가 비에 젖어 있고 흐립니다. 기온이 떨어져 그런지 엄니 손도 차가 워 걱정이 됩니다.

또 태풍이 불고 있습니다. 태풍 이름이 산바라고 합니다. 어찌나 강하고 짓궂은 놈인지 정신이 하나도 없습니다. 쌀 쌀해서 점퍼를 입고 출근합니다. 변함없이 비틀비틀 나오 셔서 손을 흔들어주시는 엄니, 얼마나 고마운지요.

태풍이 언제 왔다 갔는지 분간이 가지 않을 정도로 너무 나 태연한 척 밝고 맑은 날입니다. 태풍으로 많은 피해를 보신 분들이 떠오릅니다. 다 된 농사를 망치고 하늘을 보 며 한탄하고 계실 분들을 생각하며 마음 아파했던 게 어 제인데, 어느새 상당 부분을 잊어버리고 좋은 날씨에 취해 살아가고 있습니다.

9월의 마지막 주. 추석연휴가 끼어 있어서 모두가 분주한 주일이 되겠습니다. 가까운 지인들에게 선물 보내는 한 주가 될 듯하고 고향방문과 성묘를 하고 부모님 찾아뵙는 행렬이 이어지겠네요. 날씨가 좋아 사람들 모두 밝아 보이고 어려운 환경 속에서도 아름다운 미덕이 함께하는 한 주일이 되겠네요.

10월의 편지

길고 짧은 건 대봐야 안다니까요

큰누님과 막내누님이 엄니와 하룻밤 같이 자며 이루 헤아릴 수 없는 사랑을 느끼는 것 같습니다. 진수 큰형님도 돌아가시고 큰매형, 둘째매형, 막내매형도 다 돌아가시고 이제 남은 건 미국에 있는 정면이형과 명자누님 한국에 있는 명례큰누님과 순자막내누님만이 있습니다. 엄니, 남아있는 우리만이라도 서로 아끼며 행복하게 살아야겠지요.

일가친척들이 집에 와 있으니까 엄니의 눈빛이 빛나 보였는데 모두 돌아가고 나자 눈이 풀리시고 힘이 없어 보입니다. 제 마음도 그리 좋지 않습니다.

밤낮의 기온차가 심해서 그런지 요즘 들어 엄니 손이 차고 얼굴이 까칠해지신 듯합니다. 오늘 아침도 엄니 방에 들러 엄니의 손을 잡아 봅니다. 역시나 차가워서 한동안 제 손으로 녹여드렸더니 씨익 웃으시네요. 그 모습을 가슴에 품고 하루를 시작합니다. 출근해서 보니 예약장부에 손님이 없어 한숨을 쉬고 사우나에 가서 목욕을 하고 〈어도〉에 왔더니 생각지도 않은 손님들이 오셔서 바쁘게 열심히 일합니다. 길고 짧은 건 대봐야 안다니까요.

쇠약해 가시는 듯합니다. 항상 밝은 모습 행복해 하시는 모습을 뵙다가 오늘은 왠지 힘들어 하시는 엄니를 뵙고 제 마음 울컥합니다. 아주머니가 휴일이라, 어젯밤 장모님이 오셔서 돌봐주시지만 사돈인지라 신경이 쓰이실 것 같네요. 출근하는 저를 껴안고 한참을 놓아주지 않고 '이제 밤늦게 오겠구나' 하시며 애처로운 눈으로 저를 바라보시는 어머니, 건강하세요.

강아지 진이가 있는 내곡동 훈련원에 가서 산에 나무들을 보니 벌써 어떤 곳은 붉게 물들어 가을이 점점 더 깊어 가고 있음을 느낍니다. 오늘도 현관까지 마중 나오신 엄니, 오늘은 어제보단 건강해 보이셔서 마음이 놓입니다.

　열두 달 중 제일 살기 좋고 아름다운 10월입니다. 어디가나 풍광이 아름답고 먹거리도 풍부한 달입니다. 엄니 편지를 낮에 주로 써왔는데 정신없이 바빠 오늘은 늦은 밤에야 씁니다. 아름다운 계절 10월입니다.

　새벽 6시가 안 되어 일어나 한강에서 두 시간 반 동안 자전거를 타며 운동을 했습니다. 다리가 많이 아팠고 온몸이 욱신욱신했습니다. 집에 와 옷을 갈아입고 사우나에 갔다가 다시 〈어도〉로 와 장사를 시작합니다. 생각보다 점심 때 손님이 많아 바쁘게 일을 하고 열심히 살아갑니다.

　어제와 오늘은 엄니 손이 따뜻해서 제 마음도 따뜻했습니다. 낮에 생각보다 많은 손님이 오셨고 다들 음식이 맛있다 해 주시며 다음에 또 오겠다 하시네요. 그 말 한 마디가 얼마나 큰 힘이 되는지요.

강아지 나쵸가 엄니를 기쁘게 해주네요. 어쩌나 귀여운 짓을 많이 하는지 보는 사람마다 귀여워합니다. 사람이 아니라 동물이지만 가족 같은 생각이 듭니다. 식구들이 모두 들어올 때나 나갈 때나 안아주고 하니 우리 집에서 제일 귀여움 받고 있습니다. 그런 나쵸 녀석이 오늘 아침에는 엄니께 재롱을 떨고 있습니다. 웃고 즐거워 하시는 엄니를 뵈면서 기쁜 마음으로 출근해서 열심히 일합니다.

11월의 편지

휴지를 곱게 개고 계시네요

서울도 춥지만 강원도는 영하 10도까지 떨어졌고 대관령에는 첫눈이 내렸다고 합니다. 엄니의 배웅을 받으며 언제까지 이렇게 엄니를 모시고 행복하게 살 수 있을까 생각을 해봅니다. 내 맘대로 되는 게 아니기에 헤어지는 순간 가슴이 찡해 옵니다.

비가 오고 스산한 느낌입니다. 낙엽이 많이 지고 있고 마음이 차분해지면서 인생을 다시 한 번 생각하게 해 줍니다. 무엇을 어떻게 살아야 하는지를 깊이 생각하게 해 주는 것이지요. 지금 제가 존재하고 있다는 것만으로 감사드려야겠지요. 엄니를 안아 보고 감사함을 느낍니다.

이번 주 내내 너무너무 힘들고 피곤했던 날들이라 비몽사몽하면서 10시 반 넘어 겨우 일어나 출근을 하고, 열심히 일하는 직원들을 보니 미안했습니다.

날씨가 추워지며 엄니의 옷이 두꺼워졌네요. 밝은 엄니의 모습이 보기 좋습니다. 오늘따라 목소리가 커 보이십니다. 쩌렁쩌렁한 목소리가 출근하는 저를 행복하게 해 줍니다.

가족 누구에게나 다정하고 인자하신 모습으로 감싸 안아 주시고 용기와 희망을 주시는 엄니. 오늘도 출근하는 저에게 조심히 잘 다녀오라고 하시며 손을 흔들어 주시네요.

아침에 일어나 휴지를 곱게 개고 계신 엄니 손이 차갑네요. 연세가 말해 주고 날씨가 추워져서 그렇겠지요. 따뜻한 엄니 손이 그립습니다.

나뭇가지마다 앙상한 가지만 남고 잎이 다 떨어지고 있네요. 겨울이 오긴 왔나 봅니다. 장모님이 가시니 엄니 섭섭하시겠어요.

20년이 넘게 모시던, 가까운 노인정 어른들께 음식을 대접해 드립니다. 다들 좋아하시고 행복해 하십니다. 지금 이 시간은 피곤하지만 가족을 생각하는 소중한 시간입니다. 엄니, 오늘 하루도 건강하고 행복하세요.

오늘은 주무시지 않고 종일 앉아서 무언가를 하고 계시네요. 고운 마음 착하고 선한 마음처럼 엄니의 얼굴도 자꾸 환해지고 있습니다. 오늘도 변함없이 열심히 일을 합니다. 제가 하는 이 일로 많은 주변 사람들이 편안해졌으면 하는 마음입니다.

12월의 편지

우리 〈어도〉는 새벽부터 숨 쉽니다

엄니, 한 달만 지나면 99세가 되십니다. 아직 정정하시고 건강하셔서서 감사합니다. 한 달 남은 올해도 변함없이 건강하셔서서 내년에도 내후년에도 오래오래 행복했으면 하는 바람입니다.

이른 아침입니다. 이렇게 아침부터 엄니께 편지쓰기는 처음입니다. 아직 엄니를 뵙지 못했지만 건강한 모습으로 아침을 맞이하고 있다는 사실을 느낄 수가 있었습니다. 어젯밤에는 눈발이 날렸습니다. 올 들어 첫눈을 보며 걱정도 되면서 한편 기쁘기도 합니다.

하얀 눈이 소복하게 내리는 날입니다. 보기는 좋은데 눈이 쌓이고 길이 미끄러우면 〈어도〉에 손님이 없는 게 제일 큰 문제이지요. 예약이 많았는데 눈이 와서 다 취소되고 가게가 텅텅 빕니다. 천재지변이라 마음 아파할 일은 아니지만 그래도 신경이 쓰입니다. 덕분에 오후에는 잠도 자면서 자유를 만끽하기도 합니다. 그러고 보니 자유는 돈으로도 살 수 없는 거군요.

엄니처럼 정신 잃지 않는 그런 모습으로 100세까지 살다
가 돌아가시는 게 대부분 사람들의 꿈일 것입니다. 엄니의
모습을 보며 그런 꿈을 가질 수도 있겠네요. 오늘 낮에만
100여 분 오신 것 같습니다. 매일같이 이렇게만 바쁘면 얼
마나 좋을까요. 기분 좋은 날이었고 성범이가 일본에서 돌
아와 더욱 기뻤습니다.

새벽 5시에 기상해 서울대병원에서 주문한 생선초밥 125
인분을 준비합니다. 주방식구 전 직원이 동원되고, 그렇게
만들어진 생선초밥이 서울대병원으로 배달되었고 그렇게
우리 〈어도〉는 새벽부터 숨 쉬며 살아가고 있습니다. 어제
는 〈어도〉의 1호실에서 잤습니다. 고생하는 직원들의 모범
이 되어야 하기에요. 오늘 엄니를 뵙지 못해 그리운 마음입
니다.

직원들이 많이 힘든지 출근을 못하고 있었고 그래서 제
한 몸 바삐 움직였습니다. 대통령 투표하는 날인데 엄니는
투표도 못하시고 집에 계시네요.

크리스마스이브, 너무너무 추운 날입니다. 이때가 되면 온 세상은 축제의 분위기에 휩싸입니다. 남녀노소 누구나 할 것 없이요. 가게는 한가하네요. 그래도 축복이 느껴지는 가게입니다.

크리스마스. 예전 같으면 옷을 곱게 차려입고 교회에 가실 텐데 거동조차 힘드시니…… . 오늘 종일 바쁠 거라 예측하며 출근했고 역시 정신없이 일을 했습니다.

엄니는 저를 끝없이 사랑해주십니다.

아침에 잠시 신문을 보다 졸려서 다시 잠이 들었고 집사람이 다급하게 깨워 문정동 침술원에 갈 준비를 합니다. 그동안 제 몸이 너무 고생하는 게 보이는지 염려되어 깨운 게지요.

캄캄한 방에서 쪼그리고 앉아 무슨 생각을 하시다가 '저 다녀오겠습니다' 하니 현관까지 나오셔서 배웅을 하시네요. 자식 앞에서 당당해지려는 엄니를 보면서 저도 엄니처럼 그렇게 살 수 있을까 생각해 봅니다.

하루 종일 비가 오고 있습니다.
이렇게 비가 오는 날이면 이상하
게 사람이 더 그립고 누군가를 만
나고 싶어집니다. 오늘도 현관까지
나오셔서 손을 흔들어주신 엄니,
사랑합니다.

-2012년의 편지 중에서

고향이 좋습니다. 고향 사람이 좋습니다

1월의 편지

20년 전 오늘, 〈어도〉에서 처음 장사를 시작했지요

새해 첫날입니다. 온 세상이 하얀 눈입니다. 어제는 이미 작년이 되었고, 이제 제 나이 52세, 엄니는 99세가 되셨네요.

살인적인 추위입니다.

어제 서울대병원에 1억 원을 기부하였습니다. 불우하고 소외된 환자들에게 쓰인다고 합니다.

서울대병원 원장님과 부원장님이 오셔서 술 한잔하다 보니 많이 취했던 날입니다. 오늘 날씨가 너무 추워 정신을 차릴 수가 없었습니다. 세상이 꽁꽁 얼어붙고 사람들이 엉금엉금 기어 다닙니다. 우리 어릴 적 추위도 대단했던 것으로 기억됩니다.

날이 좀 풀리자 사람들의 표정이 활기찹니다. 사람들이 간사한 건가요? 그보다는 금방 잊어버리는 그런 능력을 가졌나 봅니다. 안 좋은 건 잊어도 은혜는 잊지 말아야 할 터인데요. 오늘은 일을 많이 했다기보다 사람들을 만나 대화를 많이 하고 그랬던 날입니다.

토요일, 온 가족과 처가 식구들까지 함께하다 보니 시끌벅적합니다. 다 같이 모여서 식사를 했고 모두의 시선이 엄니에게 쏠려 있습니다. 엄니가 관심대상입니다. 엄니도 그걸 느끼시는지요. 식사를 마치고 화기애애한 분위기에서 서로가 서로에게 웃음을 보냅니다.

어제 오후에 장성에서 진열이형님 가족이 올라와 생각지도 않게 무척 반가우셨지요? 식사도 하고 이야기도 나누며 감격스러운 시간을 보냈으리라 생각합니다. 형님과 형수님이, 엄니가 총기가 있으시다고 어찌나 좋아하시던지, 그 모습이 지금도 눈에 선합니다. 식사 후 커피 한 잔 하며 덕담을 나누고 장성으로 다시 가셨습니다. 건강하시고 늘 기쁘고 행복하시길 간절히 바랍니다.

'엄니' 하고 불러보니 대답 없이 졸기만 하시기에 엄니 머리를 만지자 그제야 저를 보시고 '이제 출근하냐?' 하시면서 현관까지 나오셔서 손을 흔들며 배웅을 하시네요. 20

년 전 오늘 〈어도〉에서 양념을 만들고 간을 맞춰 주셔서 다음날 밤부터 장사를 시작했지요. 처음 시작한 날이 엊그제 같은데 세월은 참 빠르기도 합니다. 엄니하고 살며 아이들 셋 낳아 기르고 가게를 하면서 집도 사고 너무 많은 걸 얻었습니다. 20년이 알고 보면 고마웠던 세월이었습니다. 더욱 열심히 살아야겠네요.

오늘이 〈어도〉를 시작한 날이네요. 〈어도〉는 복되고 축복이 넘치는 곳입니다. 힘들고 어려운 일도 있었고 큰 위기에 처했던 적도 있었지만 좌절하지 않고 열심히 앞만 보고 살아왔습니다. 이제 시작이다 생각하고 더욱 더 정진하렵니다.

월요일입니다. 항상 출발이라는 생각을 합니다. 작은 출발이 모여서 이루어질 10년 후의 나의 모습을 생각하면서 마음을 다져봅니다.

통영에 밤늦게 내려갔습니다. 미리 가 계신 임만규 전무님을 만나 물차에 물을 받고 경매 받은 가오리, 감성돔, 도다리 등 여러 생선을 싣고 서울로 올라오던 중 물차 바퀴가 고장이 나 수리하며 고생 끝에 서울에 도착했습니다.

　오늘은 성범이와 기범이가 엄니를 부축하면서 저를 배웅하네요. 한 폭의 그림처럼 아름다운 광경에 너무 너무 행복합니다.

　1월 25일. 엄니께 인사도 못 드리고 고향 장성에 내려갔습니다. 광주에 새벽 세 시에 도착해 숙소에서 집사람, 성범이, 기범이, 임만규 전무님 모두 잠을 자고 다음날 진원에 들렀고 할아버지, 할머니, 아버지, 외증조, 큰형님 산소에 들러 인사드리고 마을에 들러 어른들께 인사드리고 광주 성구형님 댁과 장성 진열형님 댁에 다녀왔습니다. 그리고 곧바로 서울로 올라와 열심히 밤 장사를 합니다.

　엄니를 가슴으로 꼭 껴안고 엄니와 제 사이의 정을 확인합니다. 영원히 변치 않을 소중한 분이십니다. 우리 가족과 많은 사람들을 위해 열심히 살아가렵니다.

2월의 편지

고향이 좋습니다. 고향 사람이 좋습니다

그동안 너무 무리해서 그런지 감기에 걸렸네요. 옮길까 봐 엄니에게 인사도 못 드립니다. 일요일, 예전 같으면 교회에 가실 날인데 집에서 기도로 대신 하는 엄니, 오늘도 건강하세요.

2월 5일. 엄니 손자 배성범이가 영동고 졸업을 하는 날입니다. 집사람과 함께 졸업식장에 가서 사진도 찍으며 졸업을 축하했습니다. 녀석이 이제 대학도 가고 군대도 가겠죠. 부모의 근심이 더 많아지겠네요. 근심하는 만큼 녀석이 성장하는 과정이 되겠지요.

오늘부터 설 연휴가 시작되었고 벌써 고향으로 가는 사람들, 해외여행을 가는 사람들, 일가친척 다 모여서 음식 장만하는 사람들, 이곳저곳 인사하러 다니는 사람들. 그러나 휴일을 즐기기보다 바쁘게 살아가는 사람들이 더 많습니다. 우리 〈어도〉는 설 연휴에도 매년 문을 닫지 않고 장사하기 때문에 정신없이 살아가게 됩니다.

설 연휴 마지막 날입니다. 어제 설날에 명례 큰누나, 순자누님이 오셔서 하룻밤 주무셨습니다. 엄니와 옛 추억을 이야기하셨겠죠. 힘들고 어려웠던 옛 추억도 지나고 나면 아름다운 이야기가 되고 그런 아련한 추억을 웃으면서 나눴겠지요.

내년에도 오늘 같은 날이 …….

매일같이 환한 미소로 대하고 서로 무엇이 필요한지 눈빛만 보아도 알 수 있는 그런 관계가 엄니와 저의 관계입니다. 예식장이 두 군데 있었고 거기다 손님 모시고 장사하고 바쁘게 하루를 살아가고 있습니다. 그래도 행복합니다. 할 수 있는 일이 있고 그 일을 통해 하고 있는 일들이 보람 있기 때문입니다.

2월 25일. 박근혜 대통령이 취임하는 날입니다. 어제 산악회에서 고향이야기, 살아가는 이야기, 힘들었던 과거와 현재를 이야기하며 가슴도 찡해지고 때로 웃곤 하였습니다.

점심시간에 엄니가 다니시던 늘푸른교회 목사님이신 단 목사님이 교인들과 함께 오셔서 식사를 하시며 엄니의 안부를 물으셨습니다. 언제 한번 엄니를 모시고 가야 할 터인데요.

3월의 편지

선생님들과 사진도 찍었습니다

며칠 동안 봄이 온 것처럼 따뜻하더니 꽃샘추위가 기승을 부리네요. 어제가 성범이가 태어난 날이었고 이제 20살이 되었네요. 녀석이 잘 되었으면 하는 생각을 합니다. 잘 된다는 건 여러 의미가 있겠지요. 무엇보다 무엇이 행복하고 보람 있는 삶인지 이제는 스스로 깨닫게 되기를 바랍니다.

학생들 입학식이어서 한가합니다. 예전 같으면 입학식 날 바쁘고 분주한데 요즘은 입학식이라야 한가하기만 하네요.

잘 이해가지 않는 변화가 자꾸자꾸 생깁니다.

3월 5일. 1999년부터 매년 해오던 서울대병원 어려운 환자 돕기 기부금 전달식이 있었습니다. 원장님, 후원회장님, 부원장님, 그리고 수많은 관계자분들, 집사람, 성범이, 후배 송희주 등과 함께 참석한 전달식은 뜻 깊은 자리였습니다. 처음 시작할 때 이렇게 오래 갈 거라 생각 못했는데 15년을 끊임없이 하게 되었네요. 이게 다 엄니가 저에게 가르쳐 주신 지혜 덕분입니다. 어려운 환경 속에서도 남을 위해 작은 봉사를 하신 그 모습을 보면서 배워온 덕입니다.

얼마 전 서울대병원에 1억 원 전달한 것 합해서 지금까지 기부한 금액이 11억 1천5백만 원이 되었다는 신문보도가 있었고, 제 뜻과 마음이 많은 분들에게 전달된 것이 요즘 손님이 많은 계기가 된 듯합니다. 성실하고 근면하게 열심히 잘 살아서 세상에 빛이 되고 소금이 되는 그런 사람이 되겠습니다. 낮에도 손님이 많았고 밤에 김황식 국무총리님께서 방문하셔서 영광스럽기도 했답니다.

강아지 나쵸가 엄니께 장난을 치는지 엄니가 웃는 소리에 거실에 있는 우리도 살포시 웃어봅니다. 매일매일 건강하시고 행복하세요.

3월 21일. 성범이가 다녔던 영동고등학교에 지난 3년 간 장학금을 전달했더니 감사패를 주신다고 해서 집사람과 함께 받았고 선생님들과 사진도 찍었습니다. 학생들에게 장학금을 전달한 것이 얼마나 보람 있는 일인지 다시 한번 깨닫는 날입니다. 앞으로도 계속해서 최선을 다하는 사람이 되겠습니다.

교회에 못 가신 지 몇 년이 되었는데 매일 아침 성경책을 만지시는 엄니를 뵙게 됩니다. 기도만은 계속하고 계신다는 걸 알게 됩니다. 존경합니다.

3년 전에 돌아가신 장인어른 기일이다 보니 어제 일 끝나고 일산으로 갔습니다. 일교차가 심하고 아직 날은 차갑지만 그래도 봄은 와 있습니다. 장인어른 무덤가에도 파릇파릇 풀이 돋겠지요.

봄바람이 싱그럽습니다. 봄꽃 향기인가 합니다. 날씨가 많이 따뜻해져 완연히 봄을 느낍니다.
3월의 마지막 날, 고향산악회에서 안양 삼성산 산행이

있다고 하는데 멀어서 가지 못했네요.

일요일이지만 장사를 해야 하는 입장이라 멀리 가면 곤란하기 때문입니다.

4월의 편지

교회에 다녀오셨네요

저번 주 일요일이 부활절이었고, 그날 엄니께선 당신이 다니시던 늘푸른교회에 다녀오셨지요. 너무너무 좋아하셨다는 얘기를 들었습니다. 오늘 일요일인데 제가 함께하지 못해 죄송합니다.

햇살이 눈부시고, 곱게 핀 꽃들이 햇살에 반사되어 더욱 아름답게 느껴지는 날입니다. 엄니도 무언가 하고 계시고요. 돌아가신 분이 두 분 계셔서 어젯밤 늦은 시간에 분당 서울대병원 영안실과 경기도 여주 고려병원을 다녀와서 그런지 아침에도 피곤하네요.

'장성군 진원면 면민의 날'이라고, 고향에서 저와 고향 사람들을 초대해서 아침 5시가 넘어 고향으로 출발합니다. 고향 가며오며 벚꽃과 개나리와 진달래 등을 보면서 봄을 원 없이 느낀 날이었습니다. 저녁 6시 30분쯤 서울로 돌아와 저녁장사를 했답니다.

갈수록 태산이라는 말이 있습니다. 하면 할수록 많아지는 일들. 그 일을 마치고 나면 또 해야 할 일들. 이른 아침 생각해보니 왜 이리 복잡하고 힘든 삶을 살아야 하는지 저 자신 이해가 되지 않는 부분이 많습니다. 한순간 자신이 없었지만 지금까지 해 온 게 있는데 하며 자신감을 가져봅니다. 해낼 수 있을 거야 하면서요. 며칠 있으면 서울대병원 바자회가 있는데 일을 할 만한 사람이 별로 없어서 고민이 되지만 그래도 해야지요.

새벽 5시에 일어나 〈어도〉로 갔습니다. 분당 서울대병원 바자회가 있는 날입니다. 벌써 10회째여서 감회가 새롭습니다. 그 동안 제가 초밥을 만들어 기부한 금액이 7,500만 원이 되었다네요. 오늘과 내일 판매 분을 기부하면 금액은 더 늘어날 듯합니다. 주위 많은 분들의 도움 덕에 잘 마치고 가게로 돌아와 장사를 했습니다.

새벽부터 엄청난 일을 해야 하기에 어제 그냥 〈어도〉에서 자느라 엄니를 뵙지 못했네요. 엄니의 간절한 기도 덕에 제가 힘을 내어 일을 할 수 있습니다.

　엄니, 오늘 아침은 다른 날과 달리 대화를 많이 했습니다. 그게 그렇게 좋으신지 어린아이처럼 마냥 웃으시고 행복해 하시네요.

　엄니 방 창 너머 나뭇가지마다 새파랗게 잎들이 피어나고 있습니다. 날씨가 너무 좋아 보관할 수 있다면 보관해서 두고두고 느끼고 싶네요. 엄니 마음에는 항상 제가 있겠지요.

　엄니와 마주 앉아 한참 동안 담소를 나누었고, 잠시 후 다시 들러보니 주무시고 계시네요. 빗방울이 하나둘 떨어지고 은행나무에 잎사귀가 예쁘게 잘 자라고 있습니다. 날씨가 너무 좋아 제가 살아 있다는 것이 고맙게 느껴질 정도입니다.

5월의 편지

모든 걸 내려놓고 훌쩍 떠났으면 싶었지요

토요일입니다. 5월은 가정의 달입니다. 이번 주에 어린이날이 있고 다음 주에는 어버이날이 있습니다. 그리고 주말에는 엄니 생신이 있습니다. 99세 생신을 성대하게 차려드려야 하는데, 그렇게 하지 못할 것 같아 엄니께 미안한 마음입니다. 매형 세 분 다 돌아가시고 큰형님 돌아가시고 작은형님은 하와이에 계시면서 연락이 없으시고, 이런 상황인데 잔치를 하는 게 내키지 않아 조용히 가족끼리 식사하며 보낼 생각입니다. 엄니, 제 마음 이해하시죠?

어린이날과 일요일이 겹쳐서 가족모임이 많았습니다. 바쁘게 보내느라 우리 집 마지막 어린이인 기범이에게 선물도 용돈도 주지 못한 성의 없는 아빠가 되었네요. 밤늦게 이제야 좀 시간이 납니다. 엄니, 이렇게 무능한 아들을 용서하세요.

가게에서 회를 가져와 모처럼 엄니하고 장모님하고 집사람과 조촐하게 아침식사를 했습니다. 다가올 어버이날에

해야 할 식사를 미리 한 것 같네요. 저는 가게에 나가고 집사람이 장모님을 신사역까지 바래다 드리고, 이렇게 하루를 시작합니다.

오늘이 어버이날인데 함께하지 못하고 죄송합니다. 새벽 5시에 급하게 일어나 〈어도〉로 갔습니다. 서울대병원 생선 초밥 200인분을 직원들과 함께 만들어야 하기 때문입니다. 오후 늦은 시간에나 엄니 뵈러 집에 다녀와야겠네요.

어제하고 오늘 서울대병원 바자회가 있었고, 새벽부터 만든 초밥을 판매한 금액이 모두 저소득층 환자들에게 쓰인다고 합니다. 보람 있고 뜻 깊은 이틀을 보낸 것 같습니다. 저 혼자서 한 것이 아니라 직원들 모두 함께한 일이라 더욱 더 뜻 깊고 좋았습니다.

5월 11일. 토요일이면서 엄니의 99번째 생신입니다. 오랜만에 가족 모두 모여 식사를 했네요.

미역국이 나와도 무슨 날인지도 모르시는 엄니가 오늘 누구 생일이냐고 해서 오늘이 엄니 생일이라고 하자 '내가 내 생일도 모르고 보내는구나.' 멋쩍어 하시며 웃으시기에 가족이 모두 한바탕 웃었습니다. 가평 큰누님이 오셔서 함께하는 식사자리가 되었네요.

집사람과 수경이와 기범이가 터키로 여행을 갔답니다. 한 집에서 살아가는 식구이면서도 각자 타고난 복은 따로 있나 봅니다. 여행은 단순히 노는 게 아니라 경험이고 재충전이니까 가족이 뜻 깊은 시간을 보내고 더욱 건강해진 모습으로 돌아오기를 바랍니다.

날씨가 더워지자 엄니 옷도 얇아지고 있습니다. 바느질하시며 부지런도 하시게 옷을 뜯었다 고치기 수없이 반복을 하시는 엄니. 저도 그 연세에 그렇게 할 수 있을까 하는 생각을 해봅니다.

집사람과 수경이와 기범이가 터키에 간 지 6일째 되었는데 내일 온다고 합니다. 터키는 6.25 전쟁 때 우리를 도운 형제의 나라이고 지금도 대한민국 사람들을 형제처럼 대한다니 터키 여행이 더 의미 있어 보이네요.

지나간 한 주일은 나에게나 가족에게나 특별했던 날들이었습니다. 가족이 터키 여행을 갔었고, 엄니와 나 그리고 성범이는 가지 못했지만 가족에 대한 소중함을 깨달을 수 있었던 날들이었습니다. 동양과 서양의 문화가 함께하는 터키 여행에서 특별한 좋은 경험을 했었고 힘들기도 했지만 행복했나 봅니다.

이른 아침 온 가족이 다함께 있어서 행복합니다. 잠시 후면 수경이와 기범이가 학교 간다고 하면서 시끌시끌하겠고, 학교 간 다음엔 허전하고 조용한 분위기가 이어지겠네요.

금요일이 요즘은 주말입니다. 요즘같이 좋은 날엔 여유 있고 시간 있는 분들이 모두 여행을 가지요. 국내여행이나 해외여행이나 여행이 일상이 된 것 같습니다. 저도 모든 걸 다 내려놓고 훌쩍 떠났으면 하는 마음이 듭니다. 아무 생각 없이 그저 발길 닿는 대로 나아가고 싶네요. 가끔은 엄니와 함께요.

5월 27일. 오늘은 특별한 날입니다. 엄니의 아들이 서울대병원 홍보대사가 되는 날이어서 서둘러 일어나서 연건동 병원으로 갔습니다. 동아제약 강신호 회장님, 정희원 서울대병원장님, 그 외 함춘후원회 한규섭 회장님, 병원 부원장님, 유명인사 30여 분이 모여서 오로지 저를 위한 자리가 이루어졌고 위촉장을 받았답니다. 저 자신과 가문의 영광이고 큰 짐을 짊어지게 되었습니다. 더욱 열심히 살아야겠단 다짐을 다시 해보는 날이었습니다.

새벽입니다. 빗소리를 들으면서 저 자신에 대해 생각합니다. 내가 어떻게 살았길래 사람들이 떠나갈까 하는 생각을 하면서 많은 반성과 후회를 하는 새벽입니다. 사람 사는 곳에 사람이 있어야 하는데 내 곁에는 사람이 드뭅니다. 때늦은 후회이지만 이제부터라도 주위를 잘 챙기고 보듬어야 할 텐데 생각합니다. 엄니, 다시 시작하는 맘으로 살게요.

수정처럼 맑은 날입니다. 보석처럼 비치는 날이기도 합니다. 나무도 화초들도 아름다움을 맘껏 뽐내고 새들도 기분이 좋은지 지저귀고 있습니다. 배웅하시러 일어서더니 갑자기 어지럽다고 하시는 엄니. 이제 100세를 바라보시니 오죽하시겠나 싶습니다.

6월의 편지

엄니 막내손자 기범이와 함께 기범이 초등학교에서 하는 1박2일 캠핑을 다녀왔습니다. 아이들이랑 아이들 아빠랑 밤새워 지내다 보니 가게에 돌아와서는 힘들게 오늘 하루를 보냅니다. 올해가 초등학교 마지막이라고 기범이와 한 학년 친구들이 아쉬워하는 가운데서도 좋아하네요.

고요한 새벽 2시 30분입니다. 왜 나는 이렇게 신경이 예민하고 종잡을 수가 없을까요. 남들 앞에서는 안 그런 척하면서 왜 나는 이렇게 힘들게 살아갈까요. 어느 한 곳에 마음 두지 못하면서 살아가게 될까요. 마음이 아파 표현할 수 없는 큰 외로움에 잠을 이루지 못하며 이 밤을 힘들게 보냅니다. 엄니 제가 외롭지 않게, 용기 있게 계속 살아가게 해 주세요.

〈어도〉에서 향우회가 있어 어제 수많은 고향어른들과 선배님들, 친구들, 후배들, 40여 명이 흥겨운 시간을 가졌습니다. 옛날에는 더 많은 분들이 있었지만 돌아가시고, 아프시고, 일이 있어 못 나오기도 하십니다. 엄니, 눈앞에 선하니 고향이 그립네요.

100세라는 연세에 신고 있던 버선이 해져 꿰매고 계신다는 사실이 믿어지지 않네요. 저를 보시더니 바느질을 멈추고 일어서서 현관까지 배웅해 주시네요. 저는 이 세상에서 제일 행복한 아들입니다.

직원들과 함께 경기도 여주로 여행을 떠났습니다. 그릇도 구입할 겸 직원들과 함께한 한나절 여행입니다. 들판의 농사짓는 분들을 보면서 어릴 적 이야기 등 많은 생각을 해봅니다.

갑자기 고향에 가고 싶다는 생각이 들었습니다. 광주와 장성의 친구들 모임이 있다 해서 임만규 전무님과 차를 몰고 3시간을 달려 고향에 도착했고요. 진열이형님 댁에 들러 형수님께 용돈도 좀 드렸습니다. 친구들과 닭백숙 요리를 먹고 서울로 올라와 밤에 다시 〈어도〉를 지킵니다. 낮에는 고향, 밤에는 가게. 정신없어 보이지만 그래도 잘 다녀왔다고 생각합니다.

매일매일 건강하게 살아간다는 사실이 감동이고 매일매일 함께할 수 있다는 것이 고맙습니다.

아침이면 또 다시 살아있다는 사실이 행복하고 엄니를 뵐 수 있고 같이 존재하고 있음이 큰 기쁨입니다. 항상 밝게 웃으시는 엄니의 모습이 저에게 날마다 영양소 역할을 해주고 있습니다.

기범이가 컬링이라는 겨울철에 하는 운동을 한다고 해서 신구중학교에 집사람과 함께 갔네요. 부모님들이 수십 분 오셨고, 설명회를 듣고 창립발기인으로 참여했습니다. 이렇게 해서 강남구에 컬링협회가 생겼습니다.

7월의 편지

아내 친구들과 한잔하는 것도 좋네요

새벽에 많은 비가 왔습니다. 빗소리와 천둥소리에 잠을 설치지 않으셨는지요? 다행히 깊이 주무시고 계셔 그냥 출근합니다.

며칠 전부터 아침에 출근했다가 오후에 한번은 집에 들러 엄니를 뵙고, 때로 주무시는 모습도 보곤 합니다. 피곤하면 잠시 잠을 청하기도 하고요.

7월 7일. 아침 일찍 장인 어르신 산소가 있는 양평 갑산공원에 다녀왔습니다. 죄송하게도 1년 만에 가게 된 것 같습니다. 오랜만에 소주 한 잔 따라 드렸습니다.

일어나서 엄니 방에 가봅니다. 혼자 쪼그리고 앉아 계신 엄니께 다가가 머리를 만져봅니다.

저를 보시며 지금이 밤인지 낮인지 구분 못하시는 엄니, 저 자신도 놀라며 살포시 웃어봅니다.

며칠째 많은 비가 내려 한강이 불어나고, 강원도 산간지방이나 중부지방에는 산사태가 일어나면서 피해가 속출하고 있습니다. 여기 〈어도〉나 논현동은 별 피해가 없는 상황입니다. 사람이란 자기 일이 아니면 주위의 불행은 금방 잊어버리게 되죠. 그 생각을 하면 왠지 서글퍼지네요.

알고 지내는 최호준형님이 바람 좀 쐬러 가자고 해서 양평으로 유명산으로 드라이브를 했고, 점심도 잘 먹어서 즐거웠던 날입니다. 지금은 장사를 하고 있고 오늘 밤에는 얼마나 손님이 오시려나 생각을 합니다.

엄니 며느리 김선미의 고등학교 친구들이 어제 10년 만에 놀러와, 같이 밤을 새고 아침에야 집에 돌아와 잠을 청했습니다. 덕분에 늦게 〈어도〉로 출근해 일을 합니다. 나이 들어 술 한잔 하면서, 지나온 이야기, 앞으로 살아갈 이야기들을 하니 편하고 즐거웠던 시간입니다. 피곤해도 기분 좋은 피로이네요.

아침에 힘없이 저를 보시면서 일어나 손을 흔들어 주시는 엄니. 많이 지치신 것을 생각하니 마음이 아픕니다. 비가 그쳐 날씨가 참 맑네요. 햇살이 아름답고 곱디고운 세상이 싱그럽습니다.

8월의 편지

치마를 바지로 만들어 입으시네요

8월 15일. 배수경이가 태어난 날입니다. 녀석이 태어나던 날 참 떠들썩했던 기억이 납니다. 첫아이가 아들이어 그런지 딸아이가 태어난 것이 그렇게 좋았던 것 같습니다. 이맘때가 되면 항상 고향을 방문하던 기억이 납니다. 고향 방문을 하고 나면 기분이 좋아지고 고향의 기를 받는 듯합니다. 올해는 조금 늦게 고향을 방문할까 합니다.

치마를 사다 드렸더니 바지를 만들어 입으시는 엄니. 나도 저 연세에 정신을 올바로 갖고 살아갈 수 있을까 하는 생각을 해 봅니다. 무엇 하나 흐트러짐 없이 깨끗하고 정갈하게 정리하고 계시는 엄니를 뵈면서, 언젠가 하늘나라로 가시더라도 신변의 모든 것을 깨끗하게 정리정돈하시고서 가시겠다는 말없는 다짐을 읽는 듯합니다.

햇살이 아름답고 서늘한 바람이 불어오네요. 가을이 턱밑까지 온 기분 좋은 날입니다. 추석이 다가와, 오래된 고객들께 드릴 굴비선물 세트를 미리 준비해 두었습니다. 그 언제부터인가 저는 저의 것이 아니고 대중의 것임을 선언한 적 있습니다. 내 가족만을 생각하기에는 제가 너무 많은 사랑을 받았습니다. 그래서 이 몸은 많은 이들을 위한 삶을 살아가기를 고집했습니다. 그 삶이 쉽지 않고, 때로 지치고 힘들기도 하고 고달프지만 제가 선택했고, 그것이 보람 있는 선택이기에 끝까지 가고자 노력합니다.

점심손님이 많아 쉬지 않고 일을 했고, 오후에는 세광중학교 친구들 20여 명을 초청해서 식사대접했습니다. 밤까지 일하고, 어제부터 챙기지 못한 밥을 먹는데 급하게 먹느라 체해서 고생합니다. 정말 〈어도〉에서 편하게 마음 놓고 식사를 해 본 적이 별로 없는 것 같습니다. 항상 해야할 일을 머릿속에서 생각하느라 밥은 그저 '허기를 면한다' 그 정도였던 것 같습니다.

출근하기 전 순자누님이 오셔서 엄니와 재미있게 담소를 나누는 걸 봅니다. 이제 많이 늙으셨네요. 혼자서 힘들게 살아오며 잘 견뎌 주셔서 감사할 따름입니다. 목화는 일찍 결혼해 아들 하나 딸 하나 두고 일산에서 잘 살고 있고, 누님 큰 딸 수화는 올 11월에 결혼한다고 분주하답니다.

9월의 편지

이 세상 모든 엄니는

8월이 지나가면 장사가 나아지리라 생각했는데 일본 방사선 누출사고가 확산되면서 어려움을 겪고 있습니다. 매출이 급격하게 떨어졌습니다. 방사선이 바다로 흘러가 바다 생물이 모두 오염된다고 떠들어대서 보통 마음 쓰이는 게 아닙니다. 오늘밤은 유난히 더 쓸쓸하고 힘듭니다.

중앙일보 1면에 제 기부이야기가 실렸네요. 오후에는 JTBC에서 촬영을 해 갔고 밤 9시 뉴스에도 나왔습니다. 촬영을 하다 보니 손님은 없지, 바쁘긴 하지, 정신을 못 차렸던 것 같습니다.

아침에 집사람 그리고 아이들이 장인어른 산소에 다니러 가고 집 안이 한가합니다. 그래서 그런지 강아지 나쵸가 엄니 말을 잘 듣고 장난질을 치며 엄니와 놀아주네요.

수없이 많은 일을 하면서 살아가지만 사람에게 배신당하고, 사람 때문에 신경 쓰며 살아가는 게 제일 힘든 일입니다. 제가 요즘 그런 일을 당하고 있습니다. 이전에 미래를 위해서 땅을 좀 사놓은 게 있었는데 손해를 보게 되어 마음 아파하고 있습니다. 일이 꼬여 힘듭니다. 그래도 용기를 내서 살아야겠습니다.

9월 19일. 추석입니다. 추석 음식을 만드느라 지지고 볶고 야단들인데 엄니는 오늘이 무슨 날인지도 모르고 계시다가 귀에 대고 알려드리자, 그제야 추석임을 아시고 '내가 이렇게 멍청이가 되었구나.' 하시면서 늙은 자신에 대한 아쉬움을 표하시네요. 아직은 정신이 있으시고 가족도 알아보시고 한 사람 한 사람에게 덕담을 나눠 주시니 감사할 따름입니다.

추석연휴가 끝나고 일가친척들도 돌아간 시간입니다. 일

가친척 대접하는 와중에도 〈어도〉는 장사를 해야 합니다.
고향친구 영순이가 아차산에 가자고 해서 몸은 힘들지만
다녀왔습니다.

엄니, 잠시 당신을 생각합니다. 이 세상 모든 엄니는 다
같은 생각을 하시는 다 같이 훌륭하신 분이지요. 그리고
누구에게나 엄니는 한 분이시고요. 힘들고 어려운 일이 많
을 때면 더더욱 엄니를 생각하게 됩니다. 요즘 손님이 없지
만 엄니를 보면서 다시 희망을 갖습니다.

10월의 편지

당신을 부르면 엄니가 대답하는 이 현실이
감사합니다

어머니! 혹시 잠에서 깨시면 창밖을 한번 보세요. 햇살
이 너무 좋고 맑고 깨끗한 날입니다.

시원한 바람이 불면서 가을을 한창 느끼게 해 줍니다.

순자누님 매형이 잠들어 있는 경기도 이천 현충원에 들렀습니다. 집사람과 나 그리고 순자 누님, 조카 수화, 예비 양서방, 목화와 신랑 김선동, 그리고 그들의 아들 딸, 이렇게 11월에 있을 수화 결혼식을 앞두고 성묘를 했습니다. 벌써 20년이 지나고 이제야 찾아뵙게 되었네요. 매형, 죄송한 제 마음 아시죠. 매형 찾아가는 길에 들판의 벼들이 누렇게 익어가고 가을의 정취를 느낍니다.

일본 후쿠시마 원전 방사능이 쏟아져 바다가 오염되었다고 전국적으로 많은 사람들이 생선을 먹지 말자 해서, 우리 같이 생선을 팔아 장사하는 사람들은 문 닫고 그만둔다는 소리들도 들립니다. 빨리 생각이 바뀌어 장사가 정상적으로 되었으면 합니다. 이렇게 무슨 일이 터졌다 하면 속이 시커멓게 타들어 갑니다. 소고기에 문제가 생겼을 땐 소고기 장사하시는 분들이 이렇게 어려움을 겪으셨겠죠.

아파트 화단 은행나무와 느티나무의 잎들이 색이 변하고 있네요. 이제 곧 울긋불긋 단풍이 들겠지요.

아침에 엄니는 식사하고 계시고 저는 옆에서 드라마에 한참 빠져 있습니다. 잠시 머리도 식히고 생각할 거리도 주고, 드라마도 좋은 기능이 있는 듯합니다. 오늘도 엄니는 저를 배웅해 주십니다. 드라마처럼 특별한 반전도 없는 엄니의 배웅이 왜 저는 매일 기다려질까요.

일상생활이 타이트하게 되어 있다 보니 어제도 고향 분 어머니 상이 있어 일산에 다녀오니 새벽 세 시가 되었습니다. 밤 늦게가 아니면 시간을 낼 수 없으니… 항상 잠이 모자라는 게 문제입니다.

미라처럼 깡마른 엄니의 체구가 마음을 아프게 합니다. 얼마나 힘들고 졸리시면 앉아서 주무실까요. 아주머니께 이불 펴서 눕혀 주시길 부탁하고 출근합니다.

엄니, 불러도 불러도 질리지 않는 어머니. 당신이 계셔서 행복합니다. 당신을 부르면 엄니가 대답하는 이 현실이 감사합니다. 지금껏 마음속에 절 두고 계셔서 고맙습니다. 어떤 고통 어떤 힘든 일이 온다 해도 엄니를 생각하면서 용기 잃지 않고 살아가겠습니다.

11월의 편지

요즘은 하루 세 편 정도 드라마를 보게 되네요. 드라마를 보게 되면 재미도 있고 얻는 게 많은 듯합니다. 나 자신을 생각하게 되고 주위를 뒤돌아볼 수 있는 그런 점이 좋지요.

돌아오는 토요일엔 수화가 결혼을 하고 일요일에는 고향 향우회가 있습니다. 점심 장사를 마치고 가족 한 사람 한 사람을 생각하면서 이 편지를 씁니다. 앞으로 제가 어떻게 해야 할까 그런 생각도 해 봅니다.

엄니, 순자누님 맏딸 수화가 오늘 결혼을 했습니다. 순자누님은 큰딸 작은딸이 모두 시집을 가 시원섭섭하시겠어요. 순자누님과 조카들이 다니는 쌍문동에 있는 교회 결혼식장에 참석했고 수많은 하객들, 고향 향우회에서도 참석해 주어서 정말 감사했습니다. 참석해 주시고 축하해 주신 모든 분들께 감사드립니다.

오늘은 특별한 날입니다. 엄니와 우리의 고향 전라남도 장성군 진원면 진원리 고산마을 어르신들, 재경 고산향우회 회원님들 모두 모여 〈어도〉에서 한마음 잔치를 했습니다. 고향에서 49명, 서울과 타지역 향우회원들까지 합해서 94명이 흥겹고 즐겁게 노시다가 가셨습니다. 다들 건강하고 오래오래 행복하시길 빕니다.

어제 오셨던 고향어른들이 엄니를 찾아뵙고 옛이야기를 나누셨습니다. 〈어도〉에서 맛있는 음식과 술 등 흥겨운 자리를 가지셨고 몇 시간 동안 노시다가 가셨죠. 아침에 전화를 드렸더니 잘 도착하셨다고 하시며 행복해 하셨습니다. 엄니, 엄니가 우리 곁에 살아계셔서서 감사합니다.

엄니, 어제 손주 배성범이가 일본으로 대학시험 보러 갔습니다. 작년에 합격하지 못해 올해 다시 재도전하러 간 것입니다.

때가 아닌데 벌써 눈이 옵니다. 오후에 집에 들르니 방 안이 쌀쌀하신지 내복을 입고 계시네요. 오늘은 현관까지도 못 나오시네요.

오후 늦게, 고향마을에서 같이 살던 박흥순형님이 형수

님과 딸 사위와 함께 오셔서 옛날이야기를 하며 보냅니다. 지금 김제에서 다복하게 잘 살고 계십니다. 와 주셔서 고맙고 감사합니다.

11월 27일. 엄니, 오늘 아침에 기쁜 소식을 들었습니다. 성범이가 일본 대학에 합격을 했답니다. 한 해 늦었지만 기특합니다. 내년부터 일본에서 생활해야 하는데 잘 하리라 봅니다. 앞으로 일본과 경쟁을 하거나 협력을 하거나 우리 후손들은 일본을 잘 알아야 경쟁이건 협력이건 할 수 있다고 봅니다. 성범이가 그 역할을 할 수 있기를 기대합니다. 오늘 함박눈이 엄청 내리고 있는 날, 합격 소식 전합니다. 세상과 사람들이 다 환합니다.

노인정 어르신들 식사 대접하는 날이라서 부지런히 나가서 정신없이 일을 합니다. 춥지만 정신없이 일하다 보면 추위도 덜 느끼게 됩니다.

11월의 마지막 날입니다. 힘들고 고단했던 날들이지만 좋은 일도 즐거운 일도 많았던 11월입니다. 시간은 모든 어려움을 극복하게 해줍니다. 묵묵히 최선을 다하다보면 어느새 모든 걸 극복하게 되고 다시 안정을 찾아가게 됩니다.

12월의 편지

장학금을 주는 저보다 받는 아이들이
더 대견합니다

 안 좋은 일 가운데서도 기쁜 일이 있었습니다. 〈어도〉에서 장학금을 여러 곳에 전해주고 있는데 장성고등학교 변유성 양과 영동고 박민제 군이 2014년 대학수학능력시험에서 만점을 받아 흐뭇하게 합니다. 그 아이들이 성장하면 남을 위한 큰 일꾼이 되겠지요.

 11일에 롯데호텔에서 열리는 '경남중고등학교 동문회 조찬모임'에 제가 강사로 나가 강의를 합니다. 이런 일은 처음이라 엄두가 나지 않지만, 공문이 이미 동문회에 전달되어 어쩔 수 없다 하니 차분하게 잘 할 수 있게 엄니 기도해 주세요.

 이때쯤이면 자리가 없을 정도로 바쁠 때인데 올해는 이상하네요. 마음이 쓸쓸하고 누구에게 의지할 곳 없는 신세 답답하고 이렇게 엄니와 가족에게 편지 쓰는 걸로 위안을 삼습니다.

이른 새벽 부지런히 사우나에 갔다 와 소공동 롯데호텔 2층 에머랄드룸에서 열리는 '경남중고등 조찬모임'에 참석했습니다. 태어나 처음으로 연사로 초청받아 강의를 했습니다. 제가 태어난 이야기, 성장 과정, 우리 가족사에 대한 이야기를 진솔하게 했고, 힘들고 어려운 가운데 기부와 봉사의 길을 간 이야기를 하여 많은 박수와 격려를 받았습니다. 어머니에 대한 이야기가 제일 많이 박수를 받았습니다. 엄니, 사랑합니다.

어제 통영에 다녀와 힘든 가운데서도 손님이 많아 기분이 좋아 술도 한 잔씩 응대해 드리고 하다 보니 취해서 1호 방에서 그만 잠들었습니다. 한가하다가도 한 번씩 바쁘고, 길게는 못 쉬는 운명인가 봅니다.

요 며칠 바쁘다 보니 직원이 없어서 힘들고, 때로는 손님이 없어 있는 직원도 부담스럽고 어느 장단에 맞춰야 하는지……. 20일 오늘이 직원들 월급날이어서 그들에게 희망을 주는 월급봉투를 전했습니다. 그래도 이렇게 할 수 있어서 정말 기쁩니다.

벌써 성탄절이네요. 올해도 여기까지 달려왔네요. 날은

쌀쌀하고 교회에 가지 못하시는 엄니, 홀로 기도하시나요? 몸조심하세요. 엄니는 저희의 자랑입니다.

오늘은 다른 날에 비해서 더 해맑아 보이십니다. 출근하면서 꼭 껴안아 드렸더니 그렇게 좋아하시네요. 잘 다녀오라 하시면서 환한 미소를 주시니 정말 고맙습니다. 그리고 두고두고 고마운 일이 또 있습니다. 엄니가 바로 나의 엄니라서요. 그 사실은 세상의 모든 것이 변해도 영원히 변치 않는 사실이겠지요. 엄니, 영원히 사랑합니다.

수족관차를 몰고 통영에 먼저 내려간 임만규 전무님과 달리 저는 장사를 해야 해 밤늦게 고속버스를 탔습니다. 버스 뒷좌석이 어찌나 덜컹대고 어지럽던지 잠을 한숨도 못 잤네요. 생선을 경매 받아 서울로 돌아오면 언제나 10시 30분에서 11시 정도입니다. 또 점심 장사를 해야 하니까 어디 쉬었다 올 겨를이 없습니다.

2013년 마지막 날입니다. 올해 한 해 잘 지내주셔서 감사드리고 저를 알아보고 가족 모두를 아끼고 사랑해 주셔서 정말 고맙습니다. 엄니 새해에도 잘 부탁드립니다.

엄니, 불러도 불러도 질리지 않는
어머니. 당신이 계셔서 행복합니
다. 당신을 부르면 엄니가 대답하
는 이 현실이 감사합니다. 지금껏
마음속에 절 두고 계셔서 고맙습
니다. 어떤 고통 어떤 힘든 일이
온다 해도 엄니를 생각하면서 용
기 잃지 않고 살아가겠습니다.

-2013년의 편지 중에서

2014년

당신은 이제 한 살이십니다

1월의 편지

마음이 머마룰까봐 하늘에서
눈을 내려 주시네요

새해 첫날입니다. 언제나 저를 아껴주시고 사랑하신 그 은혜 잊어선 안 되겠지요. 올 한 해 열심히 일해 더 좋은 일 많이 하겠습니다. 이제 그야말로 100살이신 엄니를 꼭 껴안아 봅니다.

엄니 혼자서 뭔가 하고 계시네요. 수경이가 전에 사다 드렸는지 팔찌도 있고 반지도 있고, 그걸 만지작만지작 하시면서 무슨 생각인지 하고 계시네요. 오후에 모임이 있어 갔더니 다들 엄니 안부를 물으셨어요. 제가 없는 사이 고향 어른이신 기달서 어른께서 엄니께 인사드리려고 집에 다녀갔다 하시네요. 제가 없어서 신경을 못 써 드려 죄송하네요.

어제 오후에는 EBS 교육방송에서 기부와 봉사를 하는 이유, 살면서 그게 왜 필요한지 주제로 촬영을 해갔습니다. 다른 무엇이 아니라 어머니에게서 배운 지혜로운 삶이라고 하였습니다.

1월 16일, 〈어도〉 개업 21년 되는 날입니다. 처음 시작할 때 주위에서 많이 말리기도 했지만 용기 있게 시작할 수 있었습니다. 제2의 삶을 목적으로 살아갈 수 있어 진심으로 감사합니다.

그리고 21년이 지난 오늘 다시 나를 생각합니다. 더 잘해서 부끄럽지 않은 삶을 살아야겠다고, 20년 그리고 한 해가 더 지나 생각해 봅니다.

일이 생겼습니다. 제가 아끼고 사랑하던 한수일 직원이 어젯밤 일 마치고 아래층 계단에서 뒤로 미끄러져 엉치뼈가 주저앉아서 수술을 해야 한답니다. 이런 일을 누가 예측하겠습니까. 그저 수술 잘 마치고 속히 회복하기를 바라고 있습니다.

대한이어서 그런지 함박눈이 엄청나게 많이 오고 있습니다. 사람도 엉금엉금 차도 엉금엉금, 그래도 마음은 푸근해지네요. 사람들 마음이 메마를까봐 하늘에서 눈을 내려주시는 것 같습니다.

집이 적적하고 강아지 나쵸만이 반갑다고 꼬리를 흔드네요. 못된 사람보다 훨씬 나은 존재입니다.

구정입니다. 엄니, 이제야 연세가 100세 되신 겁니다. 손님이 쉬엄쉬엄 들어오다 보니 쉬지 못하고 종일 일을 해서 그런지 힘드네요. 밤늦게 일산 처가에 다녀왔고 가평 큰누님, 월계동 순자누님이 오셨네요. 감사합니다.

2월의 편지

한참을 울었습니다

수화조카 부부, 목화조카 부부와 아이들이 왔습니다. 수원의 양서방네 식구들도 왔었고요. 세월은 가고 새 아이들이 태어나 무럭무럭 자랍니다. 제가 어릴 때도 어른들은 그런 생각을 하셨겠지요.

설 연휴 나흘 동안 많은 걸 느꼈습니다. 특히 건강해야 모든 걸 할 수 있다는 것을요. 그래야 기부와 봉사의 길을 중단 없이 갈 수 있습니다.

100세이신 엄니의 모습을 보고 마음이 뿌듯합니다. 100세라는 무게가 마치 꽉 들어찬 느낌입니다.

엄니 제가 일복이 많아도 정말 많은가 봅니다. 왜 이렇게 해야 할 일들이 많은지 나 자신 곰곰이 생각해 보아도 이해가 가지 않습니다. 오늘은 생각보다 너무너무 손님이 많아서 정신을 차릴 수가 없네요. 이런 날도 있네요. 아침에 다정하게 배웅해 주신 엄니, 고맙습니다.

지금 현재가 제 인생에서 가장 소중합니다. 과거가 모여 현재가 되었듯 현재가 모여 미래가 되니까요. 이 순간 열심히 살면서 미래를 밝게 하고자 합니다.

어릴 적 같이 공부하던 친구가 어제 뇌출혈로 사망했습니다. 고생고생 하다가 김밥집을 하면서 이제야 좀 여유를 찾아갈 즈음에 이런 변을 당하고 말았네요. 그 친구 이름이 정원구인데 마침 오늘이 생일이랍니다. 생일을 하루 남기고 죽고 말았습니다. 친구들이 많이 슬퍼했고 저도 한참을 울었습니다. 진수큰형 돌아가시던 때가 생각나서 더 울었네요.

아침부터 온 집 안이 떠들썩합니다. 막내 손자 배기범이가 한양초등학교 졸업을 했고, 그 기념으로 강원도 현대성우 스키장으로 여행을 가는 날이어서 이렇게 시끌시끌합니다. 집사람과 아이 친구들, 그리고 친구 부모님들 수십 명이 성우 리조트에서 즐거운 시간을 보내고 내일 돌아온다고 합니다.

아침에 엄니 방을 들여다보고 깜짝 놀랐습니다. 엄니 목이 잠기시고 감기에 걸리신 것인지 머리에 열도 있었습니다. 100세 연세에 감기라도 걸리시면 위험합니다. 오늘밤 통영에 가야 하는데 부디 엄니 건강하세요.

저도 감기에 걸려 고생하고 있습니다. 어제 통영에 내려가 잠도 못 자고 찬바람을 맞고는 돌아와 쉬지 않고 일을 해서 그렇습니다. 체력이란 한계가 있는 듯합니다. 엄니도 감기인데 저도 감기라 인사도 못 드립니다.

밤에 일 마치고 고향방문을 합니다. 성범이가 일본 유학을 가야 하기 때문에 아이들과 함께 갑니다.

장성 작은형님과 형수님이 반갑게 맞아주셔서 잠을 푹

자고 아침에 일어나 정성이 듬뿍 담긴 식사를 하였습니다. 잠깐이지만 담소를 나누다가 아이들과 함께 진원면 선산에 가서 인사를 드리고 할아버지, 할머니, 아버지, 큰형님, 또 이 산을 물려주신 진조 외할머니께 인사를 드리고, 아이들이 잘 되게 해달라고 간절히 기도를 드렸습니다. 마을의 아직 생존하신 어른들께도 인사를 드리고 마을 잔치하시라고 금일봉도 전했습니다.

3월의 편지

내가 먼저, 내가 좀더

3월 3일. 기범이가 신구중학교에 입학하는 날입니다. 아빠가 와서 좋아하는 것 같네요. 열심히 공부하겠다고도 하네요. 말이라도 듣기 좋네요.

누워 계신 상태로 잘 다녀오라고 하시는 엄니를 보니 마음이 아픕니다. 다른 때 같으면 누워계시다가도 벌떡 일어나셔서 배웅을 하실 터인데……. 세월이, 연세가 엄니를 저렇게 누워 있게 만드네요. 빗방울이 떨어지고 창밖에 봄이 왔고 새싹이 파릇파릇 돋아납니다. 아름다운 것도 어떤 땐 슬픔을 줍니다.

요즘 며칠 전부터 이른 시간에 깨게 되고 생각을 자주 하게 됩니다. 나이 50이 넘었고, 언제 어느 때 이 세상과 등지게 될지 모르는 인생이기에, 누구라도 적을 두지 말아야 하고, 무엇이든 긍정적으로 생각해야 하고, 내가 먼저 사랑해야 하고, 내가 좀 더 양보해야 하고, 나눔을 실천하는 그런 삶을 살아가야 한다고 다시 한 번 다짐해 봅니다. 엄니, 사랑합니다. 그리고 미안합니다.

엄니 큰손자 성범이가 일본에 가게 되고 아이들이 자꾸자꾸 성장해 이제는 떠나가고 있습니다. 변화를 두려워 말고 당당하게 나아가야 할 터인데, 그래야 아이들이 스스로 성장해서 잘 살아가게 될 터인데 부모 된 입장에서 애가 타고 염려가 깊어만 갑니다. 엄니도 저희를 기르면서 그런 생각을 하셨을 것이고, 애태우며 살아오셨겠지요.

오늘은 환하게 웃으면서 배웅하는 엄니를 뵙고 출근합니다. 한 순간 한 순간이 이토록 소중합니다.

모처럼 엄니의 배웅을 받으며 출근합니다. 환하게 웃으시는 그 모습, 감사합니다.

감사하게도 영동고 선생님들 70분이나 오셔서 정신없이 일했고, 밤에도 손님이 많아 바삐 일하다 11시에 통영으로 내려갔습니다.

오늘 엄니의 큰손자가 일본에 간 날입니다. 21살, 더 많은 공부를 위해 유학을 떠났습니다. 엄니는 그런 영문도 모르고 계십니다만 가기 전에 가족 모두가 식사를 하였습니다. 집사람과 막내 기범이가 함께 갔기에 외로움은 덜하겠지만 그것도 잠시이겠지요. 곧 혼자서 살아가는 법을 배워야 할 것입니다. 저는 오늘만 결혼식이 세 군데 있고 박오순누님 칠순잔치에도 가야 해서 새벽부터 전라도 광주에 갔다가 정신없이 이곳저곳 다녔습니다. 바빠도 이렇게 존재함에 감사합니다.

4월의 편지

어릴 적, 엄니를 살려달라고 하느님께 기도했었죠

4월 2일. 늦어도 아침 6시에는 일어나 멋지게 차려입고 준비를 해야 하는데, 6시 50분에 잠이 깨어 겨우 세수만

하고 한남동 순천향대병원으로 달려갔습니다. 개원 40주년 기념일이기 때문입니다. 약간의 기부를 했을 뿐 그다지 한 것도 없는데 초대를 받아 상패를 받고 열렬한 박수를 받았으니 쑥스러우면서도 너무 기쁩니다. 엄니, 문득 어제 입학한 성범이가 보고 싶네요. 일본이 지리적으로 그리 먼 곳도 아니지만 타국이라는 이유로 멀게 느껴지는 것이겠지요.

성범이가 일본으로 떠난 지 일주일, 오늘은 유난히 녀석 생각이 많이 나서 쓸쓸하고 우울합니다. 엄니가 얼마나 가슴 졸이고 자식 걱정하시며 살아오신 것인지 알겠습니다.

식목일입니다. 우리가 어릴 적에는 식목일은 대단한 공휴일이었고, 어린 나이에 바라 본 산은 민둥산이었습니다. 지금은 어디를 가든지 산과 들에 나무가 꽉 차 있고 도심지 공원에도 사계절 푸른 나무가 보입니다. 세상이 넉넉해지고 살기 좋아진 게 사실입니다. 우리의 마음도 그리 해야 할 터인데요.

토요일 아침은 떠들썩합니다. 빨리 일어나 샤워하라고 하는 아이들 엄마 소리도 들립니다. 토요일이지만 일정이

빡빡하게 잡혀 있는 아이들입니다. 그런 아이들을 컨트롤 하는 아이 엄마도 보통 힘든 게 아닙니다. 나도 예식장이 세 곳 잡혀 있습니다. 토요일엔 보통이 그 정도이지요.

이른 새벽 일어나 엄니께 편지를 씁니다. 신문 배달하는 오토바이 소리를 들으며 소중하고 고마우신 엄니를 생각 합니다. 어린 시절 혹시나 일찍 돌아가시면 안 되는데 싶은 마음에 늘 하느님께 기도하던 생각이 납니다. 오래오래 살아주셔서 너무나 감사합니다.

어젯밤에 어릴 적 친구들이 찾아와서 늦게까지 마시느 라 늦잠을 잤네요. 벌써 토요일이고 세월은 정말 빠릅니다.

일요일이고 부활절입니다. 몇 년 전만 해도 엄니께서는 예배를 드리고 계란과 떡도 가져 오셨지요. 오늘 가게 매출 도 많았고 기분 좋게 바삐 보냈습니다.

어느 시인의 말대로 4월은 잔인한 달인가 봅니다. 올해 4 월은 엄청난 재난이 일어났습니다. 세월호가 진도 앞바다 에서 침몰하며 수백 명이 실종되거나 사망하는 참사가 일 어났습니다. 그 아픔과 슬픔이 먹먹합니다.

음력으로 4월 2일이 100세이신 엄니 생신입니다. 그날이 평일이라 얼마 되지 않는 친지들 오시기 힘들까봐 4월 26일 토요일에 기념 식사를 합니다. 어릴 때부터 얼마 못 사시다 돌아가실 거라고 했는데 이렇게 살아계셔서 주셔서 너무 너무 고맙습니다.

장모님, 명례누나 가족, 순자누나 가족, 그리고 수원의 양서방네 식구들까지 다함께 엄니 생신을 축하하며 기쁘고 감사하게 보냈습니다. 저는 친구 아버님 장례식이 있어 광주까지 갔다가 아침에 서울에 도착해 잠 좀 자고 다시 일하고 있습니다.

사흘째 계속 비가 오고 있습니다. 바람도 세차게 불어옵니다. 세월호 참사를 추모하는 비바람일까요. 어머님이 100세라는 소식을 듣고 난을 보내온 분들이 많습니다. 고맙습니다.

오늘이 엄니 생신입니다. 아침에 제가 꼭 껴안아 드리고 뽀뽀를 해드렸더니 부끄러워하시면서 좋아하시던 그 모습을 잊을 수 없겠지요. 제 곁에서 늘 건강하세요.

5월의 편지

고려대 법학과 학생들,
이 젊은이들이 앞으로 정의를 세우겠지요

　지난 4월은 희생자들이 어린 학생들이라 더욱 가슴 아팠던 날입니다. 아직 인양되지 못한 시신들이 많고, 밤잠을 못 자고 바닷가에서 식음을 전폐하고서 고통스럽게 살아가는 가족들 그들을 어찌 보듬어야 할까요. 5월은 자숙하면서 살아야 할 것 같습니다. 슬픔과 고통의 그들을 조금이라도 위로하는 달이 되기를 바랍니다.

　어버이날입니다. 오늘만 어버이날이 아니라 사실은 매일매일이 자식에게는 어버이날이어야 하겠지요. 하지만 부모가 자식을 생각하는 마음의 얼마라도 자식이 가질 수 있다면 다행일 것입니다. 자식을 낳아 길러봐야 엄니의 소중함을 알게 되듯이 성범이, 수경이, 기범이를 보며 엄니의 마음 씀과 소중함을 깊이 느낍니다.

　매일같이 수도 없이 성범이를 찾는 엄니. 성범이가 많이 보고 싶으신가 봅니다. 가족을 이렇게 사랑하시는 엄니, 존경하고 사랑합니다.

　오늘은 고려대 법학과 학생들 앞에서 강의를 했습니다. 제가 살아온 것, 살아오면서 생각했던 것들을 들려주었습니다. 이 젊은이들이 사회로 나가 정의를 세우고 어려운 사람들을 돕는 일에 앞장서리라는 것을 생각하니 가슴이 벅찼습니다. 여러모로 부족한 제 삶이 그들이 살아가는데 조금이라도 도움이 되기를 바라며 앞으로도 기부와 봉사를 계속해야겠다는 다짐을 했습니다. 이 모든 게 오로지 엄니 덕입니다. 엄니가 계셔서 지금의 제가 있습니다.

　세상에 태어나면 이별이 있고 만남이 있고 그렇게 반복하면서 살아가는 게 당연한데, 만남의 기쁨은 어디 가고 이별의 슬픔만 오래오래 갑니다. 친한 친구를 떠나보냅니다. 내가 너무 많이 바랐나 봅니다. 바라지 말고 지켜만 봐야 했는데 그래서 그녀석이 떠나가 버린 것입니다. 내가 53살이 되어도 이렇게 철이 없나 봅니다. 제 마음의 중심이신 엄니, 오늘도 행복하세요.

　이 세상 모든 사람이 변해도 변치 않을 우리 엄니. 제가 아무리 미운 짓을 한다 해도 엄니는 저를 미워하지 않으시니 세상에 제일이십니다.

엄니 방에는 성범이와 기범이 사진이 나란히 있는데 시간만 나면 그 두 사진을 만지시네요. 우리 큰손자 성범이가 일본에서 잘 있는지 심각하게 생각하시면서 사진을 쓰다듬고 만지면서 보고파 하시는 걸 보게 됩니다. 녀석이 끈기가 있어 뭐든 잘하리라 생각합니다만.

오늘도 절 보고 성범이 얘기를 하면서 언제 오냐고 하십니다.

5월 31일. 집사람과 결혼한 지 22년 되는 날입니다. 저와 동고동락을 함께한 그 사람. 엄니와 아이들 뒷바라지에 하루도 쉴 날이 없었는데, 기쁘고 감사해야 하는 날이지만 저는 오늘도 아내를 쉬지 못하게 하네요.

6월의 편지

하면 할수록 어려운 게 장사 같습니다

　엄니의 웃음소리를 들으며 행복해 한 날입니다. 장모님과 두 분이서 도란도란 무슨 이야기를 하시는지 웃음소리만 들어도 행복합니다. 비가 내리고 있고 출근 전 엄니에게 편지를 씁니다.

　제가 세상을 살아가며 제일 두렵고 힘든 건 이별을 수없이 겪으면서 벌어지는 마음 아픈 일입니다. 마음 속 깊이 항상 이별을 준비해야 한다는 사실이 나를 힘들게 합니다. 수없이 많이 거쳐 간 직원들과 이별을 겪어야 했고 그렇게 우리는 길들여져 왔지만 그래도 헤어짐은 항상 내 마음을 힘들게 합니다. 존경하는 엄니와도 언젠가는 이별을 해야겠지요. 그때는 내 마음에 미어져오는 외로움과 함께 힘들어지겠지요.

　5일 간의 긴 연휴 동안 많은 교훈을 생각합니다. 있을 때 아껴, 어려울 때 여유를 가질 수 있는 삶을 살아야겠다는 생각을 합니다. 항상 좋을 수만 없고 항상 어렵지만도 않

고 행복은 언제나 내 마음속에 있다는 교훈을 상기하면서
나 자신을 생각합니다.

6월 14일, 엄니께 편지를 쓴 지 1,900일째 되는 날입니다. 지
금까지 하루도 거르지 않고 써 왔다는 것에 고맙고 감사합니
다. 편지 쓰는 일이 또 하나의 소중한 삶이 되고 있습니다.

옛날 진원초등 친구들이 단양팔경으로 놀러들 갔네요.
그래도 저는 오늘 일을 해야 합니다. 손님이 없어도 가게에
있어야 합니다.

장사를 수십 년 해도 하면 할수록 어려운 게 장사라는
생각이 듭니다. 오직 근면하고 검소한 생활만이 미래를 보
장하기에 오늘 일요일도 일을 하며 하루를 보냅니다.

집안이 편안해야 하는 일이 잘된다고 했는데 우리 집은
엄니가 그렇게 해주셔서 잘 되었나 봅니다, 고향 향우회가
있는 날입니다. 고향 어른들을 모시고 식사하면서 술 한잔
하는 날입니다. 항상 오시면 엄니에 대한 이야기를 많이
합니다. 이제 다들 연세가 드셔서 건강하셔야 할 텐데 마
음이 쓰입니다.

7월의 편지

엄니가 끓여주신 닭죽 맛을 어찌 잊을까요

요즘 아침에 엄니가 계속 주무시고 계셔 그냥 출근하는 날이 많습니다. 엄니가 새벽 일찍 일어나시는 바람에 주무시는 시간대가 변경되었다 하네요. 그래서 배웅해주실 시간에 주무시고 있기도 하고요. 연세가 100세시니까요. 지금까지 이 부족한 아들을 지켜 주시고 사랑해 주시고 그렇게 드신 나이입니다. 엄니의 나이 한 살 한 살에는 사랑과 배려와 자비심이 알알이 배어 있습니다. 저는 그 영양분을 먹고 자랐고요. 어제부터 비가 와서 온 세상이 회색빛입니다.

오늘은 주무시지 않고 저를 환하게 맞아주시네요. 현관까지 배웅도 해주시고요. 엄니는 저에게 절대적인 존재입니다.

점심 장사를 무사히 잘 마쳤고 오후에는 영동고 선생님 40분이 오셔서 팔아주시고 가셨습니다. 참 고마운 일입니다.

어릴 적 친구들과 선생님을 초대해서 식사대접 하는 날입니다. 힘들고 어렵게 살아가던 친구들을 성인이 되어서야 만나게 되었고, 1년에 한두 번 정도 초대하게 됩니다. 이렇게 식사를 같이 할 수 있어 정말 기쁠 따름입니다.

7월 14일, 초복입니다. 젊은 나이에 의정부집에서 엄니께선 삼계탕을 끓여주시거나 닭죽을 맛있게 끓여주셨죠. 그 맛을 지금도 잊지 못합니다. 제가 죽을 때까지 잊지 못할 그런 맛입니다.

고향 선배이신 박금주님의 점심 초대를 받아 일찍 구로구 개포동에 갔었는데 일요일이지만 장사를 해야 해 가게로 서둘러 돌아왔습니다. 장사를 하고 있기에, 가게로 찾아오지 않으면 어디 가서 제대로 식사대접도 못하고 그렇게 저는 살아갑니다.

중복입니다. 중복에도 엄니께선 항상 삼계탕 등 보양식을 해주셨습니다. 막내인 제가 허약체질이어서 특별히 마음 쓰셨던지 누구보다 잘 챙겨주셨지요.

8월의 편지

엄니께서 그토록 보고파 하던 성범이가 일본에서 돌아왔네요. 저도 얼마 전부터 녀석 오는 날을 손꼽아 기다렸습니다. 아이엄마도 오죽 보고 싶어 했을까 싶습니다. 녀석이 그 모습 그대로여서 보기 좋았습니다. 며칠간은 집 안이 떠들썩하겠네요. 그렇게 가족은 행복하겠네요. 또 며칠 있으면 일본으로 돌아가야 하지만요.

성범이가 1년 전부터 사귀던 여자친구를 데려와서 같이 점심을 했습니다. 참하고 괜찮아 보여서 좋았습니다. 어느새 성인이 되어 자기 여자친구를 데려오니 세월이 흘렀네요. 21살 아가씨인데 성범이와 함께 일본유학을 가서 같은 반에서 공부하고 있답니다. 똑똑하고 착하고 뭐든 열심히 하는 것 같아 보기 좋았습니다. 일주일 정도 있다가 일본으로 간답니다. 성범이는 엄니께서 기도와 사랑으로 키우셨지요. 성범이, 수경이, 기범이 모두 현재에 머물지 않고 자랄 것이고 더 노력해서 멋진 삶 큰 뜻을 이루는 사람이

되길 바랍니다.

　오늘밤은 성범이를 데리고 고향에 갈 겁니다. 고향친구가 모친상을 당해서 광주 내려간 김에 고향에도 가고 진열이 형님 댁에도 가렵니다. 성범이가 우리 고향을 알아야 하겠기에요. 우리 가족의 뿌리인 그곳을 아이들이 알아서 훗날 찾아도 가고 또 조상을 챙겨야 하니까요.

　임만규 전무님, 성범이 이렇게 셋이서 광주 들렀다가 장성 진열이 형님 댁에 가서 자고 아침에 고향마을로 가 선산에 갔습니다. 마을에도 들러 어르신들께 인사드리고 서울로 올라 와 지금은 장사를 하고 있습니다.

　한집에 살고 수십 년을 생활하면서도 항상 그렇게 보고 싶고 염려가 되는 분이 있습니다. 그분은 착하시면서 천사같이 아름다운 분이십니다. 갓난아기처럼 곱게 주무시는 엄니를 뵙고 출근합니다.

뜻하지 않은 일이 터지거나 생각지도 못한 사고가 터져 신세를 망치게 되는 경우가 비일비재합니다. 그 일이 남의 일처럼 생각되다가 막상 자신에게 닥치면 부랴부랴 야단났다 하게 됩니다. 다행히 엄니께 세상 살아가는 방법을 배운 저는 그런 일은 아직 없지만 그래도 마음을 다잡고 일을 하지 않으면 안 되리라 봅니다.

토요일인데 손님이 꽤 많았고 프랑스에서 살고 있는 친구가 와서 같이 있다 보니 종일 쉬지 못하고 일하게 되네요. 그래도 보람 있고 즐거운 날이었습니다.

엄니! 손을 만져보고 얼굴을 만져보면서 깜짝 놀랐습니다. 온기를 품고 계셔서 장수할 수 있는가 보다 생각을 하게 됩니다. 고맙고, 환한 미소를 보면서 그 밝은 마음이 엄니를 건강하게 하는구나 생각합니다. 제가 엄니께 해 드린 건 마음밖에 없는데 저를 보면 너무 좋아해 주시니 기쁘고 감사합니다. 점심시간이 지나면서 비가 그쳤습니다. 지나온 힘든 과거를 생각하면서 눈물을 흘려봅니다.

주무시다가 절 보더니 일어나셔서 현관까지 배웅을 해주시네요. 어제 부산, 창원, 남쪽 지방에 폭우가 쏟아져 인명

피해가 있었고 건물이 파괴되고 침수되는 큰 물난리가 났습니다. 엄청난 재산피해와 인명피해가 있어 가슴 아픕니다. 오늘은 비가 그치고 슬퍼서 그런지 흐릿한 날씨가 이어집니다.

포기를 한다는 게 이 세상에서 제일 안 좋은 듯합니다. 옳은 일이고 바른 판단이라면 포기하지 않는 그런 정신이 꼭 필요한 듯합니다. 장사도 그렇습니다. 손님이 없어도 포기하지 말고 최선을 다하다보면 어느새 좋은 결과가 주어집니다.

9월의 편지

2,000일을 하루도 빠지지 않고 편지를 쓴 것은

내일부터 일찍 찾아온 추석연휴가 시작됩니다. 연휴지만 열심히 일해야 합니다. 힘들고 외로운 분들에게 하는 기부나 봉사가, 쉽게 이루어지기보다 어렵고 힘들어야 한다는 걸 원칙으로 삼고 최선을 다하고자 합니다.

춥지도 덥지도 않고 하늘은 높고 푸르고, 햇살은 밝고, 대기는 청명한 그런 좋은 날, 8월 한가위 추석입니다. 큰형님 댁과 왕래가 끊기고 우리 가족만 차례지내는 흉내만 내며 식사를 합니다. 성범이가 일본에 있어 그 녀석만 빠지고 다들 모였네요. 엄니를 비롯해 나, 집사람, 수경이, 기범이까지 함께한 오늘 아침, 맛있는 굴비에, 고기에, 갖가지 나물과 과일을 놓고 잠깐이지만 다 같이 식사합니다. 이렇게 함께한다는 사실이 고맙고 기쁩니다.

어제 추석에 가평 명례누님, 월계동 순자누님, 일산 사는 목화, 그리고 용인 사는 수화도 왔습니다. 둘 다 결혼해서 신랑들도 왔었고 목화는 아이들도 왔고 다들 사이좋게 잘 살아줘서 고맙네요. 형제끼리 으르렁대며 살면 안 되는데 사이좋게 잘 살아가고 있으니 고마운 일입니다.

연휴에 명례누님, 순자누님, 제송이조카, 수화도 목화도 가족과 같이 왔었네요. 수원 선주네 가족들도 왔었고요.

추석 연휴 하루도 쉬지 않고 일했더니 몸이 그다지 좋지 않아 거의동 침술원에 가느라고 인사도 못 드리고 부랴부랴 집을 나셨습니다. 그동안 많이 힘들었던 탓에 몸과 마음이 꽤나 지쳤었나 봅니다.

하느님의 축복처럼 좋은 날입니다. 시원한 바람이 마냥 좋은 가을날입니다. 엄니와 함께 코스모스 길을 걷고 싶습니다.

통영에 내려가, 미리 낮에 수족관차를 몰고 내려가 있던 임 전무님과 함께 생선을 받아 서울로 부랴부랴 오면 언제나처럼 11시 정도고 또 정신없이 일을 합니다. 생선의 품질이 좋아야 저도 흥을 내며 일을 할 수 있습니다. 손님이 음식에 만족을 하지 못하는 상태에서 올리는 매출은 보람도 없고 별 의미도 없기 때문입니다.

9월 22일. 2,000일을 하루도 빠지지 않고 편지를 쓴 것은 오직 엄니의 힘입니다. 그동안 힘든 일도 많았고 보람 있는 일들도 많았습니다. 그 날들을 모두 엄니와 함께한 것 같습니다.

10월의 편지

눈물을 흘리시며 돌아가신 아버지와
얘기를 나누시네요

    감기가 떨어지지 않아 엄니께 인사도 못 드리고 출근합니다. 어젯밤에 수경이가 음악회에서 연주를 했고, 연주회를 보신 장모님이 지금까지 남아 엄니를 돌봐주고 계시네요. 시월이 되면서 나뭇잎이 물들어가고 사람들의 생각도 깊어지고 있습니다. 수경이가 요즘 대학 수능시험 준비하느라 고생이 많습니다.

    혼자 누우셔서 누구하고 대화를 하시는가 봤더니 돌아가신 아버지와 대화를 하고 계시네요. 아버님께 서운한 게 많으셨는지 눈물을 흘리시며 말씀하시는 모습이 한 편의 드라마를 보는 듯했고 평생을 착하게 살아온 엄니의 고단한 삶을 읽을 수 있었습니다.

    한글날입니다. 오늘부터 나흘간 연휴입니다. 며칠째 좋은 날이 계속 되고 있습니다. 아버지께 하실 말씀 어느 정도 하셨는지 오늘은 현관까지 나오셔서 잘 다녀오라고 배웅을 해주시네요.

예식장에 갔었고 장사도 하면서 바쁜 삶을 보내고 있습니다. 많은 것을 가졌으면서도 끝없이 욕심을 부리는 것이 부족한 인간의 한계인 듯합니다. 오늘도 최선을 다하며 살아갑니다. 이것만이 나를 위하고 우리 모두를 위함이기에 오늘도 씩씩하게 살아갑니다.

바람이 많이 불고 있습니다. 저 멀리 남쪽에서는 태풍이 몰려오고 있어서 통영, 부산, 남해 쪽엔 비바람이 거세다고 합니다. 바다에 배들이 나가지 못해서 고기가 없다고 하네요. 어부들이 있어 우리처럼 생선 장사하는 사람이 또 있는 건데 그들과 우리의 삶은 밀접하게 연관되어 있습니다. 통영에 가서 자연산 생선을 경매 받아 오는 건 며칠 있다 해야겠습니다.

마침내 통영에 갈 수 있었고 고속버스에서 잠을 잤습니다. 고속버스는 제 고마운 숙소입니다. 서울로 올라오면서도 계속 잠을 자 지금 힘이 덜 듭니다. 잠이 보약입니다.

고향을 방문한다는 건 참 즐거운 일입니다. 12살에 고향을 떠나왔고 지금 제 나이가 53살이니까 40년 넘게 서울에서 살아온 셈입니다. 나이 20살이 되어 고향 방문을 한 후 여태 한 해도 빠지지 않고 일 년이면 수차례 고향 방문을 합니다. 갈 때마다 느끼는 것이지만 내가 이곳에서 태어났다는 게 고맙고 자랑스럽습니다. 친구 딸 결혼식이 있어 갔었고 송세근씨 댁과 용덕이 부모님 댁에도 들러서 전복죽과 매운탕을 드렸습니다. 참 고마운 분들입니다. 엄니 안부를 묻는 분들도 많았습니다. 늘 건강하시고 늘 행복하세요.

오늘도 엄니를 뵙고서 엄니께 뽀뽀를 할 수 있는 제 자신이 감사합니다. 저를 보시면 늘 하시는 말씀, '어디 갔다 오냐. 밥은 먹었냐' 하시면서 저에게 애정 어린 고운 말을 해주시는 엄니, 고맙습니다. 열심히 일을 했고 일을 하는 와중에 친구도 만나고 같이 웃으면서 함께했던 하루입니다. 제 나이 53살이다 보니 친구가 좋더라고요.

11월의 편지

아침은 엄니로 시작됩니다

거리에 낙엽이 수북합니다. 벌써 저 멀리 설악산에는 눈이 내렸다는 소식이 들립니다. 애상에 젖을 시간도 없이 바삐 최선을 다해 살아가고 있습니다.

아침에 엄니께서 '걱정 말고 열심히 일하다가 오라.'고 하시는 듯해서 기분이 좋았습니다. 어머니에게서 받는 사랑과 행복을 좋은 일에 쓰렵니다.

1년에 한 번씩 종합검진을 받아왔고 오늘이 검진을 받은 날입니다. 서울대병원에 기부를 한다고 무료티켓을 주서서 감사하게 잘 이용하고 있습니다. 결과는 일주일 있다가 나온다 하네요.

아침이면 어김없이 엄니의 상태를 확인하곤 합니다. 건강은 괜찮으신지, 식사는 잘 하고 계시는지 이것저것 신경 쓰면서 아침을 시작합니다. 고향에서 감이 왔습니다. 임성구 형님께서 보내셨습니다. 바쁘다는 핑계로 찾아뵙지 못하고 살아가는데 이렇게 감을 보내주시니 송구하고 죄송한 마음입니다.

날씨가 정신없이 춥습니다. 우리 수경이가 대학수능시험 치른 날이고 매년 이날이면 이렇게 추운데 올해도 어김없이 영하 2도까지 내려가네요. 엄니 이렇게 추운데 괜찮으신지 걱정입니다.

아침을 가족들과 함께 구수한 누룽지를 먹으면서 시작합니다. 오늘 하루는 어떻게 전개될까를 잠시나마 생각합니다. 한 주일을 마감하는 금요일입니다. 다가오는 한 주일 내내 바쁘고 행복하게 지내야 할 텐데요.

새벽 5시 40분에 일어나 장성으로 가 갑자기 아프신 형수님 건강 어떠신가 찾아 뵙고, 고산 마을에 들렀다가 광주 결혼식에 참석하고 서울로 왔습니다. 막상 임성구형님께는 들르지도 못했네요. 차가 막혀 밤 8시 반에 서울로 왔고 그러고 보니 새벽부터 참 많이도 다녔습니다. 고향의 어르신들, 외갓집 형님과 누님들도 엄니의 안부를 물었습니다.

종일 집에만 계시고 종일 누구를 기다리시는지 지금의 엄니 마음을 알 수는 없지만, 항상 자식을 위해서 가족 모두를 위해 마음을 쓰고 계시다는 건 알고 있습니다. 오늘 하루가 왜 이리 짧기만 한지, 그리고 왜 이리 할 일이 많은지. 장사해야 하고, 이익을 남겨 직원들 보살펴야 하고 다가오는 새해에는 장학금을 보내야 하고, 어려운 이웃에게 기부금도 전해야 하고, 이것저것 신경 쓰다 보면 어느새 세월은 저만치 흘러가 있겠지요.

12월의 편지

당신은 한 살이십니다

12월 첫날부터 눈이 내립니다. 기온이 뚝 떨어져서 무척 춥습니다. 2014년 한 해도 이렇게 막바지를 향해 가고 있습니다. 겨울이 되면 100세이신 엄니가 걱정됩니다. 많은 가정이 저희를 부러워하고 있습니다. 100세 엄니가 계시니까요. 대부분의 사람들이 부모님이 일찍 돌아가셔서 안타까워하고 있는데 저희는 계속 모시고 있고 덕분에 칭찬도 많이 받고 있습니다.

영하 10도로 떨어지는 날씨가 우리와 세상을, 몸도 마음도 꽁꽁 얼어붙게 하네요. 올해 12월은 많이 힘듭니다. 돈줄이 꽉 막혀 있어 돈이 돌지 않아 더 그렇다고 하네요. 12월 장사가 무난하게 되어야 내년을 잘 맞을 수 있을 텐데요. 점심시간에 장사를 바쁘게 해야 하는데 이렇게 편지를 쓰고 있으니 한가하긴 한가합니다.

아침에 장인어른 산소가 있는 양수리 갑산공원으로 갔습니다. 기온이 뚝 떨어져 덜덜덜 떨면서 장모님, 집사람 김선미, 처제 김선주, 그리고 양동섭이도 같이 갔습니다. 너무 추워 오래 있지는 못하고 장인어른께 인사만 드리고 왔습니다. 올 12월 장사가 되어야 기부금도 내고 사람 도리도 하고 할 텐데요. 낙심 않고 열심히 하렵니다.

엄니의 모습만 뵙고 출근합니다. 아는 체하면 추운 날씨에 현관까지 나오셔야 하기에 모른 척 그냥 출근했습니다.

엄니 방이 추워 걱정이 됩니다. 오후에 잠시 집에 왔습니다. 어젯밤에 빈대떡 먹은 게 소화가 잘 안되어 종일 고생했던 하루였습니다.

2014년 마지막 주말입니다. 마지막이라는 말에 숙연해지기도 합니다. 아침에 엄니께 들르지도 못하고 출근했네요. 사소한 문제로 집사람에게 한 마디 한 게 마음에 걸려 편하지 않아 그냥 출근하였습니다. 날씨가 포근하고 만나는 사람마다 행복해 보입니다. 저도 사람들에게는 그렇게 보일까요. 그렇다면 그 행복은 엄니와 우리 가족이 준 것이겠지요. 그리고 세상의 많은 고마운 분들이 준 것입니다.

엄니는 한 세기를 사시고 다시 1년을 사시고 계십니다. 말하자면 한 살이십니다. 어린 천사이십니다. 엄니에게 제가 너무나 많은 사랑을 받았고 또 배웠습니다.

엄니, 몇 시간만 있으면 2014년도 가고 2015년 새해가 옵니다. 한 걸음 한 걸음 걸어왔던 걸음입니다. 새해에도 그렇게 열심히 살아가겠지요. 생존하기 위해서 있는 힘을 다해서 살아가겠지요. 양심에 꺼리는 짓은 하지 말아야 하고 정직하고 근면성실하게 살아야겠지요. 엄니의 아들임에 자랑스럽고 감사할 따름입니다. 새해엔 보다 좋은 일을 많이 해 제가 사는 이 사회를 훈훈하게 하는데 도움이 되겠습니다.

혼자 누우셔서 누구하고 대화를
하시는가 봤더니 돌아가신 아버지
와 대화를 하고 계시네요. 아버님
께 서운한 게 많으셨는지 눈물을
흘리시며 말씀하시는 모습이 한
편의 드라마를 보는 듯했고 평생
을 착하게 살아온 엄니의 고단한
삶을 읽을 수 있었습니다.

-2014년의 편지 중에서

2015년

6년을 하루도 빠짐없이 이 편지를 씁니다

1월의 편지

내 어릴 적 꿈은 소 사고 돼지 사는 것이었습니다

새해 첫날, 엄니는 이제 101세 이십니다. 100살 하고도 1살을 더 드셨습니다. 올해도 건강하고 행복하시기 빕니다.

요즘 들어서 대소변을 제대로 관리를 못하시고 힘들어 하신다는 말씀을 집사람으로부터 들었습니다. 나이가 들어 당연히 그런 건데 주위 사람들에게 누가 될까봐 속옷을 본인이 직접 빠신다고 하니 제 마음이 우울합니다. 언제까지나 건강하시고 건재하실 줄 알았던 엄니, 세월 앞에선 어쩔 수 없음을 다시 한 번 떠올리게 됩니다.

다행입니다. 엄니께서 한동안 몸이 안 좋아 힘들어 하셨는데 이제 기력을 다소 회복한 것 같아 너무너무 고마운 일입니다. 어제 통영에 내려가 자연산 활어를 경매 받아 돌아왔고, 오후에는 그 생선으로 열심히 장사를 했습니다.

내 어릴 적 꿈은, 소 사고 돼지 사고 집 지어서 살아가는 거였습니다. 가족을 위함이 곧 나의 삶이라고 생각하며 하루도 쉬지 않고 일을 하며 살아왔고, 그러다보니 〈어도〉가 개업한 지 오늘로 22년이 되었습니다. 어느덧 엄니 나이 101세, 제 나이 54살입니다. 엄니 너무나 고맙습니다.

1월 20일. 이명박 전 대통령께서 〈어도〉에 오셨습니다. 세 번의 선거, 종로 국회의원, 서울시장 선거, 그리고 대통령 선거에서 모두 다 당선된 그런 분이십니다. 긴장했지만 편하게 대해 주셔서 감사했습니다. 음식이 맛있다고 하시며 또 오시겠다고 하신 말씀이 생생합니다.

그저께 통영에 다녀왔고, 오늘 〈어도〉에서는 고향마을 출신 모임인 재경 향우회가 있었습니다. 맛있는 음식과 함께 술 한잔 하면서 흥겨운 한 때를 보냈습니다. 감사하고 고마운 일입니다. 모이면 항상 고향 이야기, 힘겹게 살아왔던 이야기를 하게 됩니다. 앞으로 다함께 살아가는 그런 삶을 살고자 합니다.

엄니방에 들렀더니 언 손에 많이 추우신지 코가 막힌 목소리를 하고 계셨습니다. 엄니의 건강이 저희가 살아갈 수 있는 힘이 되는데 걱정입니다.

1월의 마지막 날. 조용히 버선을 만지작거리면서 계신 엄니를 뵐 수 있었습니다. 1월은 고객들이 도와주셔서 장사가 잘 되었고 2월을 맞이하여 마음의 준비를 해 봅니다.

2월의 편지

마지막 예배가 아닌지요

1월은 좋은 일이 많았습니다. 걱정을 했던 우리 수경이가 대학에 합격을 했고 가게가 정말 잘 되어 매출도 많았습니다. 오늘도 바빴고 친구 김록환이 찾아와서 즐거웠습니다.

아침에 엄니께서 손을 흔들어주시면서 '어디 멀리 가냐?' 하셨을 때 '제가 가긴 어딜 가요.' 하고 말한 게 기억납니다. 연세가 많으셔서 상황판단이 어려우신 게지요. 어쩜 제가 어디 멀리 떠나 더는 보지 못할까 은근히 걱정을 하시는 건 아닌지요? 엄니, 엄니가 계신데 제가 어딜 가겠어요.

2월 4일. 엄니께 매일같이 써온 편지가 2,135일 된 날입니다. 그리고 집사람과 아이들에게 쓰기 시작한 편지가 2,195일째 된 날이고 만 6년을 써 온 날입니다. 6년을 하루도 빠지지 않고 썼습니다. 저 자신 잘 믿기지 않는 일입니다. 이제 7년을 향해서 써야 할 시간입니다. 엄니 방에 들렀더니 주무시고 계시네요. 엄니 얼굴을 한참 들여다 봅니다.

엄니께서 애지중지 하던 큰손주 배성범이가 일본에서 돌아왔네요. 반갑고 기쁘시죠. 녀석이 올해 22살, 수경이가 20살, 기범이가 15살 됩니다. 이제 아이들이 스스로 자라며 독립적인 삶을 살아 갈 것입니다.

애들 엄마랑 성범이와 수경이, 이렇게 셋이서 콩나물 해장국을 먹었습니다. 제가 어젯밤 술이 좀 과해서요. 며칠 있으면 수경이가 고등학교 졸업을 합니다. 졸업과 함께 대학교에 입학합니다. 딸아이 수경이는 어려서부터 참 애틋한 게 있습니다. 벌써 대학에 가네요.

2월 9일. 수경이가 진선여고 졸업을 하는 날입니다. 날이 다시 추워져 영화 12도까지 내려가더니 오후에는 눈이 내리고 있습니다. 함박눈입니다. 엄니 이 고비를 잘 넘기셔야겠습니다.

며칠간 춥더니 이제 날씨도 포근합니다. 수경이는 대학 워크샵에 갔고 일본에서 돌아 온 성범이는 친구들과 스키 장에 갔네요. 저희 어릴 때는 눈썰매를 타면 최고였지만 요즘은 스키가 대중화되었습니다. 장비만 봐도 엄청나 보입 니다.

목적이 있기에 바쁘고 힘들어도 열심히 하고 있습니다. 아침부터 출장요리가 있어 서둘러 일하고 반포 고객님 댁 까지 찾아가서 음식을 전하고 왔습니다.

아이들이 많이 안정이 된 듯합니다. 성범이가 일본에서 혼자 자취하며 밥도 빨래도 혼자 하다 보니 부모와 가족 을 이해하면서 많은 변화가 있습니다. 수경이도 대학 입학 하고 안정을 찾았고, 기범이도 형과 누나가 좋아진 걸 보 고 덩달아 좋아지는 것 같습니다. 많은 분들의 도움이 있 었고 집사람도 고생했고 또한 엄니의 기도 덕분입니다. 고 맙습니다.

어젯밤에 상천이를 집에 데려와서 깜짝 놀라셨지요. 엄

니 곁에서 하룻밤 잘 자고 오늘 설날, 아침을 함께 먹고 대화하며 보냈답니다. 기범이가 15살이 되어 어른스러워진 것 같습니다. 설날인 오늘 날씨가 좋습니다. 엄니 올 한 해도 건강하세요.

순자누님은 미리 가시고 명례누님만 이틀째 엄니 곁에 머무르고 계시네요. 비가 와서 하루 더 머무신답니다. 엄니, 좋으시죠.

엄니께서 실로 오랜만에 행당동 늘푸른교회에 집사람, 성범이, 수경이, 기범이와 함께 다녀오셨는데 괜찮으신지 염려됩니다. 늘푸른교회에선 101세 노인이 예배를 보신 건 처음이라 하실 겁니다. 이번이 마지막 예배가 아닐까 생각합니다. 조금 전 집사람이 전화해서 너무 힘들어하셔서 점심식사도 못하고 집으로 모시고 간다네요. 그래도 이렇게 모시고 갔다 올 수 있어 행복했나 봅니다. 엄니, 애쓰셨네요. 이제 푹 쉬세요.

어젯밤 일을 마치고 심야고속버스를 타고 고향에 내려갔습니다. 집사람과 세 아이는 임만규 전무님과 함께 어제 낮에 미리 내려가 있었고요. 진열이형님 댁에서 잠을 자고 아침식사 후 고향 선산에 들러 성묘했습니다. 그런 후 고향어른들께 인사드리고 다시 서울로 올라와 장사를 했습니다.

3월의 편지

저라고 여행이 싫겠어요

해맑은 엄니의 모습이 자식인 제가 부끄러울 정도로 감동을 줍니다. 아들이 잘 살고 있는지 어려움은 없는지 언제나 걱정하시는 엄니. 서로 얼굴을 맞대고 볼 수 있는 소중한 시간이 고맙습니다.

강남 서울대검진센터에서 검진을 받으니 정상이라고 합니다. 앞으로 더욱 건강에 신경 쓰며 살아야겠습니다.

미국 명자누님이 어제 오셨습니다. 건강이 좋지 않으셔서 고생을 좀 하시다가 이번에 한국에 와서 고쳐야겠다는 생각으로 오셨으니 제가 어떻게 해서라도 건강을 지켜드려야겠다는 생각을 했습니다. 한평생 고생을 하시며 살아온

누님을… 이제 68세인데 예전에 70이면 다 살았다 했지만 지금은 90도 넘게 사시고 엄니처럼 100세도 넘기시니 지금부터 잘 관리하면 오래 사실 수 있겠지요.

명자누님께서 순자누님 댁에서 하룻밤 주무신다 해서 어젯밤 저도 모처럼 순자누님 댁에 갔습니다. 아주 작은 아파트, 거기서 살아온 지 20년이 되었지요. 이제는 60대가 되어 모습이 예전 같지 않으시지만 제게는 모두가 소중한 누님들입니다.

꽃샘추위가 한창입니다. 감기에 걸린 지 일주일 이상 되었습니다. 기관지와 코가 문제가 있어 감기에 걸리면 고생인데 그만 걸리고 말았네요.

햇볕도 너무 좋고 공기도 맑고 하늘은 푸르고 청명한 날입니다. 어제 모임에 갔다가 한 살이라도 젊을 때 이곳저곳 여행도 좀 다니라는 말을 들었지만, 저는 여행보다 더 좋은 게 있어 여행을 포기하고 일을 하면서 살아가겠다고 마음먹은 사람입니다. 그런데 정말 날씨가 좋네요.

어제 아내 김선미 친구들이 먼 곳에서 찾아와서 새벽 늦게까지 한잔했더니 몸이 피곤합니다. 그래도 즐거운 시간을 가졌으니 괜찮습니다. 봄이 본격적으로 시작되었고, 봄에 관한 이야기, 봄음식 등 모든 것이 봄에 대한 관심으로 가득 차 있습니다.

환절기 감기로 아이들이 조퇴를 하는 등 다들 고생입니다. 경기가 좋지 않다고 신문마다 크게 다루고 있습니다. 사람들이 아프고 경기도 좋지 않아 더 고생입니다.

봄에는 도다리쑥국이 최고이고 봄에 특출 나게 맛있는 음식들이 우리의 입맛을 돋웁니다. 오늘 손님이 별로 없을 거라 생각했는데 뜻밖에 많아서 좋았던 날입니다.

가평 사는 명례누님이 오셨네요. 명자누님 보려고요. 점심을 함께하고 명례누나, 명자누나, 순자누나 다 같이 도산공원에서 산책을 하는 걸 보니 보기가 좋네요. 가끔 이렇게 만나면 얼마나 좋겠어요.

요즘은 매일같이 새벽 다섯 시에 일어나서 노량진수산시장에 갑니다. 일찍 시장에 가서 부지런히 살아가는 사람들을 보면서 생동감을 느낍니다. 시장 다녀온 뒤 사우나에

갔다 와 가족들과 아침식사를 하다보면 가족의 소중함을
절실히 느끼게 됩니다.

4월의 편지

고향에 내려가 면민의 날을 치르고 돌아왔습니다

　명자누님은 4월 25일에 미국으로 돌아가신답니다. 이번
에 들어가면 언제 또 볼지 모르는데 계신 동안 의미 있는
날들이었으면 좋겠습니다. 형제와 자매들이 다들 흩어져
살고 있고 생각도 제각각이지만 이렇게라도 자주만 만날
수 있다면 좋겠지요.

　어젯밤에 비가 많이 오더니 날씨가 흐리다가 다섯 시가
되자 해가 떴네요. 소양강도 임진강도 전국의 강이 바닥이
드러날 정도로 가물어서 비가 좀 더 와야 할 터인데요.

　4월 4일. 6년 전 이 날에 엄니께 처음 편지를 썼습니다.
벌써 6년이 되었네요. 그 동안 건강하게 지내주셔서 고맙
습니다. 6년 동안 끊임없이 제게 힘을 주셨고 가족을 보살

펴주셨습니다.

우리 직원의 99세 되신 할머니께서 돌아가셔서 경기도 화성 송산면까지 왕복 세 시간 걸리는 길을 낮에 문상 갔었고, 밤에도 일 끝나고 다시 가 문상을 했습니다. 피곤했지만 이게 사람 사는 맛인가 봅니다. 내가 좀 힘들어도 누구를 생각할 수 있다는 게 감사한 일입니다.

명자누님이 엄니 곁에 앉아서 연신 싱글벙글하면서 저녁을 맛있게 드시네요. 오늘 저녁은 월남쌈 요리입니다. 명자누님이 좋아하시는 음식입니다.

일요일인데도 장사가 너무 잘 되어 신이 났던 날입니다.

그 동안의 고민을 털어버린 기분입니다. 이렇게 번 돈 모두 기부와 봉사로 들어가지만 그렇게 할 수 있게 해 준 것에 감사합니다. 밤이 늦었지만 친구 어머님이 돌아가셔서 문상을 가야 합니다.

어제 오후부터 내린 비가 오늘도 종일 옵니다. 가뭄이 심했는데 해갈이 될 듯하고, 나무마다 파란 잎이 보기 좋게 자라고 있고 화단에 갖가지 꽃들이 잘 자라고 있습니다.

4월 18일. 토요일입니다. 어젯밤 일 마치고 고향에 내려갔습니다. 오늘이 우리 고향 진원면 면민의 날이기 때문입니다. 도착해서 장성 진열 형님 집 앞에 차를 세워놓고 한숨 잤습니다. 아침에 일어나 가져 간 미역국, 전복죽, 매운탕을 전해드리고, 고향 마을에 가서 용덕이네, 송세근 씨네, 변길섭 형네 그 외 여러 곳을 들렀습니다. 그리고 면민의 날 행사가 열린 진원초등학교에 가서 각 기관장님들과 식사를 하고 서울로 올라와 고향 선배 아들 결혼식까지 다녀오느라 바쁜 날이었습니다.

명자누나가 며칠 있으면 가야 하시기에 미리 엄니 생일을 치렀네요. 그저께 상가에 가느라 무리한 상태에서 또 고향에 다녀왔더니 몸이 너무 힘듭니다. 그렇지만 마음은 가볍습니다. 고향은 정신에 힘을 줍니다.

엄니가 제게 주신 귀하고 소중한 것이 있습니다. 성실성, 인내심, 절약정신과 남을 배려하는 삶. 그것 외에도 많은 걸 물려받아 노력하다 보니 축복과 영광된 삶이 주어지는 것 같습니다. 어찌 제가 잘해서 된 것이겠습니까. 가르쳐 주신 엄니의 덕입니다.

며칠째 좋은 날씨가 이어지고 있습니다. 가평에 살고 계신 명례누님이 오시고 순자누님도 오시고, 엄니께서 조금만 젊으시면 세 딸과 나들이라도 가시면 좋으련만요.

새벽에 일어나 노량진시장을 다녀왔고 서울대병원 자선바자회에서 판매할 생선초밥을 직원들과 다 같이 만드느라 정신없이 바쁘고 힘든 과정을 겪습니다.

5월의 편지

6월 28일에 재경 고산마을향우회 주최로 고향마을에서 효잔치를 하기로 했습니다. 서울에서 또 전국 여러 곳에서 고향마을에 모여 잔치를 하게 됩니다. 그래서 후배들을 불러놓고 이것저것 의논을 했습니다. 밤에는 옛날에 알았던 사람들과 모임을 갖고 이런 이야기 저런 이야기를 나누었습니다.

젊은이가 노인을 존경하고 잘 보살펴야 하는 것은 예나 지금이나 같습니다. 평생을 살아오면서 얻은 지혜와 현명함을 배우며 존경하고 보살펴야 합니다. 노인은 당연히 존경을 받아야 하고 대접을 잘 받아야 합니다. 엄니와 같이 한집에서 살아온 게 23년 되어가네요. 제 평생소원이 엄니를 모시고 살아가는 거였는데, 그것이 이루어지면서 저에게는 또 다른 희망이 생겼습니다. 힘들고 어려운 이웃들에게 기부를 할 수 있는 꿈을 이루는 일입니다. 그 꿈이 현실로 이뤄지며 저에게는 끝없는 행복이 이어진 듯합니다.

어버이날입니다. 엄니를 23년 간 모시고 살아온 것에 감사드리고 오늘 제가 카네이션을 달아드리지 못하지만 마음은 항상 엄니 곁에 있음을 엄니도 알고 계시겠지요.

봄철만 되면 꽃가루 알레르기 때문에 고생하는 분들을 보며 왜 체질이 저래서 고생하나 의아해 했는데 제가 걸려 보니 알겠네요. 고생한 사람들의 심정을요. 역시 인간은 경험해봐야 아는 존재인가 봅니다.

오후에 잠깐이지만 엄니 곁에서 잠을 잤습니다. 너무 피곤하고 힘든 날이어서 잠을 청했지만 잠을 잘 형편이 못되면 짬을 내서 잠깐씩 휴식을 취하곤 합니다. 이 편지를 쓰는 지금은 밤이 깊어갑니다. 깊어가는 이 밤에 엄니를 사랑하고 있는 이 소중한 마음을 전합니다.

잠시 행복이 무엇인가 생각해 봅니다. 사람마다 환경이 다르고 생각도 달라 행복의 기준이 다 다르겠지요. 이렇게 살아가고 있다는 사실 자체가 크나큰 행복 아닌가 생각합니다.

5월 19일. 엄니의 101세 생신입니다. 101세가 되어 건강하다면 하나님의 특별한 영광이 있기에 가능할 겁니다. 엄니, 엄니를 모시게 된 것에 대해 감사합니다.

앉아서 졸고 계시는 엄니. 다가가 안아드리자 좋아하시며 현관까지 나오셔서 손을 흔들어 주시는 그 모습에 너무 감사합니다.

하루를 사는 게 곡예를 하는 것 같습니다. 손님이 좀 있는 날은 좋아서 흥분하고 손님이 없으면 금방이라도 뭐가 잘못되어 죽을 것 같은 생각을 하는 게 사람입니다. 오늘은 손님이 없어도 너무나 없어 마음이 아픕니다. 날씨가 좋아서 어디로 가고 싶은 마음뿐입니다.

배정철과 김선미가 결혼한 지 23주년 되는 날, 5월의 마지막 날입니다. 계절의 여왕에 우리가 결혼했는데 여왕처럼 대우하지는 못하고 계절만 자꾸 돌아오네요. 가족과 사람을 소중히 여기는 5월에 아내를 맞이할 수 있었고, 그 이후 엄니와 함께 살아왔습니다. 긴 여행이었던 것 같습니다. 엄니, 남은 삶도 아름다운 여행이 되길 바랍니다.

6월의 편지

심각한 표정으로 돈을 세시네요

우리나라가 처해 있는 상태가 심각한 수준입니다. 전염병 메르스가 기승을 부리고 있고 가뭄이 너무 심해 전국이 목이 탑니다. 〈어도〉도 목이 탈 지경이지요.

토요일 새벽, 노량진수산시장에서 열심히 살아가는 사람들을 보면서 나만 힘든 게 아니구나 느낍니다. 양재동 전승성 친구네 가게에 우리 가족이 모두 가서 삼계탕을 잘 먹었고 엄니 드리려 포장을 해왔습니다. 삼계탕 드시고 기운 내시기 바랍니다.

메르스 사태가 꺾일 기미가 없네요. 누가 옆에서 기침만 해도 몸이 움찔하게 됩니다. 예전에도 이런 질병을 겪었고 앞으로도 계속 이어질 건데, 세월이 흐르면 해결될 문제인데 당장은 세상에 이 일밖에 없는 듯 그러네요.

아침에 '탄천 포럼'이라고 하는 단체의 조찬에 참석했습니다. 매일 서서 일하다 보니 앉아서 강의를 듣는 일엔 서투르네요. 그래서 그런지 졸음이 와서 혼났습니다.

　돈을 세고 계신 엄니를 뵙니다. 하루에 수차례 누가 주고 간 돈인지 하나하나 세시면서 심각한 표정을 하시는 우리 엄니. 돌아가시면 놓고 갈 돈인데도 하나하나 세시면서 밝은 웃음을 보이시네요. 제가 출근한다 하니 현관까지 나오셔서 손을 흔들어 주신 엄니. 어제는 바빴는데 오늘은 한가합니다.

　아침에 엄니를 뵙지 못하고 정신없이 나왔네요. 새벽시장을 다녀와야 하고, 목욕을 해야 하고, 어제 가게가 공사를 해서 청소도 해야 하고, 이런저런 할 일이 많은데다가 오후에는 예식장도 다녀와야 하는 오늘 하루 일정입니다. 아침부터 종일 비가 오고 있고 문득 엄니를 생각합니다.

　아침에 주무시고 계셔서 그냥 출근했습니다. 손님 댁에 전해드릴 음식이 있어 오후에도 들르지 못해 대게 한 마리, 잡채, 그리고 생선초밥을 보냈습니다. 장모님과 함께 드시라고요. 엄니 꼭 건강하세요. 이 몸이 부서져도 목숨 걸고 살아가는 맘으로 살게요.

며칠 만에 잠이 깬 엄니를 뵙고서 서로 얼굴을 비비며 인사를 합니다. 어찌나 좋아하시던지 저도 좋았고 행복했답니다.

6월 28일. 고산마을 향우회가 있었던 날입니다. 오늘 고향마을로 효잔치를 하러 가려 했는데 못 가고 대신 〈어도〉에서 행사를 했답니다. 40여 명이 모여서 즐겁고 행복한 시간을 가졌습니다. 옛 이야기, 좋은 이야기, 맛있는 식사에 술을 한잔하면서 보냈답니다. 우리가 태어난 고산마을 옛 추억이 새롭습니다. 엄니와 같이 살던 그 옛날 고향마을이 그립습니다.

무슨 매듭을 만들고 계시기에 그냥 출근을 했습니다. 어찌나 신중하게 만들고 계시는지 방해하고 싶지 않아서요. 충청 이남에는 비가 온다고 하는데 정말 다급한 중부지방에는 비가 오지 않아 물부족이 심각합니다.

7월의 편지

여름휴가, 30년 전에 가 보았네요

편지를 쓰며 엄니와 집사람, 아이들 셋을 하나하나 생각합니다. 하루라도 쓰지 않으면 좀이 쑤시는 기분이 들기도 합니다.

매일같이 비 타령을 하면서 살아가는데도 이상하게 비는 오지 않고 구름만 끼고 있습니다. 비가 오지 않아 남한도 문제지만 북한은 더욱 큰 문제라 합니다. 10여 년만의 큰 가뭄이 농작물을 말라죽게 하고 올해 큰 흉년이 들 거라고 하니 정말 큰일은 큰일입니다.

어젯밤에 손님이 많아 술을 너무 많이 해 그런지 오늘은 힘이 없습니다. 술을 너무 마시는 것 그것이 문제입니다. 오후에 엄니 잘 계신가 하고 집에 들렀더니 주무시고 계시네요.

초복입니다. 어제 오늘 종일 비가 오고 있어 가뭄에 단비가 되겠네요. 식구들이 여행을 가고 없어 함께 삼계탕을 먹을 수도 없네요. 오후에 엄니에게 들러 뵐까 합니다.

현관까지 나오시려고 일어서다가 그만 비틀비틀하시네요. 아침 중간에 잠깐 주무셔야 하는데 잠을 주무시지 못해 그러신지요? 주말경에 태풍이 온다고 하네요. 어제는 종일 앉아서 무얼 그리 조물락조물락 하시더니 오늘은 그냥 누워 계시네요. 그 모습이 천사 같습니다.

아침에 식사를 하고 계셔서 조용히 출근을 합니다. 오늘은 엄니 얼굴이 자꾸자꾸 떠오르네요.

일요일, 오랜 친구들 30여 명을 만나야 하고, 종일 열심히 일해야 하고, 친구 아버님이 돌아가셔서 거기도 가야 하고, 또 초밥과 미역국과 주먹밥도 해 보내야 하고요. 친구들도 나이 들어가고 자녀들이 결혼하는 시기가 되었네요. 1년에 한 번이나 두 번 만나게 되는데 평생을 살면서 몇 번이나 만나게 될까요? 배려하면서 즐겁게 만나야겠지요.

요즘은 아침에 '빠르게 걷기' 운동을 하고 있습니다. 가게에서 오래 일해야 하는 몸이라 이렇게 걸으면서 하는 운동이 자세에도 좋고 건강에도 좋은 것 같습니다. 어젯밤이 요즘 들어 손님이 제일 많았던 날입니다. 이리 뛰고 저리 뛰고 하면서 열심히 일을 했습니다. 술을 하다 보니 열대야 속에 몇 번이나 잠을 깨고 하다가 새벽 다섯 시 반에 일어나 노량진 수산시장에 갔습니다. 물건을 정리하다 보니 오전이 다 가고 점심시간이 지나 오후로 달려가고 있습니다.

휴가철이라 장사가 안 되는 달이지만 열심히 하렵니다. 출근하며 엄니를 꼭 껴안아 봅니다. 좋아하시는 울 엄니, 잠깐이지만 저 또한 너무나 행복합니다.

휴가철입니다. 가족들과 함께하는 휴가, 생각만 해도 기분이 좋네요. 제가 여름휴가를 가 본 지가 30년이 된 듯합니다. 그만큼 정신없이 살아온 날들이지요.

8월의 편지

고객님들, 너무 고맙습니다

장사가 제일 안 되는 게 8월입니다. 항상 근심어린 날을 보냅니다. 엄니가 이 무더운 여름을 앞으로 몇 번이나 겪으며 사실까 생각해 봅니다.

오전에 〈어도〉 주방에서 일하는 아주머니의 아들 결혼식이 있어 참석했고, 낮에 손님이 많아 바쁜 가운데 방배동 친구가 와서 함께 식사하고 그렇게 하루를 보냅니다.

성범이가 일본에서 왔습니다. 순자누님께서 인천에 살고 있어 누님 댁에 들렀다가 온다고 합니다. 맛있는 걸 해서 먹여 보낸다고 하네요. 아이들이 자립심을 가지고 당당하게 살아가기를 바랍니다.

너무 더워 웃옷을 간단하게 입으시고 선풍기 앞에 천사처럼 앉아 계신 엄니를 뵙니다. 어제가 입추였으니 곧 선선한 날이 오겠죠. 어떤 곳엔 고추잠자리가 멋진 날갯짓을 하며 가을을 알려준다 합니다.

8월 11일, 며느리 김선미 생일입니다. 49번째 생일이죠. 26살 어린 처녀가 벌써 49살입니다. 40대의 마지막이고 내년에는 50대가 되지요. 50대는 제가 먼저 겪어봤는데 뭐 특별히 해 줄 말은 없네요. 나이를 먹어 가면서 부부의 정이 점점 깊어갑니다. 성범, 수경, 기범이도 나이 들면서 철이 드는 것 같네요. '정'과 '철'은 좀 다르겠지만 말입니다.

아침식사를 함께하며 자식인 저와 손주에게 덕담을 건네주시는 엄니. 순간 너무너무 감사합니다. 100세가 넘은 노인께서 아직도 자식 사랑에 빠져 있음에 감사합니다.

기범이는 컬링 연습이 있어 새벽에 나갔고, 수경이는 오늘이 생일이어서 친구들과 인천에 간다고 했고, 저와 집사람은 종일 왜 이리 바쁜지 집에 있을 시간이 없습니다.

만족해하시면서 가시는 고객님들이 너무너무 고맙습니다.

강원도 춘천 놀이공원에 가족 모두가 갔다가 오후에 왔습니다. 난생 처음 우리 아이들과 야외에서 보낸 날입니다. 그곳에서 할머니 10여 분을 만났는데 한 분이 100세 생일

기념으로 오셔서 보기가 좋았습니다. 그래서 식대를 제가 내드렸고, 약소하지만 보람 있는 일을 한 것 같아 기뻤습니다. 엄니가 함께 오지 못해 아쉬웠네요.

오늘 성범이가 일본으로 돌아갔습니다. 방학 중이지만 할 일이 많다고 해서요. 떠나기 전 잠깐이지만 의미 있는 이야기를 나누었습니다. 수경이는 학교에서 수련회 가고 기범이는 학원을 이곳저곳 가고 요즘은 아이들이 어른보다 더 바쁘답니다.

금요일을 '불금'이라 한답니다. 이틀 연휴를 앞두고 금요일은 광란의 밤이 될 수도 있답니다. 〈어도〉는 '불금'에서 제외되어 있는지 한가하네요.

토요일, 기범이 컬링대회 참관을 했고 오후에는 〈어도〉에 도착해서 장사를 준비하는 도중에 편지를 쓰고 있습니다.

며칠째 주무시는 엄니를 뵙고 그냥 출근합니다. 요즘 남북이 전쟁 운운하며 대치국면에 있어 장사가 안 되네요.

엄니, 보고 보고 또 보아도 보고 싶은 엄니. 깨어 있는 시간보다 잠들어 있는 시간이 더 많은 엄니. 그래도 현관까지 나오셔서 배웅해 주시는 엄니, 감사합니다.

9월의 편지

서울대병원과의 인연은 20년 전으로 거슬러 올라갑니다

새벽에 일어나 시장을 가야 하는데 왜 이리 힘들고 고단하던지 잠깐 잠이 든 게 또 자게 되고 그럽니다. 서울대 강남센터병원에 가서 진료를 받고서 다시 집에 와 운동을 했습니다. 병원 갔다가 운동하고 저녁장사 합니다. 건강을 챙기며 살렵니다.

성범이가 일본에 있다가 군문제로 한국에 나와 있는데 해결이 되지 않았네요. 녀석이 고민이 되나 봅니다. 녀석 소원대로 어서 군대를 다녀왔으면 좋겠다는 생각을 해 봅니다.

성범이가 다시 일본으로 갔습니다. 군대 조기지원이 쉽

지 않아 겨울에 다시 지원하기로 했습니다. 이번에 성범이 가 많은 걸 깨달았을 겁니다. 뭐든지 하면 된다는 것보다 는 노력을 많이 해도 안 되는 게 있다는 것을요. 노력과 함 께 끝까지 최선을 해야 한다는 사실을 알았을 겁니다. 자 신의 문제를 너무 낙관하며 지내다가 상처가 클 수도 있어 이번에 힘들게 한 문제는 경험상 잘 되었다 싶네요.

고향에 한번 다녀와야겠습니다. 고산마을 효잔치를 지난 6월 28일에 하려다 못하고 이번 10월 25일 일요일 고산마 을 운동장에서 하기로 했거든요. 많은 인원이 모이기에 답 사 차 방문하려고요.

9월 16일. 술을 5일째 마시지 않고 있습니다.

수십 년을 매일같이 마시던 술을 마시지 않고 운동을 하 며 그동안 쌓인 노폐물을 몸속에서 빼주며 건강 챙기기에 열을 올리고 있습니다. 매일같이 취해있는 나 자신이 안타 까워서 이 참에 특단의 조치를 취해서 술을 아예 끊어버 리려고요.

어젯밤 일 끝나고 고향마을에 다녀왔습니다. 효잔치 답

사 차입니다. 아침에 일 보고 올라왔고 종일 〈어도〉에서 일합니다. 나에게 〈어도〉는 나의 생명과 같은 것이기에 장사에 열정을 쏟고 있습니다.

누워서 휴지를 찢고 계시는 울 엄니. 편안한 자세를 유지하시면서 따분하고 심심하신지 요즘은 휴지를 잘게 찢으시네요.

서울대병원과의 관계를 말하자면 깁니다. 20년은 된 듯합니다. 병원 바자회에서 초밥 판매금액을 기부하곤 했던 것이 인연이 되어 지금까지 매년 해 오고 있습니다. 처음에는 병원에서 초밥을 만들어 판매해서 기부를 했는데 요즘은 우리 〈어도〉에서 새벽에 일어나 초밥을 만듭니다. 오늘 분당 서울대병원에 전달한 것이 500인분이 넘었지요. 1인분이 15,000원이니까 오늘만 750만 원. 내일까지 합치면 1,200만 원이 넘게 기부를 해서 저소득층 환자에게 도움을 주게 됩니다. 이렇게 살아가니 정신이 없지만 보람이 적지 않습니다.

분당 서울대병원 바자회 때문에 내가 너무 피곤했나 봅니다. 코피가 쏟아져 나를 긴장시키네요. 그래도 해야 할 일이니 '코피 정도야' 하곤 맙니다. 어머니도 나름 힘드시니 조심하세요.

9월 27일. 추석입니다. 집사람이 깨우는 소리에 벌떡 일어납니다. 기범이에게 형이 없으니 네가 알아서 차려보라 그랬더니 자기에게 맡겨준 게 좋았는지 관심을 갖고 상차림을 잘 하네요. 엄니와 가족이 모두 모여 식사를 합니다. 오후에는 명례누님, 인천 사는 순자누님, 제군이, 제송이, 목화네 가족, 수화네 가족이 와서 식사하고 갔습니다.

추석 다음날입니다. 추석에도 일한 지 수십 년이 되었습니다. 후회는 하지 않습니다. 사실 후회했다가도 마음을 고쳐먹습니다. 내가 이러면 안 되지, 지난 세월 기나긴 수렁에서 빠져나온 게 언젠데 흐트러지면 안 되지 하면서 나 자신을 다독입니다.

10월의 편지

마침내 고향 흔잔치가 열렸습니다

어찌나 바쁘고 힘든 하루인지 정신이 없네요. 〈어도〉 근처 예식장 손님들을 비롯해 낮에 〈어도〉를 찾아주신 고객님이 120여 명이셨고, 밤에도 고객이 많이 오셔서 밤늦게까지 앉아보지도 못하고 일만 했던 날입니다. 직원들이 너무 피곤해 했던 날입니다. 그래도 좋았습니다.

눈에 알러지가 생겨 고생입니다. 술을 한 달 이상 마시지 않았더니 생긴 금단현상인가 싶습니다. 내 몸에 알콜이 들어오지 않자 모든 세포가 이상하다 이상하다 하며 거부반응이 눈으로 갔나 봅니다. 마시지 말 거면 쳐다보지도 말라는 뜻인가요?

잘 다녀오라고 나쵸가 꼬리를 흔듭니다. 엄니 대신 나쵸가 현관까지 나왔네요. 충청도와 수도권에 비가 오지 않아 가뭄으로 식수까지 부족하다 하네요. 농경지에 곡식들이 말라서 야단이고 물 부족 현상이 심각하답니다.

한글날. 아침 일찍 세종문화회관에 갔습니다. 국민포장을 받은 연유로 초청받아 갔는데 황교안 국무총리께서 연설을 하고 연극도 보고 어린이합창단 공연도 감상했습니다. 핸드폰을 껐는데 종일 켜지지 않아서 사용을 못하고 있네요. 무슨 일일까요?

일요일 오후에 고산향우회 회원들과 진원면향우회 사무국장인 김재열 선배님과 함께 10월 25일 있을 고산마을 효잔치 준비를 했습니다.

집에 가야 할 시간이지만 저녁 늦게 통영에서 물건이 온다 해서 기다리고 있습니다. 좋은 생선이 온답니다. 이 좋은 생선으로 돈 많이 벌어서 좋은 데 써야겠죠.

며칠 춥다가 날이 풀려서 단풍 지는 나무를 보면서 도산공원을 걸었고, 걷기도 운동인지라 피곤해 집에 와서 한숨 푹 자고 저녁장사를 합니다. 밤에는 어제 통영에서 온 다금바리를 손님들께 대접했고, 다들 생선이 좋다고 하면서 행복해 하셨답니다.

제 나이 12살 때, 정든 고향을 떠나면서 많이 울었던 기억이 납니다. 객지인 서울 생활이 고달프고 힘들 때마다 고향을 그리면서 지금까지 살아왔습니다. 그 고향인 전라남도 장성군 진원면 진원리 고산마을에서 다음 주 일요일 고산마을 큰 잔치가 열립니다. 효잔치입니다. 전국에 흩어져 있는 고향분들이 많이 모여 잔치를 합니다. 엄니께서 아직은 정정하시지만 고향까진 가지 못하시기에 함께할 수는 없지만, 고향의 기운이 엄니에게 전달되어 건강하게 살아가시기를 바랍니다.

다른 날에 비해 힘차게 일어서면서 현관까지 나와서 배웅을 해주시는 울 엄니. 잘 다녀오라 하시면서 밝게 웃어주신 엄니. 오늘도 건강하세요.

나쵸가 현관까지 나와서 배웅을 해주네요. 아주머니도 제가 출근을 할 때면 항상 현관까지 나오셔서 '잘 다녀오라'고 인사를 해줍니다.

내일이 고산마을 잔치여서 그동안 이런 신경 저런 신경을 썼고, 오랜 친구 아들이 장가가는 날이라 먼 곳까지 다녀오느라 하루 온 종일 보내고 밤에는 손님이 많아서 이리 뛰고 저리 뛰고 하였습니다. 고객을 맞이하는 일이기에 바쁠수록 보람도 더 느낍니다.

12살에 고향을 떠나오며 꼭 한 번 해보고 싶었던 고향마을 효잔치를 오늘 하게 되어 기뻤습니다. 서울, 경기, 광주, 전남 등 전국에 계신 분들을 모시고 효잔치를 했습니다. 국회의원, 군수님, 각 기관장분들과 아직까지 고향을 지켜주신 고향마을 어른들을 모시고 수백 명 큰잔치를 잘 치르고 오늘밤 늦게 서울에 도착했습니다. 소망을 이루어 기쁘고 행복합니다.

아무런 사고 없이 다들 기쁘게 보낸 고향마을 효잔치. 생각만 해도 행복합니다. 고향 어른들이 엄니 안부를 물으시며 엄니에 대한 옛 추억을 말씀하시고 항상 편안하게 건강 잘 챙기시며 살아가시길 바라셨습니다. 엄니, 우리가 살았던 고향을 잊지 못하시겠죠. 오늘은 손님이 너무 많아 매출도 많은 날입니다.

11월의 편지

술을 끊은 지 한 달 하고도 열흘 됩니다

　모처럼 새벽시장에 가서 물건을 구입하고, 시간이 있어서 도산공원에 가서 운동을 하고 1시간이 넘는 긴 시간동안 나 자신에 대한 생각을 하면서 보냅니다. 어느새 50대 중반, 어떻게 살아야 하느냐 문제입니다.

　날씨가 쌀쌀합니다. 제가 추위를 많이 타기도 하지만 겨울이 가까워왔습니다. 세종문화회관에서 열린 고액기부자 모임인 아너 소사이어티 행사장에 가서 참관하고 여러 가지 구경하고 밥도 먹으면서 김선미와 함께 많은 대화를 하면서 정겨운 시간을 가졌습니다. 배울 것들이 너무 많았고, 기부하고 봉사하는 일에 대한 보람을 느낄 수 있었습니다.

　흐린 날입니다. 저녁이 되며 빗방울이 떨어지네요. 우리나라뿐 아니라 세계적으로 가뭄에 시달리고 있다 합니다. 아는 동생 아버님이 돌아가셔서 한양대병원 장례식장에 다녀왔습니다.

후배 최형태 아버님 장례식에 생선초밥 100인분을 보내주고 미역국도 40인분 보냈습니다. 장가라도 간 다음에 부모님이 돌아가셨으면 좋았을 터인데 안타까운 생각이 들었고, 그래서 음식을 좀 보냈습니다.

3일째 비가 옵니다. 일요일이라 한가한 틈을 타 많은 생각을 합니다. 과연 내가 잘 살아가고 있는 것인지, 잘못하면서 실수하지는 않았는지 살면 살수록 조심스러워집니다. 비가 계속 오면서 메말랐던 대지를 적시고 있습니다.

이른 시간에 시장에 갔었고 돌아와서 운동을 하고 바쁘게 살아갑니다. 점심시간이 지나고 고객인 이광수 사장님과 이야기도 했고 오늘이 수능시험 보는 날인데 모든 수험생이 자기 실력껏 시험을 잘 봤으면 좋겠습니다.

길가에 지저분하게 떨어진 낙엽들을 보며 저걸 치워야 하는 청소부 아저씨와 아주머니들을 생각합니다. 보는 이들은 이것도 좋아 보이지만 청소하고 관리하는 이들에게는 큰일이지 싶습니다. 〈어도〉도 음식을 만들어서 판매하기까지는 참 힘들지요.

돈을 세고 계시는 엄니를 뵈면서 출근을 서두르게 됩니다. 정신줄을 놓지 않으려고 하시는 엄니의 마음을 읽을 수 있습니다. 아직도 자식을 생각하시고 가족을 생각하시는 엄니께 배울 게 많다고 깨닫게 됩니다.

술을 끊은 지 한 달 하고도 10일 됩니다. 생각보다 술 끊기가 힘이 듭니다. 매일같이 술에 취해 있다가 제 정신으로 살아가자니 몸 속 모든 세포가 정신을 못 차리나 봅니다. 피곤하고 졸립고, 잠을 자면 뒷머리가 당기고 때로 어지럽기도 합니다. 힘든 과정이지만 잘 참아야 합니다. 건강해야 좋은 일 많이 할 수 있으니까요.

며칠 전에 갑자기 식사를 잘 못하시고 힘들어 하셨다고 하는데 지금은 괜찮으신지요? 환절기여서 갑자기 변한 기후에 적응을 못해 몸에 무리가 오셨나 봅니다. 집사람과 아주머니가 약도 드리고 해서 이제 식사도 잘 하시고 원기를 찾아가시는데, 부디 건강하시기를 바랍니다.

어제 오후에 첫눈이 내렸고 날씨는 계속 차갑습니다. 새벽 5시 넘어 새벽시장 다녀왔고 운동 후, 12시 30분에 결혼식이 있어 용산에 갔었고, 오후 5시엔 결혼식이 또 있어

삼성동에 갔었습니다.

어제도 장모님께서 오셔서 어젯밤부터 오늘까지 같이 계십니다. 약간 수척해지신 것 같아 마음이 쓰입니다.

나쵸가 배웅하길래 쓰다듬어 주며 울 엄니 깨어나시거든 심심하지 않게 잘 부탁한다 했더니 무척 좋아하네요. 11월의 마지막 날입니다.

12월의 편지

이 추운 날씨에 하나라도 더 팔고자 하는 분들을 봅니다

새벽 다섯 시경 일어나서 고향에 갈 준비를 합니다. 내가 태어난 곳, 엄니와 우리 형제가 함께 살던 곳, 아주 어릴 적엔 할머니도 계셨고 아버지도 계셨던 곳, 그 고향에 내려갑니다. 장성 읍내에 있는 진열이 형님 댁에도 갔었고 제가 아는 가까운 분들과 함께 식사를 하고 다시 서울로 와 장사합니다. 장사를 잘 해서 돈을 벌어 오늘처럼 좋은 곳에 써야지요. 누가 알아주든 말든 좋은 일은 꼭 하면서 살아야지요.

장맛비처럼 비가 오고 있습니다. 사직동에 있는 배씨대종회에 갔습니다. 문향장학회 학생 선발과 장학금액을 정하는 날이어서 회의를 하고, 전 법무부장관이신 배명인 회장님 외 이사님들과 점심식사도 하고 〈어도〉에 도착하니 오후 3시. 잠깐 쉬다가 저녁장사를 시작하고 있습니다.

아침에 엄니를 뵙고서 깜짝 놀랐습니다. 장모님과 집에 계시면서 사물을 바라보는 총기가 대단하다는 걸 느끼면서 저도 나이가 들어 엄니 같은 건강을 유지하면 좋을 텐데 하는 생각을 하며 엄니를 더욱 존경하게 됩니다.

엄니, 저녁은 드셨는지요? 때가 되면 아주머니께서 잘 챙겨 드리지만 때가 되면 생각납니다. 아침이면 눈을 뜨고 사물을 바라볼 수 있고 생각할 수 있고 먹을 수 있다는 것에 그저 감사합니다. 존재하고 있는 것만으로 고맙습니다. 이런 걸 존재의 신비라고 하나 봅니다. 역삼동에 있는 서울대강남센터에서 검진을 잘 받았었고 대장과 위를 수

면내시경으로 받다보니 깨어나는데 시간이 걸렸지만 아무 이상 없다고 하니 고마웠습니다.

장모님과 두 분이서 나란히 거실 소파에서 담소를 나누시는 걸 보면서 고맙다는 생각입니다.

앞으로 20년은 더 일해야 하는 저는 늙었다는 생각은 하지 않고 살렵니다.

12월도 절반밖에 남지 않았네요. 12월은 예약을 하고서 오지 않으시거나 예약을 취소하는 일이 빈번해서 마음이 쓰입니다. 요즘 세상이 힘들다보니 그런가 봅니다.

조금 전 하도 배가 고파 생각해 보니 오늘 밥을 거의 안 먹은 듯해 허겁지겁 식은 밥을 먹으면서 하루 장사를 마칩니다. 평달보다는 조금 바쁘지만 과거처럼 12월이 그렇게 분주하지 않습니다. 성수기 느낌이 없습니다.

강아지 진이가 잠깐 풀어놓은 상태에서 도망을 가서 돌아오지 않는다고 훈련원에서 연락이 왔네요. 다른 주인을 만나 잘 살아야 하는 건데 미안하고 무사하기를 빕니다.

12월 18일. 오늘이 올해 중 제일 바쁘고 손님이 많았던 날입니다. 낮에도 많았고 밤에도 많았습니다. 매출도 1년 중 제일 많이 올랐고 이익도 많았습니다. 장사하는 입장에선 이런 날이 역사적인 날입니다.

새벽시장에 가 이 추운 날씨에 하나라도 더 팔아 민생고를 해결하려는 사람들을 보니 생활의 엄숙함을 느낍니다. 이렇게들 힘들게 살면서 부모님 모시고 자식 키우고 사는 사람들, 그게 인생이지요.

직원 할아버지 상이 있어 충북 청주시 장례식에 갔다가 무리해서 곧바로 새벽시장에 들렀더니 갑자기 몸에 이상이 왔습니다. 무리하면 안 되겠다는 생각을 하였습니다. 엄니 앞에서 제가 아프면 안 되겠지요.

크리스마스이브. 젊었을 때 같으면 친구들과 어울리겠지만 이제 나이 드니 서로 찾지도 않게 되네요. 성범이가 내년 4월에 군 입대를 한답니다. 오늘 입영통지서가 왔습니다. 군대에 다녀와야 남자다워지니 잘 되었습니다.

새벽 5시에 찬바람을 맞으며 오돌오돌 떨면서 노량진수산시장에 다녀왔습니다. 다녀와서 잠을 잤고요. 술을 끊은 지 4개월이 되어갑니다. 술을 일절 마시지 않으니 잠이 더 많아지는 것 같습니다. 경험자들 얘기로는 간이 회복되는 중이라서 그렇답니다. 이러다가 더 지나면 편해진다 하네요.

올 한 해 직원들이 열심히 해준 덕분에 목표로 삼았던 매출을 올릴 수 있었습니다. 2015년 한 해를 돌아보면 뜻깊었던 일이 많았던 한 해였고, 계획했던 목표가 무난히 이루어져 행복했습니다. 더 많은 기부를 하라고 고객들께서 힘을 주시는 것 같습니다.

제 나이 12살 때, 정든 고향을 떠나면서 많이 울었던 기억이 납니다. 객지인 서울 생활이 고달프고 힘들 때마다 고향을 그리면서 지금까지 살아왔습니다. 그 고향인 전라남도 장성군 진원면 진원리 고산마을에서 다음 주 일요일 고산마을 큰 잔치가 열립니다. 효잔치입니다.

-2015년의 편지 중에서

2016년

살아 계셔서 고맙습니다

1월의 편지

〈어도〉는 다시 시작입니다

1월 4일. 연휴 끝나고 첫 업무가 시작되는 날, 직원들과 함께 아침 식사를 하고 하나은행으로 달려갔습니다. 서울 대병원 등 여러곳에 2억 원 넘게 기부금을 전달해 뿌듯한 마음으로 하루 일과를 시작하고 있습니다. 올해도 열심히 일을 해서 보람 있는 삶을 꾸려가고자 합니다.

1월 6일. 배씨대종회 신년모임이 있어 코리아나 호텔 8층 대회의실로 갔습니다. 경향각지에서 오신 배씨 문중 어른들과 장학금 받을 학생들과 가족들이 모인 가운데 장학금 전달식이 있었고 이어서 식사를 하였습니다. 그리고 전 〈어도〉로 와서 일을 합니다.

오늘로써 술을 끊은 지 만 4개월이 되었습니다. 지금까지 한잔도 하지 않은 게 기적 같지만 앞으로도 마시지 않으렵니다.

뭔가를 만지시고 계시네요. 몰래 다가가서 장난을 치자

좋아하시면서 씨익 웃으시네요. 어릴 적, 아픈 몸에 가진 것 없고 배운 게 없어 잘할 수 있는 것도 없이 절망에 빠져 있을 때, 오로지 병환 중이신 어머니가 살아 계신다는 것이 전부였고, 함께 살아야 한다는 것이 전부였습니다. 그것만이 희망이고 목적이었던 시절이었죠. 알고 보니 그것이 제 삶의 가장 값진 자산이었습니다.

1월 16일. 〈어도〉 23주년 되는 날입니다. 오늘 생각해보니 엄니의 힘이 제일 컸던 것 같습니다. 엄니, 고맙습니다. 이제 시작이다 생각하며 다시 출발하렵니다.

1월 24일. 영하 18도라고 합니다. 체감온도는 더 하다고 합니다. 엄니, 괜찮으신지요? 수경이도 알바를 한다며 새벽부터 나갔네요. 이 추위에 일을 한다고 하니 걱정이 됩니다. 아이들이 반듯하게 자라기를 바랄 뿐입니다.

잠든 사이 눈이 소복하게 내렸네요. 올해 들어, 아니 이번 겨울에 처음으로 쌓이는 눈 같네요. 세상이 밝아지며 제 마음도 밝아오고 있습니다.

현관까지 비틀비틀 나오셔서 잘 다녀오라고 손을 흔드시

며 배웅을 해 주십니다. 아주머니께서 한 번 안아 드리고
가라고 해서 엄니를 꼬옥 껴안아 봅니다. 좋아하시며 어
쩔 줄 몰라 하시는 엄니, 저에게만은 누구보다 최고이십
니다. 언제까지 엄니를 이렇게 뵈며 살 수 있을까, 문득 생
각합니다.

2월의 편지

102살 엄니를 오늘도 뵙니다

  아침 7시에 한남동 순천향대학병원에 갔습니다. 2천만
원 기부금 전달식이 있어서입니다. 지금까지 해 온 기부금
이 1억 2천만 원이 되었고, 많은 직원들의 박수를 받으며
제 소개에 이어 인사말을 하였습니다. 그리고 보니 엄니가
화장실에 계셔 그냥 나왔네요. 장모님과 함께 식사 잘하시
기 바랍니다.

  바람이 차고 춥습니다. 입춘이라고 하는데 봄은 멀게만
느껴지네요.

내일부터 5일간 연휴입니다. 24년을, 설 연휴를 〈어도〉에서 보내고 있습니다. 올해도 그럴 것입니다.

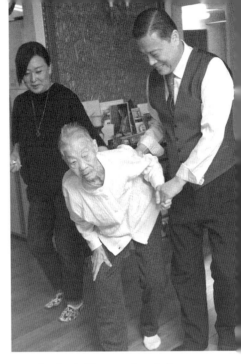

2월 8일. 설날입니다. 엄니는 이제 102살, 저는 55살, 며느리 김선미는 50살이 되었지요. 엄니께 세배 드리고 저희도 수경이와 기범이의 세배를 받습니다. 아! 성범이는 23살, 수경이는 21살, 기범이는 16살이 되었네요. 오후에 명례누님과 순자누님이 오셨고요. 제송이도 왔다 갔습니다. 저는 밤에는 일산에 가서 장모님 뵙고 오겠습니다. 일요일이면 항상 오셔서 엄니를 돌봐 주시는데, 저도 오늘은 다녀와야지요.

새삼 고객분들이 고맙다는 생각을 합니다. 세상은 절대 혼자 살아갈 수 없다는 것을 느낍니다. 누구에게건 잘하며 살아야 한다고 다짐해 봅니다.

집 안이 시끌벅적합니다. 일본에서 공부 중인 성범이가 4

월에 군대를 가야 해서 돌아왔기 때문입니다.

 저를 보시더니 환하게 웃으시며 '어디 갔다 오냐?' 하십니다. 오늘도 현관까지 비틀비틀 나오셔서 손을 흔들어 주시네요. 성범이, 수경이, 기범이 세 녀석은 전주 한옥마을에 어제 갔답니다. 2박3일간 머물며 많은 얘기를 나누고 오겠지요. 이제 다 컸네요.

 재경 진원면향우회에서 시산제를 아차산에서 연다 해서, 고향 어른들, 선배님들, 그리고 친구들과 후배들이 함께한 오늘 모임에 찬조금에 인사만 하고서 〈어도〉로 와 자리를 지킵니다. 17명의 〈어도〉직원들, 이들을 책임져야 하기에 한 순간도 빈틈을 보일 수 없습니다.

3월의 편지

엄니, 사랑합니다

3월 5일. 친구 이해신의 아들이 결혼해서 광화문에 갔다 돌아오는데 폭우가 쏟아졌습니다. 비도 오고 해서 친구들을 불러 술과 음식을 대접하며 보내는데 생각지도 않게 손님들이 와주셔서 감사했던 하루였습니다.

엄니가 배 아파서 절 낳아주신 생일날, 집사람과 아이들과 함께 처음으로 아침 외식을 했습니다. 생일을 저 자신 잘 챙기지 않는 편이라 외식이 어색했지만, 그래도 기쁘고 행복했습니다. 지인들도 케익을 준비해 찾아 주셨고 꽃까지 받아서 더 행복했습니다. 저를 사랑하시는 신호균 회장님댁에서 20년째 생일날 및 〈어도〉개업일에 난꽃과 떡을 잊지 않고 보내주셨네요. 다시한번 감사의 말씀을 전하며 20년 동안 너무나 너무나 감사했습니다. 이제 내년부터는 그 마음만 받을게요.

아침에 한참 동안 엄니와 담소를 나누고 손을 잡고 얼굴을 비비면서 스킨십을 했더니 너무 좋아하시네요. 102

세인 엄니를 뵐 수 있는 것만으로 감사할 일인데 이렇게 함께 앉아 대화를 하며 끝없는 정을 나눌 수 있어 고맙습니다.

왜 이렇게 바쁘게 살아야 하는지, 때론 숨이 턱 밑까지 차오를 때도 있지만, 모진 가난과 건강의 아픔을 겪었던 저에게 지금의 바쁨은 오히려 행복인가 합니다.

새벽에 시장을 다녀왔고 사우나에서 피로를 풀었습니다. 집사람이 언니처럼 친하게 지내던 재윤이엄마의 친정아버지 장례식에 어제와 오늘 생선초밥을 좀 보내드렸고 지금은 밤 장사를 하면서 부지런히 살아갑니다.

엄니께 쓴 제 편지가 곧 책으로 묶여 나온답니다. 그전에 원고를 다시 보고 또 사진도 정리하고 만만치 않네요. 제가 글을 잘 써서 책을 내는 건 아니고 엄니에 대한 7년 간의 제 마음을 다시 한 번 돌아보고 싶어서입니다. 엄니 생신 전에 이 책을 드리고자 합니다.

엄니를 뵙지 못하고 출근합니다. 서울대병원에 초밥을 보내드려야 하는데 직원들이 벌써 출근해서 열심히 일을 하고 있습니다. 고맙고 미안했습니다. 날씨가 너무 좋아 마음은 엄니를 모시고 어디 여행이라도 갔으면 하는 마음입니다.

전복죽을 어찌나 맛있게 드시는지 보고 있는 제가 군침이 돕니다. 강아지 나쵸는 엄니가 식사하는 것만 알면 달려갑니다. 음식을 좀 얻어먹어 보려고 야단이지요. 사람이 먹는 음식을 먹으면 안 되기에 식사 때는 엄니 방 문을 닫는데, 엄니는 틈만 나면 몰래 음식을 주십니다. 식구들이 모두 웃고 맙니다. 엄니 이런 게 사람 사는 거지요.

봄은 많은 걸 바꿉니다. 봄은 자꾸자꾸 웃게 합니다. 봄은 뭔가를 찾아 헤매게 합니다. 봄은 할 수 있다는 믿음을 주고 시작을 서두르게 합니다. 봄날, 요식협회 대의원 총회가 있어 참석하였습니다. 그리고 한가한 날입니다.

토요일인 오늘 결혼식이 두 군데 있었고, 장례식이 한 군데 있었고, 행사장도 가야 하고 너무 바쁩니다. 아이들 친구 아빠 모임도 있네요. 그래도 엄니 아들은 행복합니다. 살아 있어서 행복합니다. 살아 있으니 이 모든 걸 할 수 있는 거지요.

사단법인 다봉(다문화 봉사단) 발족식이 있는 날입니다. 엄니 부디 건강하세요.

3월 28일. 엄니를 비롯해 집사람, 장모님 다 함께 즐겁게 아침을 먹습니다. 엄니가 어찌나 맛있게 드시는지 모두 기분이 좋습니다. 엄니께서 아주머니에게 같이 밥 먹자고 하시네요. 아주 정감 있게, 친절하게요. 아주 작아지신 엄니, 연세가 있어 쪼그라드신 듯 작아지신 울 엄니…….

사랑하는 울 엄니. 그래도 아들 배정철이가 40년 된 일식 세프인데 이번 엄니 생신 때는 제가 직접 엄니 좋아하시는 생선으로 음식을 해드릴게요. 무얼 해드릴까요. 갈치요리, 조기요리, 게요리 어떠세요? 날음식을 못 드시는 울 엄니 맛나게 익힌 걸로 맛나게 드시고 건강하세요.

사랑합니다. 그리고 미안합니다.

엄니가 계신 곳은 어떠신가요

2018년 12월의 편지

엄니, 제가 아무것도 할 수가 없으니 어떻게 해야합니까

　잠깐 울엄니를 뵙고서 출근을 서두릅니다. 이제 예전 같지 않은 울엄니. 제가 엄니를 위해서 무엇인들 조금이라도 해드릴 게 없네요. 이제 저를 알아나 보시나 할 정도니까요. 토요일은 항상 바쁩니다. 직원들이 휴무인데다 12월 첫날이어서 손님도 예약이 많아서요. 일이 있어서 감사하고 누군가를 위해 살아갈 수 있어서 정말 감사합니다.

　엄니를 잠깐 뵈며 하루가 다르게 늙어가는 모습에 가슴 아픕니다. 가는 세월에 이길 장사는 없다 하더니 정말로 그런가 봅니다. 하지만 울엄니가 계신 지금 이 순간이 제겐 영원히 잊혀지지 않을 행복일 것입니다. 오늘도 살아가는 이유가 울엄니가 계시기에 가능합니다. 엄니! 오늘도 감사했어요. 행복합니다.

　어제보다 더 추워진 날씨입니다. 이제는 겨울이 본격

적입니다. 한동안 따뜻한 날보다도 추워질 날만 있을 겁니다. 날이 추워지고 겨울이 깊어갈수록 긴박하게 살아갑니다. 105세인 울엄니가 걱정이 되고 아내 염려가 된답니다.

엄니! 오늘 하루가 허무하다 생각이 들 정도로 쉽게 지나가 버렸습니다. 매일매일 반복된 삶이었지만 그래도 아무런 탈 없이 살 수 있어 정말 감사합니다. 날씨가 너무 추워졌어요. 내일은 더 춥다 합니다. 울엄니는 어떻게 하나, 연세가 많아 추위를 더 많이 탈 텐데 울엄니가 제일 걱정입니다.

이렇게 바쁜 날이 또 있을까 할 정도였으니까 힘들어 고생했던 날입니다. 울엄니가 요즘은 직접 식사도 못하시고 뭐든 갈아서 드신다 하던데 일하시는 아주머니가 너무 고생이 많으시네요. 하루하루가 많이 힘드시죠? 어느덧 하루가 다 가고 있습니다. 엄니가 계셔서 행복했네요.

토요일과 일요일 많이 바빴던 탓인지 몸도 마음도 많이 피곤했습니다. 어느새 12월도 10일이 지나가고 있습니다.

20여 일만 지나면 2018년이 지나가게 되고 2019년이 됩니다. 힘들게 어렵게 살아온 오늘 그리고 많은 날들을 생각하며 또 다가올 날들을 생각합니다. 엄니! 감사합니다. 몰라보게 달라지신 울엄니...

어느새 12월도 11일이 지나갑니다. 오늘은 생각했던 것보다 손님이 많았어요. 매출도 좋았고 이익도 많았던 오늘 하루 열심히 살아온 보상이 아닐까 싶습니다. 열심히 벌어들인 돈을 관리 잘해서 어렵고 힘든 이들에게 희망이되고 힘이 되는 일을 해야겠네요. 이제 기부금을 전할 때가 돌아왔네요. 도움주신 많은 분들에게 진심으로 감사합니다.

울엄니가 누워계신 걸 보면서 감사합니다. 날이 갈수록 예전 같지 않은 모습이 안타깝네요. 이제 20일도 안 남았네요. 울엄니가 105세가 되니까요. 아주머니와 내 아내가 전하는 말에 의하면 이제 스스로 식사도 제대로 못하신다 하시며 모든 음식을 곱게 갈아서 드셔야 한다니 이렇게 변했네요. 제가 아무것도 할 수가 없으니 어떻게 해야 합니까.

엄니! 눈이 오고 있네요. 눈이 쌓여서 온 세상이 눈으로 가득가득 합니다. 큰 건물 경비원아저씨들은 추운 날씨에 눈을 치우느라 고생을 하십니다. 이렇게 눈이 오고 이렇게 좋은 세상을 살아갑니다.

어느새 12월도 중순입니다. 울엄니가 존재하고 계셔 감사합니다. 예전의 모습은 볼 수 없어도 그래도 존재하심을 감사합니다.

울엄니는 104년을 살아가고 계시면서도 항상 색깔이 있으시기에 존경받고 사랑을 받으시면서 지금껏 살아오신 거라 믿습니다. 항상 진지하고 항상 최선을 다하신 삶이여서 감사했습니다. 오늘도 저는 울엄니가 잘 살아 오신 것처럼 저도 정성을 다해서 살아갑니다. 정해진 시간 정해진 공간에서 매일매일 살아가고 있지만 내가 할 일이 있고 힘들지만 가고 있는 그 길이 바르기에 행복합니다. 엄니! 오늘도 존재하심 감사해요.

울엄니를 잠깐 뵙고서 집을 나섰습니다. 요즘은 욕창이 생기신다 해서 아내도 아주머니도 걱정을 많이 합니다. 이제 일어나지도 못하실 만큼 쇠약해진 울엄니를 생각하면서 가슴이 아픕니다. 연세가 105세를 바라보고 계셔서 어쩔 수 없는 현상이지만 아무튼 마음이 찡하답니다. 내가 해드릴 게 아무것도 없고 그저 바라보고 걱정할 것밖에 없다는 게 늘 가슴이 미어집니다. 오늘도 밤이 깊어갑니다.

출근을 하면서 울엄니를 들여다보고서 집을 나설까 하다가 그냥 집을 나섰습니다. 밤새 고생하셨을 아주머니가 기분이 안 좋을까 잠시 생각하다 집을 나섰습니다. 아침 공기가 쌀쌀하니 진눈깨비가 내리면서 겨울에 정취를 더해주고 있었습니다. 울엄니에 대해서 잠시나마 생각을 합니다. 영원히 건강하고 또 함께할 수 있다면 어떨까에 대해서요. 105세가 얼마 있으면 되십니다. 오늘도 무사하심에 마음에 담아 감사합니다.

김 아주머니가 자꾸 눈물을 흘리시네요. 갑자기 곡기를 끊으신 지 10여 일이 넘었다 하시면서 그렇게 안타까워하고 계시네요. 104년을 살아오신 울엄니, 너무 곱고 착하신 울엄니, 이제 하늘나라에 가실 그날이 얼마 남지 않았나 봅니다. 살아계신 그날까지 항상 편안하게 행복하게 계시다가 가셨으면 합니다. 오늘은 저도 마음이 아파서 한참을 울었습니다. 언젠가는 당연히 찾아올 이별에 그날이 이렇게 가까워지고 있음을 가슴 아파하면서요. 고마워요.

엄니! 오늘도 여전히 곡기를 입에 대지 못하고 누워만 계시네요. 일하시는 김 아주머니가 꿀물과 우유를 티스 푼에 넣어주시면 그걸로 생명을 유지하고 계시네요. 언제 까지나 제 곁에만 계실 것처럼 하시더니 결국은 이렇게 쓰러지고 말았네요. 지금까지 어느 누구보다 잘 살아오신 울엄니, 존경하고 사랑합니다. 제가 할 수 있는 것이 무엇 일까 생각을 해보지만 아무것도 없습니다. 그저 지켜보 고 느낄 뿐요.

엄니! 오전에 집을 나설 때 뵈었어야 했는데 뵙지 못한 것이 너무 맘에 걸려 오전 장사 끝나고 오후 장사 준비하 고서 엄니께 갔습니다. 아주머니가 간혹 넣어드린 꿀물과 우유를 드시곤 하시면서 손을 움직이는 걸 보면서 아직은 기력이 있어 다행이다 했는데 오늘은 왠지 마음이 편하지 않네요. 엄니! 오늘도 무거운 발걸음을 하고서 정신없이 일 을 합니다.

2018년 12월 21일(금) 엄니께 엄니! 저희들을 두고서 가 시는 것입니까. 새벽 1시 20여 분 우리 엄니는 돌아오지 못할 그 길을 가셨습니다. 저희들에게 밝은 등불이 돼준 울엄니는 하늘나라에 가셨습니다. 104세를 넘게 살아오신 울엄니가 영영 가셨습니다. 그동안 춥던 날이 오늘은 춥지 않아 이렇게 좋은 날 울엄니는 가셨네요. 자꾸만 자꾸만 눈물이 나옵니다. 이제 저희들은 어찌 살아가라고 가셨나요.

울엄니가 하늘나라에 가신 지 이틀 된 날입니다. 어젯밤부터 연락오고 조화가 도착해서 서울대병원 장례식장에 가득가득 들어온 조화를 보면서 보내주신 분들께 감사합니다. 울엄니가 돌아가셨다 하니 고향 분들이 수없이 많이 오셔서 울기도 하고 슬퍼하셨습니다. 울엄니께서 세상을 잘 살아준 덕분입니다.

엄니! 돌아가신 지 3일째 되신 우리 어머니. 오늘 아침 일찍부터 엄니가 돌아가신 걸 많은 분들이 안타까워하시면서 마음 아파하네요. 고향에서도 많은 어르신들이 안타까워하면서 버스를 한 대 빌려 타고 오셨고 우리 친구들도 울엄니가 돌아가신 걸 너무 안타까워합니다. 어딘가에 살아계실 것 같은 그런 착각을 하면서 엄니가 보고 싶어 많이도 웁니다. 내 친구들이 참 많이도 왔네요. 용덕이도 용철이도 그 외에 많은 친구들과 선배들이 가시는 엄니를 애도합니다.

이제 엄니 없이 어떻게 살아갈 수 있을까요. 단 하루도 뵙지 못하면 안타깝고 힘들었는데 울엄니께서 오늘 서울대병원 장례식장을 떠나십니다. 영원히 잠드시게 됩니다. 백제 화장장에서 한줌의 재가 되시고 양평에 있는 갑산공원에 안장을 했습니다. 엄니가 가시는 길에 큰누나 명자누나 순자누나도 함께했었고 늘푸른교회 목사님 장로님 신도분들이 함께하셨습니다. 너무나 정성을 다하셔서 그동안 우리엄니가 얼마나 정을 주고 잘하신 것인지를 알 수 있었네요. 고산리에서 어제 어머니가 돌아가셨다면서 버스 1대를 불러서 친구들이 함께했고 주민들 그리고 면장님 지역 유지 분들도 함께했었습니다.

엄니를 통해서 소중함을 알 수 있었고 사랑을 알았고 감사함을 알 수 있었습니다. 이제 울엄니는 가셨지만 제가 바로 서서 울엄니께서 해 오신 소중한 삶을 계속 이어가도록 하겠습니다. 엄니! 너무 사랑했습니다. 그리고 감사했고요. 엄니가 계셔서 정말 행복했습니다. 열심히 살게요.

엄니가 세상을 떠나신 지 5일째 된 날입니다. 지금도 살아계신 것처럼 느껴집니다. 돌아가셨단 생각을 못하고 집에 가면 계시겠지 생각을 해봅니다. 성탄절인 오늘 날씨가 많이 춥진 않았네요.

존경하고 사랑하는 울엄니가 하늘나라에 가신 지가 6일
이 된 날입니다. 착하시고 지혜롭고 현명하신 울엄니가 세
상을 등지고 가셨습니다. 세월이 흐르고 제가 또 엄니처럼
늙어가도 울엄니는 잊혀질 수 없을 겁니다. 끝까지 집에서
계시다가 가신 것이 제겐 큰 복이었고 감사합니다. 엄니를
잊으려면 제가 바빠야 하겠지요. 엄니를 보내드린 그날에
도 배정철 어도에서 일을 합니다.

하늘나라에 가신 엄니께 그동안 행복했어요 하면서 인
사를 했습니다. 엄니가 계셨기에 내가 바로 설 수 있었고
엄니가 계셨기에 제가 다른 이들을 사랑할 수 있었습니다.
이제 제 자신을 다시 한 번 더 정립해야 할 때가 온 듯합
니다. 이제 울엄니가 주신 지혜를 하나하나 되짚어가며 살
아가렵니다. 엄니가 주신 고귀한 사랑을 다른 이들에게 아
낌없이 나누어주렵니다. 날씨가 추워져 가고 있습니다. 정
신없이 일을 하다 문득 생각이 나면 흐르는 눈물을 어찌
해야 할지 몰라 합니다.

간다면 간다고 말씀이나 하시고 가시지 아무런 말도 없
이 가버린 우리 어머니, 제가 너무 서운하게 해드렸죠..,,..

죄송하고 또 죄송합니다. 이제는 불러도 부를 수 없고 엄니 손도, 엄니 얼굴도 만질 수가 없습니다. 저를 보면 손을 달라 하시며 비비시다가 엄니 얼굴에 내 손을 대시며 극진하신 사랑을 주셨던 우리 어머니. 도저히 우리 엄마를 잊을 수가 없습니다. 엄니! 저 세상에서도 늘 기쁘시고 행복하세요.

엄니! 2018년 12월도 30일이 지나네요. 내일만 지나가면 이제 2018년이 다 가고 2019년을 맞이하게 됩니다. 좋았던 날도 많았지만 가슴 아픈 사연도 정말 많았던 2018년이었네요. 울엄니도 고생 많이 하셨죠. 나이가 많으셔서 본인의 뜻대로 되지 않으실 때 저를 보시며 미안해하신 모습을 보일 때가 제게는 너무 가슴 아팠던 기억이 납니다. 감사했어요.

엄니! 2018년은 제 인생에 있어서 너무나 혼란스럽고 복잡하고 많은 변화가 있었던 한해였어요. 3월 1일에 25년 1개월 12일 동안 하루도 쉬지 않고 일해 온 어도에서 지금의 배정철 어도로 이전을 했었고 생각했던 것보다 손님이 많아서 정신없이 일을 하면서 보내기도 했지만 집사람이 폐암 진단을 받고서 서울대병원에서 수술을 받았고, 또 12

월 21일 울엄니가 다시는 오지 못할 하늘나라에 가셨습니다. 울엄니 제가 더욱 잘해드려야 했는데 그러지 못한 것이 안타까울 뿐입니다. 어머니! 다시는 불러도 대답 없을 울엄니. 제가 엄니 없이 어떻게 살아갈 수 있을까요. 영원히 잊지 못할 2018년이 이제 가고 있습니다. 엄니 편히 잠드세요.

2019년 1월의 편지

이 편지를 하늘에서 보실 수 있을까요?

2019년 새해 첫날입니다. 엄니께서는 첫날이면 나와 아내 그리고 성범 수경 기범에게 따뜻한 웃음과 함께 희망을 주셨습니다. 한 번씩 안아주시면서 극진한 사랑을 주셨지요. 이제 엄니는 없지만 그래도 마음속에 항상 엄니가 자리하고 있습니다. 금방이라도 나타나서 환하게 웃어줄 듯합니다.

잠시나마 엄니생각을 하고 보니 새해 첫날 아침 시작입니다.

작년 12월, 며칠 전이지만 울엄니를 정신없이 보내드리고 지나온 날들이 정신없었다는 걸 실감합니다. 이제 울엄니를 볼 수도 없고 만질 수도 없고 말을 해도 대답 없을 걸 생각하면 너무 안타깝고, 엄니 없는 빈자리를 어떻게 메우면서 살아갈까 엄청난 혼돈 속에서 보냈던 작년 12월, 시간은 계속해서 지나가고 있네요. 벌써 1월 2일입니다. 날씨는 계속해서 추워지고 있고 겨울에 끝은 없을 것만 같네요.

엄니! 엄니가 계신 곳은 어떠신가요? 이제는 이렇게 밖에 안부를 일방적으로 묻고 일방적으로 저만이 이해하고 해석하며 살아야 할 것 같네요. 이제 조금씩 정신을 가다듬고 살아갈 듯 합니다. 엄니 없는 빈자리가 왜 이렇게 무겁고 찬지 실감합니다.

엄니가 가시고 20여 일이 지나가고 있습니다. 엄니가 누워만 계셔도 어른의 몫을 다해 든든했는데 이제 엄니마저 없으니 그 자리가 빈 게 이렇게 클 줄은 몰랐네요. 이제 엄니가 없는 그 큰 자리를 어떻게 메울까를 생각을 해봅니다.

밤이 깊어서야 퇴근을 합니다. 오늘은 삼호모임이 있어 형제 같은 선배님 그리고 동생을 만났습니다. 엄니가 돌아가셨을 때 형제 같은 삼호모임 회원들이 많이들 도움을 주셨네요.

아침에 운동을 하려고 집을 나서다 엄니가 항상 계시던 방을 들여다봅니다. 텅빈 엄니의 방엔 아직도 엄니께서 쓰시던 물건들이 있고 엄니의 향기가 나는 듯합니다.

울엄니가 하늘나라에 가시면서 큰 복을 주고 가신 것인지 12월도 많이 바빴는데 1월도 바쁘게 지나가고 있습니다. 울엄니가 가신 지 얼마 있으면 한 달이 되갑니다. 이렇게 빠르게 시간은 흘러가고 있네요. 이렇게 계속해서 편지를 쓰고 있는 것은 울엄니가 어느 순간 잊혀질까 염려스러워서 그렇습니다. 제가 영원히 잊어선 안 될 소중한 울엄니 편안하시길 바랍니다. 날씨가 추워지고 있어요.

엄니를 처음 모시고 살며 6개월 지나 우연히 운 좋게 시작한 어도가 벌써 26년이 된 날입니다. 처음 엄니를 모시면서 정말 열심히 살았죠. 지금의 제가 존재할 수 있는 건 울엄니가 계셨기에 가능할 수 있었습니다. 엄니, 오늘도 엄니께 글을 쓸 수 있어서 감사합니다.

엄니, 엄니 이름을 딴 병실이 생기고 또 엄니 생전에 모습을 본떠서 흉상 제작을 해준다고 합니다.

항상 생각했던 대로 울엄니 앞으로 1억의 현금은 서울대병원에 기부를 했습니다. 병원에선 엄니 이름을 딴 병실이 생기고 또 엄니 생전에 모습을 본떠서 흉상 제작을 해준다고 합니다. 엄니께서는 항상 제 맘에 살아 계십니다. 그래서 이렇게 매일 편지를 쓰고 있습니다. 아직은 가족들이 모르는 일이고 비밀스런 일이지만 엄니 아들 배정철이가 정말 잘했다는 자부심을 갖게 합니다.

엄니! 제가 어제는 정말 잘했죠... 울엄니가 너무 아름답게 세상을 살아서 막내아들 정철이가 잘되나 봅니다. 엄니가 하늘나라에 가시고 저에게 큰 복을 주셨나 봅니다. 하는 일마다 너무너무 잘되고 있네요. 이러다 제가 더 큰 부자가 된다면 어떻게 하나 염려도 된답니다. 너무 큰 부자는 항상 외롭잖아요. 엄니가 가르치신 대로 배려하고 기부하며 살아갑니다.

엄니가 하늘나라에 가셨을 때 많은 도움을 주셨던 고향 진원면 향우회 그리고 고산 향우회원들을 배정철 어도에 초대해서 식사대접을 했습니다. 고향 분들께 엄니 이름으로 1억을 서울대병원에 기부했다고 보고했고, 엄니 흉상이 제작되고 엄니 이름의 진료실이 생긴다 했더니 모두 다들 놀라며 감사해 했습니다. 손님이 생각보다 많은 날입니다.

엄니! 문득 울엄니가 보고 싶네요. 누워만 계셔도 이 세상에 계신다면 좋을 텐데 이제 울엄니를 불러도 대답 없고 만질 수도 없고 볼 수도 없으니 어떡하면 좋을까요. 엄니! 이렇게 사무치게 보고 싶을 땐 어떻게 해야 합니까. 그냥 속으로 삭히기 힘들 땐 그냥 눈물을 펑펑 흘리면서 한없이 울어도 되겠죠. 보고 싶은 울엄니, 하늘나라 어딘가에 잘 계신 거죠.

벌써 1월 31일이 되었어요. 내일이면 2월이 됩니다. 정신없이 살다보니 어느새 이렇게 많은 시간이 흘러가고 있어요. 하루하루 보내면서 느끼는 건 울엄니 보고 싶은 생각만이 더합니다. 이제 다시는 볼 수 없을 울엄니, 그래도 언제나 제 맘속에 계셔서 고맙고 감사합니다. 매일같이 이렇게 편지를 쓰면서 울엄니를 생각하고 둘만의 대화를 하면서 살아갈 것입니다.

2월의 편지

엄니! 가족들에게 써온 편지가
오늘 10년이 된 날입니다

2월의 첫날이에요. 엄니! 보고 싶네요. 어제 엄니가 계신 곳 갑산공원에 갔었고 돌아와 많이 바쁘게 일을 했는데 2월의 첫날인 오늘은 한가합니다. 그래서 그런지 울엄니가 더욱 더 보고 싶네요. 날씨가 갑자기 추워져서 그런지 감기 기운이 있네요. 2월에 성범이가 일본에서 온다 했는데 오면 아이들이랑 함께 엄니께 들릴게요. 성범, 수경, 기범 모두 다 열심히 잘 살아가고 있어요. 감사합니다.

엄니! 가족들에게 써온 편지가 오늘 10년이 된 날입니다. 비가 온 날입니다. 아주 많이 왔던 건 아니지만 아침부터 하루 종일 계속해서 비가 왔고 차라리 눈이라도 왔으면 하는 바램입니다. 이 비가 그치면 내일부턴 추워진다 하던데 울엄니가 계신 곳은 괜찮으신지요. 늘 감사합니다.

엄니가 안 계시니까 너무너무 허전합니다. 찾아주던 누님들도 안 오시고 조카들도 모습을 볼 수가 없네요. 엄니의 빈자리가 이렇게 클 줄 정말 몰랐습니다. 아침 일찍 엄니 방을 들여다보면서 저 자리에 항상 계시던 모습을 상상을 해봅니다. 집사람이 그래도 설날이니까 떡국을 끓여서 네 식구가 한 자리에서 아침을 먹었습니다. 명절 때면 항상 앉아서 드시던 그 자리가 오늘따라 더욱 허전합니다.

엄니가 생각하는 장손 배성범이가 한국에 오고 집안이 더더욱 따뜻해 진 듯합니다. 녀석이 몇 개월에 한 번씩 오지만 올 때마다 성장하고 있어서 고맙고 감사할 일입니다. 수경이가 내일이 발렌타인데이라면서 우리 집 남자들에게 초콜릿을 직접 만들어서 주고 가네요. 성범이가 해산물을 먹지 못해서 중국집에 가서 자장면과 다른 음식을 김선미 나성범 셋이서 먹었네요. 녀석이 맛있게 잘 먹어 좋았어요.

엄니! 어느새 하루 일과가 끝나고 밤이 늦어 직원들은 모두 다 집에 가고 없지만, 저 혼자서 이렇게 배정철 어도에 남아서 편지 쓰면서 울엄니를 생각합니다. 이번 한주

일도 장사가 잘돼 매출이 좋았던 주입니다. 열심히 일해 준 직원들이 감사하고 도움 주신 고객님들이 감사하죠. 배정철 어도 현관에 진열된 〈엄니는 102살〉 책을 보면서 많은 사람들이 감격해 합니다. 울엄니는 돌아가신 게 아니고 제 가슴속에 살아계십니다. 그래서 저는 늘 감사하답니다.

어느새 한주일이 빠르게 지나갑니다. 정말 열심히 살았던 오늘입니다. 아침 일찍 운동을 하면서 하루를 시작했고 오늘 하루가 값지고 소중하기에 차분하게 마음을 가다듬고 나를 다시 한 번 더 생각해봅니다. 어떤 누구에게도 소홀함이 없어야 할 텐데 하는 생각을 해봅니다. 앞으로도 많은 날을 일을 해야 하고 많은 배려를 하면서 살아야 하기에 오늘도 정성을 다해 봅니다.

가게 옮기고 집사람이 폐암 수술을 받아서 힘들다 보니 울엄니께 소홀했던 제가 요즘은 돌아가신 엄니께 늘 미안합니다. 후회해도 소용없는 일이지만 죄송하고 송구합니다.

3월의 일기

다시 태어나도
울엄니 자식이 되는 게 저의 소망입니다

　3월 1일입니다. 나라에는 3.1절 100주년여서 많은 행사가 있었던 날이고 배정철 어도가 이전한 게 작년 3월 1일 이곳으로 이사해서 1년이 된 날입니다. 그리고 엄니 손자인 배성범이가 태어난 게 3월 1일입니다. 이렇게 좋은 날 한가했어도 그래도 행복했던 오늘입니다. 이제 3월은 시작을 해야 한다는 의미를 갖는 소중한 달입니다. 매사에 감사하고 또 감사하자 다짐합니다.

　갑자기 엄니가 보고 싶네요. 매일 밤 엄니가 가신 그 자리에서 집사람이 잠을 자곤 했답니다. 새벽에 잠이 깨면 저도 엄니가 주무시던 그 자리에 가서 집사람 그리고 나하고 나쵸도 잠을 자곤 했답니다.

　엄니! 3일의 연휴를 잘 보냅니다. 3일 동안 많은 생각을 했었고 많이 배웠던 기간을 잊을 수가 없었습니다. 많은 노력을 했어도 안 될 수 있다는 사실을 알았고 어떤 경우에도 결코 쉽게 생각하지 말아야 한다는 걸 깨달아서 그래서 이번 연휴 3일은 저에게는 보약 같은 기간이었습니다. 나에게 도움 주고 있는 직원들에게 감사함을 잊지 말자. 나를 믿어주고 도움 주신 고객님께 감사해야 한다. 내 가족들과 주위에 많은 분들에게 감사해야 한다. 누구를 탓하지 말고 일단 나를 탓해야 할 것이다.

2019년 3월 4일(월) 엄니가 저를 낳아주신 58번째 생일 날입니다.

울엄니 때문에 제가 부족해도 여기까지 왔고 앞으로도 더 열심히 살아야 할 목적이 있게 됐습니다. 이제 저의 삶의 목적은 울엄니의 뜻을 받들어 내 가족 친지들을 위해 살 것이고 세상의 어려운 이들에게 도움 되는 삶을 살아갈 것입니다. 엄니! 오늘도 행복한 날입니다. 엄니가 저를 낳아주신 날이니까요

올해도 어도 출신 옛 직원들 자녀분들 대학과 고등학생 장학금을 전달했다. 천애향이라는 과일과 함께 전달했다.
겨우내 움츠려있던 많은 사람들이 봄이 되면서 꽃구경을 하러 간 것인지 도시에 사람이 별로 없네요. 하지만 포기

하지 말고 매사에 최선을 다하며 살아갑니다.

엄니! 3월도 10일이예요. 봄꽃축제가 지역마다 있어서 주말이면 온도시가 다 텅 빈 듯합니다. 엄니가 그립네요. 항상 환하게 웃고 계신 울엄니가 그립고 보고 싶네요. 이제 완전히 날이 풀렸나 봅니다. 이제 겨울이 언제였나 할 정도로 겨울은 서서히 잊혀져가고 있네요.

엄니! 봄비가 내렸어요. 너무 작게 내리긴 했어도 비가 내렸습니다. 비가 오니까 갑산공원에 계신 울엄니가 생각이 납니다. 아직 묘지가 형성이 덜 돼서 아직 해야 할 게 너무 많아 울엄니가 계신 곳이 자꾸만 눈에 아른아른 거립니다. 울엄니는 지금도 저희들 마음속엔 살아 계신 분이시기에 엄니를 생각할 때마다 가슴이 뭉클해진답니다. 다시 태어나도 울엄니 자식이 되는 게 저의 소망입니다.

오늘은 특별한 날이다. 고향 방문하는 날이다. 성범이와 나 그리고 임만규 전무님 셋이서 새벽 5시에 택시를 타고 수서역에 가서 SRT 기차를 타고서 광주 송정리역에 갔고 자동차를 렌탈해서 임성구 형님 댁에 갔었다.

고향에 가서 마을에 어른들 찾아뵙고 용돈 드리고 교회에도 감사헌금하고 서울에 올라와 저녁 장사하며 열심히 살아가고 있다.

엄니! 제 맘속에 항상 살아계신 우리 엄니 벌써 엄니가 하늘나라에 가신 게 3개월이 되고 오늘이 3월 20일입니다. 가신 게 엊그제 같은데 이렇게 세월이 흘러가고 있네요. 엊그제 고향에 들려 동네에다 인사하고 임성구 형님 댁에도 인사했고 엄니가 가시고 모든 도움 주신 분들에게 인사하며 감사의 뜻을 전했습니다. 20일은 언제나 배정철 어도는 월급을 받는 날입니다. 저도 받았어요. 고산마을 출신 이용복 선배께서 하늘나라에 가셨다고 연락이 왔어요.

내일이면 엄니께 갑니다. 비석도 묘지도 다 잘돼서 우리 가족 나를 포함 아내 큰아들 배성범 딸 수경 막내아들 기범이도 또 큰누님도 오신다 했고 막내누님도 오시기로 했습니다. 상범이가 내일이면 일본에 가야 해서 오늘은 오후에 무등산 식당에서 맛있는 꽃등심 설렁탕 육회비빔밥을 다섯 식구가 함께했답니다. 엄니! 오늘은 손님이 많아서 매출이 좋은 날입니다. 날씨가 이제는 완연한 봄입니다. 엄니! 정말 보고 싶어요.

엄니! 가족들을 보니까 좋으세요. 제가 감기가 심해서 많
이 힘들었는데 갑자기 울엄니가 보고 싶어 눈물이 나와서
더 힘들었네요. 엄니와 제가 찍은 사진이 비석에 그려져 있
고 멋지고 예쁜 묘지로 잘 장식돼 있네요.

4월의 편지

이 편지가 엄니께 쓴 지
어느새 10년이 되었네요

어느새 4월 1일입니다. 3월도 정신없이 살다 어떻게 보내게 된 것인지 제대로 인지를 못하고 훌쩍 지나가고 말았습니다. 오늘은 모처럼 운동을 했고 점심 장사가 끝나고 오후에는 잇몸수술을 받아서 술도 하지 못하고 열심히 일만 합니다. 이 편지가 앞으로 3일만 쓰게 되면 엄니께 10년을 써지게 됩니다. 처음 편지를 쓰기 시작했을 때가 엊그제 같은데 어느새 10년이 되었네요.

2019년 4월 3일(수) 엄니 이름이 새겨진 진료실 서울대병원에 엄니 이름이 새겨진 내과 진료실이 생기고 1억 기부자 명단에 엄니의 이름이 새겨져서 제가 오늘 오후에 직접 보고 왔습니다. 엄니께서 하늘나라에 가시면서 많은 분들이 조의금을 주신 것을 1억 기부를 했더니 서울대 병원에서 이렇게 해주셨어요. 오랫동안 엄니의 이름은 새겨져 있을 것입니다. 고종황제께서 134년 전에 제중원이라는 서양식 병원을 개원한 날이 4월 3일 오늘이어서, 서울대 시

계탑 지하를 6층까지 파서 진료실을 개장함과 함께 행사를 했네요. 엄니! 영원히 살아계신 분이십니다. 우리들 마음속에서…….

　이제 4월도 10일이 지나가고 있습니다. 어제부터 내렸던 비가 오늘 오전까지 계속해서 내렸고 기온이 뚝 떨어지면서 추워지기 시작하고 있네요. 이번 비가 이쁘게 피었던 벚꽃이 많이 떨어져서 하늘에서 꽃비가 온 것처럼 느껴지기도 했었네요. 저 멀리 강원도에는 많은 눈이 내렸다 합니다. 며칠 전 강원도에 산불이 엄청나게 났었는데 그때 이렇게 내렸더라면 얼마나 좋았을까 하는 생각을 해봅니다. 오늘은 손님이 많았던 날입니다.

　미국 누님에게서 카톡 문자가 왔었네요. 그래서 엄니의 얘기를 했습니다. 서울대 병원에 오창례 엄니의 진료실이 생겼고 엄니의 흉상이 생길 거라 했습니다. 명자 누님이 너무나 좋아 하셨고 저에 대한 칭찬도 했습니다. 울엄니는 저희들 맘속에 살아계신 분이십니다.
　오후에 기달서 고문님이 오셨습니다. 엄니가 돌아가시고도 계속해서 찾아뵈었고 매월 댁에 찾아뵙고 맛있는 음식과 약간의 용돈을 드렸더니 그게 그렇게 고맙고 좋으신가 봅니다. 오늘은 오전부터 비가 올 듯이 흐렸었는데 다행히 비가 오지 않았고 대체적으로 날씨가 좋았던 날입니다. 손님이 낮에도 밤에도 그제 어제보다 많아서 감사하고 고맙습니다.

엄니! 날씨 좋은 오늘도 저는 배정철 어도에서 열심히 일을 합니다. 고향 진원면민의 날이어서 고향에 내려가는 사람들이 많은데 저는 배정철 어도에서 일을 해야 합니다. 제가 계속해서 기부금을 만들기 위해선 가게가 쉼이 없어야 하기 때문이죠. 진원면에 수건 1천장을 보내긴 했지만 못 가게 된 게 마음에 걸리곤 합니다.

어제는 손님이 없었지만 오늘은 손님이 많아서 많은 것을 얻었습니다. 주말이면 손님이 없다는 것을 바꾸어 주고 싶었습니다. 일요일인데도 룸이 꽉 차있었고 음식을 드신 분들이 행복해 하셨습니다. 제가 잘하면 될 수 있음을 보여줍니다. 날씨가 너무 좋았던 날입니다. 엄니! 더욱더 겸손해서 더욱더 멋진 삶을 살아가려 합니다. 엄니! 감사해요.

벌써 하루가 다 지나가고 저 혼자 조용히 앉아서 이렇게 일기를 쓰고 편지를 씁니다. 울엄니께 편지를 쓰고 있는 내 자신이 그냥 감사합니다. 울엄니가 어느새 가신 지가 4개월이 넘었네요. 지금도 살아계신 것 같은 생각이 들 뿐입니다. 어제 이를 빼서 어제도 오늘도 술은 못했어요. 그래서 몸 컨디션이 너무 좋아진 느낌입니다.

하루 종일 비가 내리고 있습니다. 비가 오면서 많은 변화가 생기기 시작합니다. 열심히 살아야 하겠다는 생각이 더더욱 간절하건만 비가 와서 예약이 취소가 되고 매출이 떨어져서 안타까운 하루를 보냅니다. 하지만 아직도 4월은 5일이나 남았습니다. 울엄니! 저에게 힘을 주십시오. 엄니! 보고 싶네요.

어제에 이어서 오늘도 비가 계속해서 내리고 있습니다. 비가 오면서 이런저런 일들이 많겠지만 그래도 많은 분들이 도움을 주셔서 고맙고 감사합니다. 엄니가 계신 곳은 비가 와서 잔디가 많이 자랐겠네요. 어제도 계속해서 비가 오고 오늘도 계속 비가 옵니다. 손님이 없을 듯 했는데 도움을 주신 분들이 있어서 감사해합니다.

보고 싶은 엄니! 비가 그치고 좋은 날씨입니다. 문득 문득 엄니가 생각이 날 때면 가슴이 메고 어찌할 바를 모르겠습니다. 제가 좀 더 잘했어야 했는데 너무 못한 것 같아 정말 죄송합니다. 다시 태어나도 울엄니의 아들이 되고 싶습니다. 그때도 저에게 지극한 사랑을 주실 거죠? 감사했어요. 늘 고마웠어요.

4월도 열심히 살았던 달입니다. 가면 갈수록 힘들고 어렵다는 생각만이 듭니다. 어떻게 해서든 어려운 상황을 이겨내고 우뚝 서야 할 텐데 그것이 쉽지만은 않습니다. 이보다 더 어려웠던 상황을 잘 이겨온 지나온 삶이 많은 힘이 됩니다. 울엄니가 그립네요. 힘들고 어려울 때 엄니를 뵙게 되면 힘이 나곤 했는데 너무너무 보고 싶고 그립네요. 지금도 배정철 어도는 저의 삶의 전부입니다. 제가 살아 있는 동안에 할 일을 어도에서 이루어야 하기에 열정을 다합니다.

아침에 눈을 뜨고 숨을 쉬고 있다는 사실만으로도 감사할 일인데 만나는 사람들마다 다정히 인사하며 살아가고 있다는 사실만도 감사한데 왜이리 불만이 많은지 장사 좀 덜 되면 어떻고 그러는 건지.
누구를 탓할 수도 없고 누구를 원망할 수 없지만 일단은

진중하게 살아가려 합니다. 엄니가 계신 하늘나라에도 그 렇게 날씨가 좋은가요? 좋은 날씨에다 어디를 가든지 화사 한 꽃이 만발했네요.

5월의 편지

울엄니가 저에게 가르쳐주신 성실함
그것 하나로 세상을 잘 살아갑니다

가정의 달 5월, 계절의 여왕이라는 5월. 한번 최선을 다 하자. 후회 없이 정열을 다 바쳐보자. 울엄니께 한번 가보아야 할 텐데. 언제 갈까 생각 중입니다. 오늘 하루 종일 열심히 일을 했습니다.

아침에 출근할 때 엄니를 생각하고 저녁 시간에 퇴근해서 엄니 생각하고 이렇게 앉아 매일같이 편지를 쓰면서 울엄니를 생각합니다. 5월 들어 느끼지만 어디를 보든지 화사하고 아름다운 꽃이 지천에 널려있는 듯합니다. 푸르른 나뭇잎이 좋고 세상이 온통 좋은 것만 널려있는 듯해 보입니다. 좋은 날씨 화사한 꽃처럼 오늘도 행복합니다.

일요일이면서 어린이날입니다. 우리 집에는 목화네 말고는 어린이가 없어서 별 의미가 없지만 이 세상의 어린이를 위한 5월 5일입니다. 오늘도 많이 바빴습니다. 연휴 3일 중에 이틀이 지나갑니다. 날씨가 너무 좋았습니다. 엄니! 보고 싶네요. 바쁜 삶 속에서도 울엄니가 항상 생각이 난답니다.

내일이 어버이날입니다. 매일같이 생각하고 있지만 오늘 따라 울엄니가 더욱더 생각나서 보고 싶은 마음입니다. 3일간의 연휴가 다 가고 그 끝에 이렇게 시작한 날입니다. 점심시간에는 손님이 많았었는데 밤에는 손님이 없어 한가합니다. 하지만 끝까지 포기하지 않고 최선을 다합니다. 생각지 않게 매출이 오르고 생각지 않게 이익이 많아서 감사합니다. 울엄니가 저에게 가르쳐주신 성실함 그것 하나로 세상을 잘 살아갑니다.

바삐 살아갑니다. 정신없이 살아온 날입니다. 울엄니가 안 계신 5월 8일 어버이날을 보냅니다. 엄니가 계실 땐 큰누님도 오시고 막내누님도 오셨는데 이제 아무도 오질 않으니 허전합니다. 수화도 목화도 찾아주면서 분위기가 좋았었는데 너무 허전하다는 생각이 듭니다. 저도 이제 집안의 어른이다 보니 일본의 성범이도 막내 기범이도 카카오톡을 보내주고 전화를 직접 해주네요

엄니! 오늘 저희들이 찾아봬서 기분 좋으셨죠. 집사람도 복자 아줌마도 임만규 전무님도 그리고 애엄마랑 친하게 지낸 성준이 모친께서도 함께 했습니다. 갑자기 울엄니가 생각이 나서 그만 눈물이 났었고 임만규 전무님의 재미있는 입담에 그리고 여러 사람들이 함께해서 분위기가 좋았던 오늘, 날씨마저도 너무 좋았습니다. 갑산 공원에 엄니가 계셔서 자주 가고 있네요. 장인어른이 바로 옆에 계셔서 인사드리러 이곳저곳 가지 않아도 돼서 정말 다행입니다.

날씨가 너무너무 좋았던 5월입니다. 벌써 3분의 1이 지나가고 있습니다. 5월은 항상 저에겐 뜻깊은 달입니다. 말일 날 결혼을 했고 결혼과 동시에 우리 엄니를 모시기 시작했지요. 이렇게 좋은 날씨 오늘은 토요일이어서 더더욱 여행 떠나기가 좋은 날씨입니다. 손님이 별로 없어서 안타까웠지만, 하지만 고객님 한분 한분이 너무 소중하고 감사해서 정성을 다합니다. 엄니! 오늘도 감사합니다.

엄니! 어느새 일요일이에요. 예전 엄니께서 살아계실 때 거동이 원만하시면 항상 교회에 가서서 기도하셔서 일요일은 울엄니에겐 너무나 소중한 날이었고 항상 교회만 다녀오시면 밝아 보이셨었죠. 날씨가 정말 좋은 날입니다. 이렇게 좋은 날 여행하기 정말 좋습니다. 대신에 배정철 어도엔 손님이 없었습니다. 고객님 한분 한분이 어찌나 소중하던 지요. 정성을 다해봅니다.

  날씨가 너무 좋습니다. 엄니가 계신 곳 갑산 공원이 생각납니다. 이웃에 장인어른이 계셔서 생각만 해도 가슴 뿌듯합니다. 오늘은 낮에도 손님이 좋았고 밤에도 좋았네요. 제가 설 곳이 어디인지 잠시나마 생각을 해봅니다. 나이가 들어가면서 눈이 침침해지면서 빨리 지치기도 합니다. 얼마나 더 일을 해나갈 수 있으려나 염려가 되기도 합니다.

  미국 누님께서 카카오톡으로 문자를 주셔서 안부를 묻곤 했습니다. 엄니의 이름을 따서 진료실이 생겼고 흉상이 제작이 되어서 엄니 이름이 오래오래 간직될 거다 생각을 하며 감사합니다. 계속해서 날씨가 좋습니다. 이번 주 내내 손님이 많아서 바쁩니다. 5월 들어 4월보다 바쁜 것이 기쁘게 합니다. 매일같이 술을 먹게 돼 염려가 되지만 그래도 한가한 것보다는 바쁘게 살아가게 돼서 감사합니다. 집에 가면 집사람이 있어 그나마 든든합니다.
  5월도 절반이 지나가고 있고 바쁘게 살아가고 있습니다.

늙어가는 속도가 너무 빠릅니다. 울엄니가 세상을 뜨신 지 반년이 가까워지면서 더더욱 많이 느끼곤 합니다. 한낮에 날씨가 엄청 덥습니다. 33도까지 올라가면서 올해 여름도 엄청난 더위와 싸워야 하겠구나 하는 혼자만의 예상을 해봅니다. 손님이 많았던 날입니다. 바삐 일을 하면서도 보람 있었던 하루를 보내게 됩니다. 스승의 날인데 챙기지도 못하고 지나가 버렸네요

갑자기 5월인데 무더워진 날씨가 어리둥절하게 합니다. 나름 죽을힘을 다해서 최선을 다해보지만 어떻게나 힘들고 지친 날이 많아서 고단하고 힘듭니다. 울엄니가 보고 싶네요. 힘들고 어려울 때 어떻게 지혜를 발휘해서 살아 오셨을까를 잠시나마 생각을 해봅니다. 오늘 유난히 울엄니가 보고 싶네요. 엄니라도 뵐 수 있다면 힘들고 어려운 일들도 다 잊고 살아가게 될 텐데. 엄니! 잘 참아 볼게요. 최선을 다해 잘 살아볼게요.

어머니! 울엄니하고 저는 특별한 모자간입니다. 좋을 때도 어려울 때도 늘 함께했던 우리는 평생 동반하며 살았습니다. 어머니와 함께 꽃구경, 세상구경을 많이 하고 살았습니다.

저는 이 세상의 누구보다 행복한 놈입니다. 아무것도 없던 놈이 어머니의 끝없는 사랑처럼 많은 것을 가졌으니 이보다 더 행복한 건 없을 것입니다. 지금도 더욱 매사에 감사하며 살아가려 합니다. 늘 보고 싶은 어머니, 고맙고 또 고맙습니다!

울엄니는 104살

개정판 2쇄 인쇄 | 2023년 12월 20일
개정판 2쇄 발행 | 2023년 12월 26일

지은이 | 배정철
펴낸이 | 홍행숙
펴낸곳 | 문학의문학

등록 | 제5100-2015-000070호(2014년 2월 6일)
주소 | 서울 구로구 개봉로3길 87 103동 103호
대표전화 | (02) 722-3588
팩스 | (02) 722-3587

ISBN | 979-11-87433-20-0 (03800)